1

ようこそ実力至上主義の教室へ 2年生編

Welcome to the Classroom of the Second-year

衣笠彰梧 × トモセシュンサク

「私は暴力には屈しませんから」
七《なな》瀬《せ》翼《つばさ》
新1年生。非常に社交的で丁寧な物腰の少女だがクラスはDクラス。

司《し》馬《ば》克《かつ》典《のり》
曲者揃いの新１年Ｄクラスに着任した担任教師。
「分かっているなら、早く散れ。喧嘩は往来でするものではない」
「いいぜいいぜ。こんな学校にまで足を運んだかいがあったってもんだ」
宝《ほう》泉《せん》和《かず》臣《おみ》
新１年Ｄクラス。見た目通り粗暴な男。

「おーい。優秀なパートナーをお探しなら、ここにいるけどー？」
「あなたの名前は？」
「あたしは1年Aクラスの天沢一夏。堀北先輩と同じようなもので、学力Aなんだよね」
ギャルっぽい感じの見た目にそぐわず、頭の良い生徒だ。

「上位を狙うんだったら組んであげよっか？」

七瀬翼《ななせつばさ》

1
ようこそ実力至上主義の教室へ2年生編
Welcome to the Classroom of the Second-year

ようこそ
実力至上主義の教室へ
2年生編1

衣笠彰梧

MF文庫J

ようこそ実力至上主義の教室へ2年生編 1
Welcome to the Classroom of the Second-year

contents

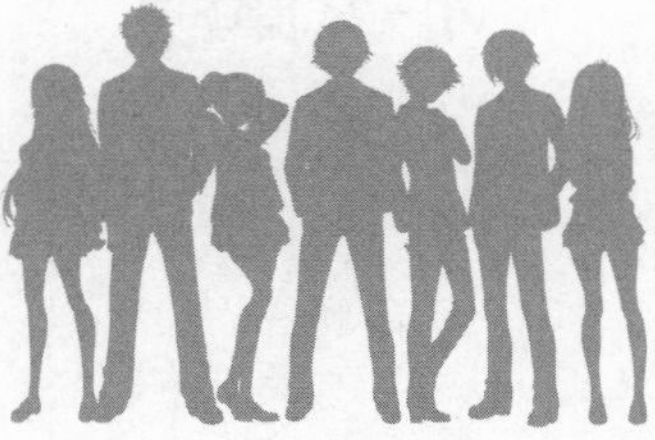

口絵・本文イラスト：トモセシュンサク

○暗躍《あんやく》

遡《さかのぼ》ること2か月ほど前の、2月某日。

東京都のとある施設のミーティングルームで40代と思われる男、月城《つきしろ》がスクリーンに表示された資料を読み上げ状況の説明を行っていた。それに静かに聞き入っていたのは10代の若い子供。間もなく高校に進学する15歳の子供だ。

しかしその正体は単なる子供ではない。

ホワイトルームと呼ばれる極秘施設で育った、特殊な教育を施された人物。

「以上が、綾小路清隆《あやのこうじきよたか》及び2年生156名の詳細なデータです。全て頭に入りましたね？」

月城は室内に映し出されたスクリーンで、学校が1年間をかけて集めた生徒たちの資料、それを全て開示する。名前や生年月日、出身校はもちろん、両親や兄弟、幼少期からの成績から友人関係まで。通常、担任の教師ですら見ることの出来ないありとあらゆる詳細な資料を交えての極秘ミーティング。

「分かっていると思いますが、重要なのは4月の内に綾小路くんを退学させ、ホワイトルームに連れ戻すことにあります。これ以上計画を遅延させるわけにはいきませんからね。ですがスマートに遂行《すいこう》してください。けして事を公にしてはいけない。もしも私たちの動きが政府の耳に入れば、あの方の……先生の名前に傷がつく恐れがありますからね」

月城《つきしろ》からの説明を受け、ゆっくりとホワイトルームの生徒が手を挙げた。

「つまり不用意に目立ったことはするな、と？」

「そうです。だからこそ、学生として潜《もぐ》り込《こ》める者にしか出来ないことなのです。私も可能な限りバックアップしますが、これから先は坂柳《さかやなぎ》側も警戒心を強めるでしょうから、迂《う》闊《かつ》な行動はできなくなる」

全ての状況を把握《はあく》した様子ではあったが、その表情には一定の不満が含まれていた。

それを月城が見逃すことはない。

「納得いかない、そんな顔をしていますね」

背後のスクリーンに映った綾小路《あやのこうじ》の写真を一度見つめ、月城は再び視線を合わせる。

「彼が……綾小路くんが最高傑作《けっさく》だともてはやされるのが気に入らないですか？　私が送り込まれただけでなく、ついには再稼働していたホワイトルームの者までが実験を中断し駆り出された。実に贅沢《ぜいたく》で、手厚い対応だと言わざるを得ないことです。同じ施設で育ってきた者にとってこれほど屈辱的《くつじょくてき》なことはないかも知れませんねえ」

その点を月城は強調しながら丁寧に説明を続けていく。

対抗心を燃やすことで実力以上のものを発揮させようと試みた、月城の考え。

綾小路清隆《きよたか》は最高傑作である。

そう言葉で説明されるたび、心の中に潜《ひそ》む感情に何かが注ぎ込まれていく。

完璧な立ち回りを見せる月城が、唯一読み違えていた感情の部分。

ホワイトルームで育った人間が嫌というほど教え込まれてきたこと。

『綾小路清隆を越える存在になれ』

あの施設で育ってこなかった第三者に分かるはずもない『憎悪』の感情。

それは時に、抑えが利《き》かないほどに膨れ上がり、暴走を呼び起こしてしまう。

「舞台は用意しました。あとは存分に力を発揮して頂きたい。拝見したデータは申し分なかった。これだけの能力を有しているのであれば、彼を退学させることなど造作もないでしょう?」

説明と、そして歪曲《わいきょく》してしまった挑発を終えた月城はスクリーンの電源を落とす。

一度暗闇に覆われた室内は、程なくして天井の明かりがつけられ光に包まれる。

「さて。質問がなければこれでお開きにしましょう。時間はとても貴重ですから」

その言葉を受け、何事もなかったかのように退室しようと背を向ける。

月城はその落ち着き払った態度に僅《わず》かな引っ掛かりを覚えた。

自らの説明の中に、誤った言葉があったのだと直感が呼びかけた。

しかし、既に発した言葉を引っ込めることは出来ない。

「ひとつ――――確認を忘れていました」

退室しようとする者を呼び止め、月城はその背中に語りかける。

「私に隠し事なんてしていないでしょうね？」

同じ側の人間であっても、組織が一枚岩でないことを月城《つきしろ》はよく理解している。

もし最初の考え方が一致していなければ、上手《うま》くいくこともいかなくなる。

そのための確認。

振り返ることなく、小さく頷《うなず》くのみで静かに立ち去っていく。

退室が終わると、月城はもう一度室内を暗くしスクリーンに映像を映し出す。

それは『綾小路清隆《あやのこうじきよたか》』の、ホワイトルームで記録された全データ。

「簡単にこのような言葉を使うのは好きではありませんが……モンスターですねぇ」

学力の高さは言うに及ばず、身体能力の高さも大人顔負け。

正攻法で戦闘のプロとやり合っても呆気《あっけ》なく勝ちうるだけの経験、実績を積んでいる。

「ホワイトルーム生同士の戦い……まともにやり合えば、どんな結果になるか」

もちろん、月城は勝つための算段をしっかりと用意している。

それでも絶対ということはない。

「狩るか狩られるか。子供同士の遊びですが、面白くなりそうです」

大人である月城は慌てない。慌てず、与えられた任務を淡々とこなすだけ。

○実力とは

21世紀にも親しみを覚えるようになって久しい、そんなある年。

世界が様々な問題に直面している中、日本も同様に転換期を迎えていた。

少子高齢化、環境問題、国力の低下。衰退していく日本社会。

それらを根本から立て直すため、政府は人材育成に強く取り組み始めていた。

そして、その政策の内の1つとして誕生した高校が存在する。

全国から様々な生徒を集め、世界に通用する若者を育成するための学《まな》び舎《や》。


『高度育成高等学校』


この学校最大の特徴は、中学までの成績を問うわけではないという部分だ。

学校独自の選定基準によって選ばれた生徒は、男女共に様々な特徴を持ち合わせている。

勉強は出来るがコミュニケーションは苦手とする者。運動は得意だが勉強は不得意な者。

あるいは何一つ取り柄《え》がないような生徒も、一緒くたにして教育を受けさせる。

通常の高等学校では、まず考えられないような仕組みだ。

そうした多種多様な個性を持った生徒たちに集団で生活をさせ、クラス単位で競わせる。

競争社会で戦えること、集団で生き残るために必要な下地を作ることが目的なのだろう。

そして不適格者の烙印《らくいん》を押された生徒は、容赦《ようしゃ》なく退学という運命を辿《たど》る。

勉強が出来るだけでも運動が出来るだけでも、この学校では生き残ることが出来ない。

1学年は4クラスに分かれており、AクラスからDクラスまで。

入学時にはどのクラスにも大体40名の生徒が割り振られている。合計160名。

更に詳しく、この学校が他の高校とは大きく異なる部分を紹介する。

まず基本的な話になるが、卒業するまでの3年間、生徒は外部と連絡が取れなくなる。同時に学校の敷地から出ることを禁じられ、寮での生活を強制されることになる。とは言え学校は広大な敷地面積を誇っており、生徒のために用意された施設も充実しているため生活に困ることはない。ケヤキモールと呼ばれる生徒及び学校関係者専用の大型商業施設では、カフェから家電量販店、理髪店にカラオケと、必要とするものはほとんど揃《そろ》っている。もし売っていないものがあったとしても、インターネットを経由して購入することが可能だ。

更に、日々の生活で購入をする際に必要となるお金は『プライベートポイント』と呼ばれる形で支給され、1ポイント1円と分かりやすく現金の代わりに使うことが出来る。

ただし、このプライベートポイントは無限に湧き出てくるわけじゃない。

毎月『クラスポイント』に応じた数値×100がプライベートポイントとして支給される。

つまり生活のために必要なプライベートポイントを貯《た》めるには、まずクラスポイントを確保することが重要になってくる。

このクラスポイントを増やすには幾《いく》つか方法があるが、代表的なモノは『特別試験』と呼ばれる学校から与えられる課題をクリアすることだ。

基本的に4クラスで競い合い、上位がクラスポイントを得て、下位がクラスポイントを失っていく。1000ポイント持っていれば、毎月そのクラスの生徒たちは現金にして10万円分のお小遣いを得ることになるし、逆に負け続ければクラスポイントは容赦なく0となり、毎月支給されるプライベートポイントも0になってしまう。

クラスポイントとプライベートポイントの表裏一体の関係はクラスポイントを貯めさせることで、考え方の違う生徒たちを団結させる仕組みでもあるのだろう。充実したクラスポイントを持つということは、充実した学校生活を保証する意味も持つからだ。

しかし、高度育成高等学校の魅力はそれだけじゃない。

学校最大の『売り』はAクラスに在籍した状態で卒業を迎えることにある。勝ち抜いた生徒は望みのままに進学や就職を叶《かな》えることができる。極端な話、最難関の難易度を誇る大学だろうと、大手一流企業であろうとフリーパスでの合格が約束される。とは言え、それだけで楽観視出来るわけではない。合格した後自分の実力が伴っていなければ、やがてふるい落とされることは明白だからだ。

それでも極めて魅力的な恩恵《おんけい》であることは疑いようがないだろう。

これで高度育成高等学校の概要は伝わったんじゃないだろうか。

オレ——綾小路清隆《あやのこうじきよたか》は、まさにこの注目の学校に通う生徒。

そして、これから高校2年生を迎える。

4月1日時点、オレが在籍する『Dクラス』のクラスポイントは275ポイント。毎月3万円近くのプライベートポイントが入る状態だ。ちなみに、現在1位の坂柳《さかやなぎ》率いるAクラスのクラスポイントは1119ポイントと圧倒的。それを追うのが、一之瀬《いちのせ》率いるBクラスの542ポイント。そしてその僅《わず》か後ろに、龍園《りゅうえん》率いるCクラスが540ポイント。

他クラスと比べると大きな差ではあるが、それでも差は詰まった方と言えるだろう。

これからの1年間で、どれだけ距離を縮められるかが勝負の分かれ目になる。

○新たなるステージ

長かったような短かったような春休みが終わり、ついに始業式がやってきた。この日、オレたちは1年間親しんだ教室を離れ、2年生として新たな教室へと移る。一見同じ椅子や机のはずだが、どことなく違った感覚を覚える。登校したオレたちを最初に待っていたのは、黒板に『表示』されたメッセージ。

『1年と同じ席について待つこと』

去年まで、黒板と呼ばれるものはチョークを使って教師が書き込むモノだった。

しかし目の前の黒板は、黒板であって黒板でない。

分かりやすく言えば大きなモニターが黒板の代わりを果たしていた。

新品同様の輝きを放っているところからすると、今年から導入されるものだろう。

オレの後で教室に着いた生徒も、黒板を見るなり驚いているようだった。ともかく指示通り、去年は定位置だった窓際の一番後ろの席に向かい、そこに腰を下ろした。

この後時間になれば、体育館で始業式が行われる。

それから担任の教師により2時間ほど本年度のスケジュールや必要事項などの説明を聞き、午前中に解散となる流れだ。

春休みが明けたばかりなこともあり、生徒たちはまだどこか気が抜けている様子。しばらく顔を合わせなかった友人たちは、連休中に何をしていたかなどの話で盛り上がっていた。

「よう」

携帯で適当にインターネットの情報を拾っていると、声を掛けられる。

クラスメイトの三宅明人《みやけあきと》だった。オレが仲良くしている少数グループのメンバーの1人。

「春休み中はあんまりグループの方に顔を出さなかったから、少し心配してたんだ」

明人がそう言った。確かに春休み中、オレはグループとの交流をほとんど持たなかった。

周辺の事情が忙しかったこともあって、疎《おろそ》かになってしまっていたというべきか。

「もちろん集まらなきゃならないなんてルールはないんだが、波瑠加《はるか》のヤツもそうだし、何より愛里《あいり》がおまえのことを気にかけてるようだったからな」

グループ内の女子の気持ちを考え、明人はそう助言を送ってくれた。

「悪いな。これからまた、ちょくちょく顔を出すつもりだ」

「それならいいんだ。俺もおまえがいないと寂しいしな」

友達にそう言われると少しむず痒《がゆ》くなる。だけど悪い気はしないな。

長居するつもりはなかったのか、明人は軽く手を挙げて自分の席に戻っていく。

つくづく良い友人を持ったものだと思う。

ああやって、わざわざ優しくアドバイスを送ってくれるのだから。

その後は携帯を弄《いじ》る気もなくなったので、クラスの声に耳を傾けることにした。

話題は春休みの内容から、新入生へと移っていく。

明日には入学式、1年生が入ってくることになるからな。

去年のオレたちDクラスは入学後の好待遇に浮かれてしまい足をすくわれたが、そうなってしまうのも無理はなかった。

入学直後に与えられたクラスポイントは1000ポイント。つまり現金10万円に等しい。生徒たちは毎月振り込まれると思い込んだ大金に舞い上がり、大勢が欲しいモノを次々に買い漁《あさ》った。更に遅刻欠席は当たり前で、授業中の私語や居眠りも多発していた。

一方で真面目な生徒は自分のことだけに集中し、周囲を注意することすらなかった。

注意しなかった理由は幾《いく》つかあるだろうが、学校側が問題児たちを放置していたことが大きいと言えるだろう。教師も注意しないのだから、生徒がする必要はない、と。

だが、それは学校側の最初の『特別試験』でもあったと言える。

小学校や中学校の義務教育とは違うことに気付けるかどうか。

高校生として、自主的に当たり前のことが出来るかどうかを試していた。

そして見事Dクラスは、その特別試験で最低評価を獲得。

翌月の5月1日にはクラスポイントが0となり、振り込み額はめでたく0に急降下だ。

それからの1年間Dクラスは試練の連続だったが、一度どん底に落ちたこともあって、バラバラだったクラスメイトたちはゆっくりと成長し団結力を身に着けた。一時はCクラスにも上がることが出来たが、学年末試験で惜しくもDクラスに逆戻りしてしまうことになった。しかしクラスポイントは年間を通し２７５ポイントまで回復。Ａクラスとの差はまだまだ大きいが、２年生となったこの１年間で、どこまでクラスポイントを伸ばせるかが、上のクラスを目指す上で重要になってくるだろう。

「おっはよ〜」

元気な女子の声が聞こえてくる。その声の直後には既に教室にいた女子たちも次々と反応し集まっていく。このクラスの女子を束ねる軽井沢恵《かるいざわけい》だ。女子の数はどんどん増えていき、気がつけば先ほどと同じような話をまた一から始める。

オレがそんな女子のリーダーである恵と付き合いだしたのは、つい先日のこと。

その事実を今現在知っている者は、当人である恵をおいて他にはいない。

聞こえてくる雑談と共に回想していると、今度は悲鳴にも似た驚きの声が教室中を駆け巡った。何事かと思い顔を上げると、その驚きの正体にすぐ気がつく。

静かに登校してきた、ある女子生徒の姿を見た至極当然の反応とでも言うべきか。

一身に注目を集めていた女子生徒は、その驚きに応えることなく自分の席、つまりオレの隣の席へと向かう。

長く綺麗《きれい》だった黒髪は姿を消し、肩口より短くなっている。

自身の兄である堀北学《ほりきたまなぶ》と和解し、過去の自分と決別したことによる、断髪。

その事実を知るからこそオレも驚かないでいられるが、もしこの瞬間が初めての目撃だったなら、周囲と同じような反応を見せていたことだろう。

「す、鈴音《すずね》……？　おまえ、その、髪……髪どうしたんだよ！」

そう慌てて叫ぶのは、須藤健《すどうけん》。クラスメイトである堀北に恋をする男子生徒だ。

友人との談笑を切り上げこちらに駆けてくる。

そしてもう1人、堀北の変化に戸惑いを見せる少女も同様に近づいてきた。

「堀北さん、思い切ったイメチェン……だね。びっくりしたよ」

櫛田桔梗《くしだききょう》。オレたちのクラスメイトであり、堀北と同じ中学校出身でもある。

「髪を切ったことがそんなに不思議かしら」

須藤だけじゃなく、視線を注ぐ多くの生徒たちにも、堀北は強めの一瞥《いちべつ》をくれる。

「い、いや不思議っつーか驚いただけだけどよ……。すげえイメージ変わるのな髪って……。

その、全然似合ってないわけじゃないっつーか。短い髪もいいけどよ。な、なあ櫛田？」

インパクトは強かったものの、須藤にしてみれば髪の長さなど些細《ささい》なこと。

むしろ好きな相手の新しいイメージをすんなりと受け入れ好感触を示した。

しかし同調を求められた櫛田は、困惑した様子を隠せない。

「そう、だね。うん。似合ってると思うよ。だけど……何かあったの？」

詳しく感想を聞かれることを嫌ったのか、切った理由を探る方向にシフトする。

「何かってなんだよ、何かって」

堀北が答える前に食い気味に須藤が問う。

「たとえば……失恋、とか」

「ししし、失恋⁉」

「強《し》いて言うなら決意表明かしら」

失恋のワードを払拭《ふっしょく》するように、堀北《ほりきた》は間髪入れず答えた。

「そ、そうだよな。失恋なんかあるわけないよなぁ？」

そう言っている割に須藤《すどう》はものすごい冷や汗をかいているようだが。

「2年生になる今年はDクラスを上のクラスに上げる戦いをする。そのために、自分に出来ることをしておきたかったの」

「そうなんだ。じゃあ……私は逆に髪を伸ばしてみちゃおうかなぁ」

なんて可愛《かわい》く言ってはいるが、何となく櫛田《くしだ》の真意が伝わってくる。

嫌いな人間と同じような髪の長さになったことを、不満に感じているのだ。伸ばすことを本気に捉えた者はいなかっただろうが、もしかしたら本当に実行するかもしれない。言葉の内側に秘められた荒れ狂う感情を想像せずにはいられなかった。

「満足したら、自分の席に戻ってくれるかしら？」

髪の長い短いくらいで、いちいち注目して欲しくないと堀北は言葉にする。

周囲に強烈なインパクトを与えた堀北は、自分が注目されることがやや不満だったようだ。

不機嫌そうにしていたが、幸いにもすぐにチャイムが鳴り雑談は強制終了した。

1

始業式が終わってから早くも数日が過ぎた。土日を挟み、やって来る月曜日。

平穏な学校生活。繰り返されていく日常。

新学年の幕開けで大きく変わったのは黒板がデジタルになったこと、そして教科書が全てタブレットに置き換わったことだ。先週、新しく配られたタブレット端末に目を落とす。

電子書籍の普及が目覚ましいように、授業で使う教科書もタブレットに置き換わった。

タブレットは生徒に1台ずつ与えられており、教室後方には高速充電可能な機器も新たに備え付けられた。万が一授業中にバッテリー切れにならないよう、常にモバイルバッテリーも用意されている。なお、タブレットを持ち帰ることは原則として禁止されているが、中の必要なデータをネットワーク経由で持ち帰ることは認められている。

煩《わずら》わしかった大量の教科書は、全てこの12インチ型のタブレットにデータとして納められている。図形や写真なども自在に操作、活用できるだけでなく、英語の授業などでは外国の人間と円滑なやり取りを行えたりとグローバル化にも対応してきた。

政府が監督するこの学校を思えば導入が遅かったくらいだ。

ただ必ずしもその進歩が正しいかどうかは、今時点では不透明なままだ。

子供たちが将来、社会に通用したかどうかで大きく評価は分かれることになるだろう。

肝心な2年生で習う学習範囲は、1年生の時よりも当然難易度が上がっている。他の高校のレベルがどれほどのものかは分からないが、少なくともこの学校は中間よりは上に位置していると思われる。須藤《すどう》や池《いけ》たちが、どこまで自力で勉強に食らいついていけるか。やはり誰一人退学者を出さないためには、これまで以上の支えが必要不可欠だ。

ともかく、大きく変わったのはそれら勉強関連のデジタル化くらいなものだが、それ以外にも強《し》いて挙げるなら、プライベートポイントを使って好きな席を確保できる席替えがあったことだろう。オレは窓際から逆に廊下側の一番後ろへと移動してきた。廊下に近い席は人の出入りが多いため一般的に不人気らしいが、それほど気になることはなかった。

また学校生活では新入生とすれ違うことも増えてきたが、部活動をしていないオレに特に変化は当然なく、まだ誰とも話をしていない。1年前もまともに上級生と話したのは、過去問を利用できる特別試験の時が初めてだし、不思議なことではないだろう。

ともかく、新学年が始まって数日は大人しいものだった。

「全員揃《そろ》っているな？」

チャイムが鳴るとほぼ同時に、教室に姿を見せる担任の茶柱《ちゃばしら》。

朝のホームルームが始まって教壇に立つ茶柱の顔つきは真剣そのものだった。

そして、この後の1、2時間目には授業がないことから、何かあることは予想できる。

どうやら僅《わず》かばかりの平穏な日常は、終わりを告げることになりそうだ。

「先生、特別試験ですか？」

担任が発言する前に、池が聞く。

ふざけた様子はなく、あくまでもはやる気持ちが言葉に出てしまったのだろう。

それが茶柱《ちゃばしら》にも分かったからこそ、特に問題視する様子はなかった。

以前は特別試験が来るたびに、生徒の多くは不安を感じるだけだったはずだ。

しかし、今は上を目指していく上で避けては通れない道。

向き合う姿勢が出来つつある。

「気になるところだろうが、話を進めていく前にやってもらうことがある。これは今後の学校生活を送る上でとても重要なことだ」

茶柱は自らの携帯を取り出すと、手に持ったままオレたちに見せつつ言葉を続ける。

「全員、携帯を取り出し机の上に置くように。もし忘れた生徒がいれば、すぐに取りに帰ってもらうことになるが……流石《さすが》に忘れた生徒はいないようだな」

携帯電話は、今や生活の必需品《ひつじゅひん》。何よりも身に着けているものと言えるだろう。

程なくして机の上に置かれた39の携帯を確認し、茶柱が話を始める。

「ではまず、各々学校のHPにアクセスし、新しいアプリケーションをインストールしてもらう。ちょうどこの時間からダウンロード可能になっているはずだ。アプリの正式名称はover all abilityだが、インストール後は『OAA』とだけ表示される」

黒板の画面が切り替わり、実演を兼ねた実写映像と、文字による説明が始まる。

デジタル化したことによって得られる、便利な部分と言えるだろう。

茶柱と黒板から行われる説明に従い携帯にアプリをインストールすると、学校のイラストと思われるアイコンがＯＡＡの名前と共に作成される。

「全員ここまで作業が済んだら携帯から手を放すように。分からない者がいれば挙手を」

流石にシンプルな作業。やり慣れたことに苦戦する生徒はおらずスムーズに進む。

「おまえたちＤクラスだけでなく、今現在、全学年が一斉にインストール作業を行っている。このアプリは今後、高度育成高等学校の生徒に様々な恩恵《おんけい》をもたらしてくれる優れたものだ。百聞《ひやくぶん》は一見《いつけん》に如《し》かず、立ち上げてもらうことにしよう」

アイコンをタップし、起動させる。すると自動的に携帯のカメラが立ち上がった。

「学生証をカメラで読み取ることで、自動的に初期セットアップは完了する」

指示に従い、カメラで学生証を写すと顔写真や学籍番号などが読み取られログインが進む。

「これで、各生徒１つずつアカウントを作成したことになる。以後ログインする必要性はなく、携帯に紐《ひも》づけされた形になるため一層携帯の取り扱いには注意するように」

ログインが完了すると、タップできそうな項目が幾《いく》つか現れた。

「このアプリには全学年の個人データが入っている。例えば２年Ｄクラスの項目を押せば、おまえたちの名前が五十音順に表示されるようになっている。試してみろ」

合計39名の顔写真と氏名が、確かにあいうえお順に表示される。

「誰を見ても構わないが、まずは自分の名前をタップしてみるのがいいだろう」

言われるがまま自分の名前をタップする。

生年月日などが出てくるのかと思ったが、そうではないようだ。

見たことのない項目と数値が表示される。

2-D　綾小路　清隆（あやのこうじ　きよたか）

1年次成績
学力　C（51）
身体能力　C+（60）
機転思考力　D+（37）
社会貢献《こうけん》性　C+（60）
総合力　C（51）

「せ、先生、なんか俺の成績がゲームみたいに数値化されてるんですけど⁉」

「そうだ。これは1年終了時までの成績を基《もと》に学校側が作ったおまえたちの個別成績だ。自分たちのクラスだけじゃない、他クラスはもちろん、全学年の生徒の成績を閲覧《えつらん》することが可能になっている。今後教育を行っていく上で重要と判断し採用された」

つまり、このOAAと呼ばれるアプリの役目は、個々の成績を数値上で把握《はあく》することが出来るモノということだ。また、全生徒に向けたオープンチャットを送ることも出来るようだ。
画面上の右上には『？』のマークと合わせて『説明』の文字があり、そこを押すと項目ごとの詳しい詳細も表示された。
学力……主に年間を通じて行われる筆記試験での点数から算出される
身体能力……体育の授業での評価、部活動での活躍、特別試験等の評価から算出される
機転思考力……友人の多さ、その立ち位置をはじめとしたコミュニケーション能力や、機転応用が利《き》くかどうかなど、社会への適応力を求められ算出される
社会貢献性……授業態度、遅刻欠席をはじめ、問題行動の有無、生徒会所属による学校への貢献など、様々な要素から算出される
総合力……上記4つの数値から導き出される生徒の能力だが、社会貢献性に関してのみ総合力に与える影響は半減される
※総合力の具体的な求め方
（学力＋身体能力＋機転思考力＋社会貢献性×0・5）÷350×100で算出（四捨五入）

なるほど。オレの機転思考力が他の項目より低いのも、納得の評価基準ということか。

友人の数やコミュニケーション能力はお世辞にも高くないからな。

その他の項目も普段見せているもので評価されれば、妥当《だとう》な数字だと言えそうだ。

1年次成績の他にも2年次成績、3年次成績の項目があるが現在は空白。

「今は1年次の成績表示のみされているが、2年になった今日からは、現在進行形で新たに評価がされていく。更新はクラスポイント同様月の初めに行われる。須藤《すどう》、おまえの今の学力はE判定だが、もし次の筆記試験で満点を取れば、2年次の成績ページではA＋の評価が与えられることになるだろう」

つまり1年次とは別、2年次は2年次で評価していくということだ。そして年間の成績は常に記録として残る。4月で仮に須藤が筆記試験で満点を獲得し学力A＋を取れたとしても、その次の筆記試験で0点を取れば、その間のC前後の評価を受けることになる、といった具合か。そうやって1年間を過ごし、トータルした平均が最後に出る仕組み。このアプリの特筆すべき点は、自分たちのクラスに限らずOAAを通じて確認が出来ることだろう。これまで交流のなかった生徒のことは直接情報を集めないと分からなかったが、これを見れば名前、顔、そしてどんな成績なのか、先輩後輩すら問わず一目瞭然《いちもくりょうぜん》になる。ちなみに1年生たちは中学3年生の時の情報と入学試験を基《もと》にデータが作られているようだ。学力や身体能力、社会貢献《こうけん》性はともかく、機転思考力はそれほど当てにならない可能性がある。

　便利な成績確認ツール……いや、それだけなはずがない。

　これが何か重要な役割を果たすことになることは明白だ。

「満足のいかない成績になってしまった生徒の中には、記録が残ることに不満を覚える者もいるだろう。だが、そんな1年間を送って来たのは自分だと割り切ってもらうしかない」

　大切な学力や身体能力がE判定に近いほど学生として汚点を残した形になるからな。

「しかし1年次の成績はあくまでも過去のものだ。2年生となったおまえたちの今後の査《さ》定《てい》にはなんら影響を与えない。つまり不甲斐《ふがい》ない成績を収めていた者も、この機会に認識を改めることが重要だ。成績の可視化には、そういった成長を促す効果を見込んでいる」

　今後誰もが閲覧《えつらん》できるアプリに個人の成績が残り続けるとなれば、少しでも見栄えを良くするために努力したいと考える者が多数だろう。茶柱《ちゃばしら》の言うように成績向上を促進する効果はある程度ありそうだが……。

「先生、社会貢献性だけ他の3項目と少し評価方法が違うのはどうしてなんでしょうか」

　社会貢献性の総合力への影響は半分と低い。

　その点を疑問に思った平田洋介《ひらたようすけ》からの質問だった。

「学力、身体能力、そして機転思考力。この3項目について学校側は極めて重要な位置づけのものとして捉えている。一方で社会貢献性に関しては少し異なる。社会貢献性は、基本的に『モラル』『マナー』が基準だ。教師に対しての言葉遣いや態度、遅刻欠席の有無。

様々なルールを遵守できているかどうか。そして発言力やその正確さなど、各方面からの生徒の見え方を査定《さてい》したものだ。ある種常識的であり、当たり前に備わっていなければならない能力だからこそ、総合力に与える影響は低めに設定してある」

一朝一夕で成り立つモノじゃない3項目と違い、社会貢献《こうけん》性はその日からの考え方や改め方次第で大きく改善できる余地を持っている。そういった違いか。

「このアプリは平等だ。今現在、クラスが上であることや下であることは一切関係ない。全員が等しく評価されている。今現在、総合力で高い評価を得ている生徒は、1人の人間として褒《ほ》めるに値する成果を残していると言えるだろう」

五十音順に並んでいる一覧だが、ソート機能も備わっているようだ。

今現在2年Dクラスでもっとも総合力が高い生徒は誰か、1つずつ見ていく必要はない。ソート機能を試してみると、総合力で一番上に来たのは洋介《ようすけ》だった。

2-D　平田　洋介（ひらた　ようすけ）

1年次成績

学力	B+	(76)
身体能力	B+	(79)
機転思考力	B	(75)

社会貢献性　A－（85）
総合力　B＋（78）

改めて数値として見ると、洋介の優秀さが一目で分かる。どの部分をみても高水準で文句のつけようのない成績だ。1年終盤で見せた洋介の心の弱さが露呈《ろてい》していなければ、もう少し上だったかも知れない。

逆に総合力を低い順で並び替えてみると、池《いけ》が1番上に来た。その総合力は37。そして同率、総合力37の表記で佐倉愛里《さくらあいり》の名前もあった。

周囲から最下位の可能性が高いと思われた須藤《すどう》は何名かの生徒の上に位置している。

2－D　須藤　健（すどう　けん）

1年次成績
学力　E＋（20）
身体能力　A＋（96）
機転思考力　D＋（40）
社会貢献性　E＋（19）
総合力　C（47）

学力や社会貢献性《こうけん》は1年間の行動の悪さと相まってかなり低い評価。だが、それを補うに十分な身体能力の高さが評価され、最下位を免《まぬが》れている。調べてみると、2年生の身体能力の項目でただ1人、唯一A+の評価を受けていることが分かった。

入学当初よりも学力を伸ばし、そして精神面での成長も覗《のぞ》かせている須藤《すどう》は、2年次から記録されていく成績を大きく伸ばすことになりそうだ。

「それから、これはDクラスには直接関係のないことだが、2年生では例外的措置《そち》として、2年Aクラスの坂柳有栖《さかやなぎありす》の身体能力評価だけは、学年最下位の生徒と同じ数値で評価する仕組みを取っている」

2年Aクラスの坂柳有栖は、身体《からだ》にハンデを抱えている。

普段の歩行にも杖《つえ》を使わなければならない。

つまり、運動をしようと思っても出来るものじゃない。

かと言って、身体部分を抜きにして総合点を出すわけにもいかない。そういう意味では最下位に合わせるのは妥当《だとう》な判断というところか。

ともかくこの能力の可視化は、南雲《なぐも》が提唱していた個人の実力を反映させていく上では必須とも言えるものかも知れない。

「このアプリがあることで成績に対する意識改革、そして学年に関係なく名前と顔が一目で分かることで、交流を図っていくための重要なツールとして活躍するだろう。しかし……それだけではないと私は考えている。これは個人的な憶測だが——今から1年後、総合力が一定水準に満たなかった生徒には『何かしらのペナルティ』が与えられる、とな」

「ペナルティ……まさか、退学……？」

「その可能性もあるだろう。だが、言ったようにこれは私の憶測だ。必ずしも当てはまるわけではない。だが総合力がE判定に近いほどそのリスクは高くなると思った方がいい」

現時点で最下位である池《いけ》や愛里《あいり》は、総合力でEに近い判定を受けている。

このまま去年と同じような1年間を過ごせば、危険領域だ。

「お前たちの中には、自己評価と学校の評価の違いに不満を持つ者もいるだろう。だが、これが現状の『学校側のお前たちに対する評価』だ。その点に不服があるのなら、学校側が納得するようにこの1年間で示してみせろ。学校も万能ではない」

「で、でもどうやって示せばいいんすか先生！」

最下位を確認した池が慌てて挙手をする。

「部活をしている生徒としていない生徒では、身体能力の査定《さてい》の精度にも開きが出る。自信があるのなら部活に所属してみるのも1つの手だろう」

より多くの場面で、学校側にアピールしている生徒の方が基本的には優遇されるということだ。とは言えケースバイケース。下手にアピールが過ぎれば問題にもなりそうだ。

「まるで個人戦ね」

そう呟《つぶや》いた堀北《ほりきた》の発言を、茶柱《ちゃばしら》は聞き逃さなかった。

これまでクラスとして戦ってきた流れを、一蹴《いっしゅう》するかのようなアプリの導入。

そんな感想を抱くのは堀北《ほりきた》だけじゃないだろう。

「それは間違いでもあり正解でもある。今年から導入されることになったこのシステムは、現生徒会長である南雲雅《なぐもみやび》が発案したものを、学校側が容認して実現したものだ」

個人の実力で評価される仕組みを作る、そう言っていた南雲の夢が具現化されたわけだな。去年動きが少なかったのはこのアプリ導入までに相応の時間と労力を有したのだろう。

「だがこれまで同様に、クラスとして求められることが基本概念にあることに変わりはない。その点だけは忘れずに日々取り組んでいくことだ」

アプリのインストール、そして説明を終えたところで1時間目の授業が終了する。休み時間になるなり、生徒たちは各々携帯の画面を食い入るように見つめ始めた。自分の評価はもとより、クラスメイトや他クラスの生徒の成績は覗《のぞ》いてみたくなるもの。

「つか俺が高円寺《こうえんじ》より一般常識がないって扱いが気に入らねえんだけどよ！」

アプリを食い入るように見ていた須藤《すどう》が、そう叫んで高円寺を睨《にら》みつけた。

聞き耳を（勝手に聞こえてくる声量だが）立てつつ、アプリで確認してみる。

2－D　高円寺　六助（こうえんじ　ろくすけ）

1年次成績

学力　　　　B（71）
身体能力　　B＋（78）
機転思考力　D－（24）
社会貢献《こうけん》性　D－（25）
総合力　　　C（53）

普段の授業やテストではそれなりのスペックを発揮している高円寺は、学力と身体能力が高く評価されている。

「何だよ、別にいいじゃんか。身体能力じゃ全然勝ってるんだしさー」

特に秀でた部分のない池《いけ》が羨ましそうにこぼす。

「それは高円寺が真面目にやってねーからだろ。認めたくはねーけどよ」

須藤が話すように、高円寺の身体能力は桁《けた》外れに高い。須藤と同等以上のポテンシャルを持っていると思われるが、部活には所属していない上に体育の授業などでも気分に左右されるため大きなムラがある。自分が興味を抱かなければ平気でサボるし、いきなり投げ出すこともある。そもそも身体《からだ》を動かそうともしないことも珍しくない。対して須藤はどんな課題であれ、常に真面目に取り組みトップクラスの成績を叩《たた》き出している。似たような身体能力でも、査定《さてい》に大きな開きがあるのは当然か。

そんな須藤が噛《か》みついたのは、社会貢献性の部分。

つまりマナーやモラルに関してだ。

槍玉《やりだま》にあげられている高円寺《こうえんじ》も、須藤《すどう》に引けを取らない問題児である。

僅《わず》かな差とは言え、自分が下であることが気に入らないようだ。

須藤が訴えたくなる気持ちは分からなくもないが……。

高円寺が須藤よりも社会貢献《こうけん》性で点数が高いのは、須藤に比べて学校側やクラスに直接マイナスを与える機会が多くなかったからじゃないだろうか。停学や暴力騒動などでペナルティを受けた須藤が下でもおかしくはない。

そんな話を高円寺本人は耳に入れながらも、まるで相手にすることはなかった。

誰もが気になって夢中になっているＯＡＡに必要以上に触れようともしない。

学校生活が1年以上過ぎて、一番変わっていないのは高円寺かもな。

ともかく、オレたち生徒は1年間による成績の可視化が行われてしまった。

学校側のこの行動は、こっちにとってメリットでもありデメリットでもある。

たとえば総合力という項目が存在するせいで、暫定的《ざんていてき》な実力ランキングが作られた。

もし、不都合な特別試験が今起きれば、退学の候補者に名乗りを上げるのが誰であるかは答えるまでもないだろう。総合点の低い生徒に集中する。

池《いけ》と同じく最下位に名を連ねてしまった愛里《あいり》も内心、気が気ではないだろうな。

2

ＯＡＡ導入の話題冷めやらぬまま、２時間目の授業が始まる。

そしておそらく、この時間からは本格的な『あの話』に移ることだろう。

そんな生徒たちの心の読みは簡単に的中することになる。

「これから特別試験の概要を説明する」

普通に授業を始めるかのように、そう話を切り出した茶柱《ちゃばしら》。

「おまえたちが２年生になって行う初めての特別試験、それはこれまでに類を見ない新たな試みを取り入れた内容となっている。アプリ導入のようにな」

月城《つきしろ》の影響か、あるいは南雲《なぐも》の影響か。学校の仕組みは大きく変わりつつあるようだ。

「肝心のその内容だが、新入生である１年生と、おまえたち２年生がパートナーを組み行う筆記試験となっている」

「１年生と……パートナー……？」

これまで学年を飛び越えて何かを行うことは殆《ほとん》どなかった。

合宿などの例外も存在するが、クラス対抗で戦う仕組み上、当たり前のことだった。

それがＯＡＡの導入により壁が取り払われたということか。

「今回の特別試験では筆記試験とコミュニケーション能力が大きく問われる」

勉強とコミュニケーション能力。

一見すると交わり合わないような項目同士。

「筆記試験の重要性は今更説明するまでもないが、学校はこれまで、体育祭や合宿くらいなもので他学年との交流を深くは行ってこなかった。それ故に生徒のコミュニケーション能力が伸び悩んでいると判断した」

「け、けど俺たちは同じ学年と競い合ってるんですよね？　なんか違和感あるって言うか」

１年生が大きく絡んでいることに、ちょっとした不満を見せる池《いけ》。

「理解できないわけじゃないが、客観的に考えてみることだ。おまえが社会人になって初めての年、接する人間が同じ新卒だけであるはずがない。２年目の者もいれば、20年30年になるベテランとも同じ世界で戦っていくことになる。大きく年の離れた相手がライバルになることもあるだろう」

「それは……まぁ、何となく想像つきますけど」

「世界が実力主義に移行している中、いつまでも日本企業の多くは年功序列と終身雇用に縛られ続けている。後輩と何かをするのはおかしい、先輩と何かをするのはおかしい。この特別試験を耳にした時にそう感じた者は、今一度認識を改めることだ。分かりやすく言うなら飛び級などもその１つ。アメリカやイギリス、ドイツなどでは当たり前のように行われている制度だ。小さな子供が高校生、大学生と混じって勉強することも珍しくない。この教室で同じように学ぶ小学生がいる状況を、お前たちは想像し受け入れることが出来るか？」

クラスメイトたちは、茶柱《ちゃばしら》に促されるように想像力を働かせる。そしてきっと理解することが出来なかっただろう。あり得ない、おかしい、と感じたはずだ。

確かに、飛び級制度が日本で使われるケースはほとんどない。特定の条件があるとはいえ、実際に飛び級が可能であることを知らない者も多いくらいだろう。学習を横並びにしている日本には現状合わない制度で、必ずしも飛び級という制度自体が受け入れられていないのが実情だ。ホワイトルームには学習速度の横並びなど皆無だったため、この点についてはよく理解できる。

ただし茶柱が言っていることが全てでないことも確かだ。

何事も諸外国に倣えばかりではない。日本には日本の風土に合った教育も重要だ。恐らく茶柱自身も分かってはいるだろうが、上からの指示に従い説明するしかないからな。

「今後、1年生や3年生と競い合うケースも出てくるだろう。しかし今回に限ってはあくまでも協力関係を結ぶことにある、その点を覚えておくことだ」

これが今回筆記試験とコミュニケーション能力の両方を必要とする特別試験になった理由か。どのようなルールで行われるのか、想像のつかない生徒が首を傾《かし》げる。

「理解してもらうためには、去年の特別試験を思い出してもらうことが何よりも近道だ。クラスメイトの中からパートナーを見つける形だった、ペーパーシャッフルの改良型と思えば分かりやすい」

ペーパーシャッフル。

それはクラスメイト同士で2人1組のパートナーを作り試験に挑むというもの。

要はそれがクラスメイト同士ではなく、2年と1年でパートナーを組む形になったのか。

たったそれだけの違いに感じるが、これは前回とは大きく異なる。

「1年のどのクラスの誰と組むのも個人の自由だ。試験期間は今日を含めて約2週間後の月末。じっくりとパートナーを選定する時間、そして勉強に取り組む時間が用意されている」

この特別試験なら、OAAのアプリをこの段階でインストールさせたのも頷《うなず》ける。

1年生は当然上級生の顔も名前も詳しく分からない。

2年生も当然下級生の顔も名前も詳しく分からない。

以前行われたクラスメイト同士のペーパーシャッフルは、仲間内で行うものだったからこそ、色々と調整して自由なパートナーと組むことが出来た。

つまり勉強の出来ない生徒を誰かがサポートして生き残ることも容易だった。ところが今回の試験は違う。互いに優秀なパートナーを見つけることを前提に動く。しかも組む相手は同学年ではなく関係の薄い下級生。1年には1年、2年には2年の事情というものがある。

何より、0から信頼関係を築いていくにはそれ相応の時間がかかる。

こんなものをアプリ抜きで構築しようと思った時、2週間では到底足りないだろう。

だがOAAでは名前と顔が一致して分かるため、ある程度のショートカットが可能だ。

しかも現在の学力もおおよそわかるため、組む際の参考にもしやすい。

「テストは試験当日にまとめて5科目行われる。1科目100点の合計500点満点だ。そして肝心のルールだが……今回はクラス単位の勝敗と、個人単位の勝敗の2種が用意されている」

黒板に指をかざした茶柱《ちゃばしら》が、特別試験の結果についてを表示していく。

学年別におけるクラスの勝敗

クラス全員の点数とパートナー全員の点数から導き出す平均点で競う。

平均点が高い順から、50ポイント、30ポイント、10ポイント、0ポイントのクラスポイント報酬《ほうしゅう》を得る。

個人の勝敗

パートナーと合わせた点数で採点される。

上位5組のペアに特別報酬として各10万プライベートポイントが支給される。

上位3割のペアに対して各1万プライベートポイントが支給される。

合計点数が500点以下の場合2年生は退学、1年生は保持しているクラスポイントに関係なく、プライベートポイントの振り込みが3か月間行われない。

また意図的に問題を間違えるなどして点数を操作、下げたと判断された生徒は学年に関係なく退学とする。同じく低い点数を第三者が強要した場合も同様にその者を退学とする。

「もう何となく分かるだろう。今回の試験、学力の評価が高い生徒から順に売れていく」
ＯＡＡが無ければ詳細まで見られることもなかったが、このアプリが登場したことで生徒の実力は丸裸。学力判定が低ければ低いほど、パートナーを見つけることが難しくなる。学力面に不安を抱えている生徒は、売れ残る傾向が顕著《けんちょ》に見られるだろう。

頭の良い生徒は、当然頭の良いパートナーと組んで上位の報酬《ほうしゅう》を狙う。学力に不安を抱える生徒もまた、生き残るために頭の良いパートナーを求める。その果てに溢《あふ》れてしまった下位の学力の生徒同士で組むことになれば、５００点を割ってくることもあるだろう。そうなれば２年生には退学という厳しい現実が待ち受けている。

２年生は学校の仕組みを理解し、クラス内では少なからず友情が芽生えている。

上位の報酬を無視してでも、クラスメイトを助けるよう動くことが出来るだろう。

ところが１年生にしてみれば、まだクラスのまとまりなど当然出来ていない。そうなると、大した友人でもない生徒が３か月にわたってプライベートポイントが振り込まれないことなどそれほど重要視せず、大きなこととは考えない。丁度１年前、このクラスの大勢が須藤《すどう》を見殺しにしようとした時と同様……いやそれ以上に。

「パートナーは互いの了承で成り立ち、ＯＡＡ内で登録することにより完了となる。今日この瞬間から組むことは可能になるが、一度パートナーを許諾《きょだく》してしまった場合には、その後如何《いか》なる理由があろうともペアを解除することは出来ない」

そう言われてしまうと、余程相手の学力が高くない限り即断することは難しくなるな。
安易《あんい》な決断は後で後悔を生む可能性がある。
モニターが更新され、次にパートナーに関する情報が表示される。

パートナーを決める上での方法とルール
OAAを使い希望の生徒に1日一度だけ申請することが可能（受諾《じゅだく》されなかった場合、申請は24時にリセットされる）。
相手が申請を承諾した場合にはパートナーが確定し、以後解除は不可能となる。
※退学や大病など止《や》むを得《え》ぬトラブルを除く。
パートナーが確定した両名は、その翌日の朝8時に一斉にOAA上で情報の表示が更新され、新たに申請を受け付けることは出来なくなる。
※パートナーを組んだ相手が誰であるかは明記されない。

このルールから、適当に大量の申請メールを送り付けることは出来ないし、特定の人物に送るにしても、その人物が同日別の生徒とパートナーを組んだことを知れるのは翌日の8時になるため、申請が無駄になってしまう可能性もある。
まぁ、よく知りもしない生徒からの申請を受ける生徒がいるかどうかは分からないが。

恐らくこのルールは、誰と誰が組んだかを分からなくするための措置《そち》だろう。組んだ傍《そば》から反映されるのなら、各クラスの戦力分析も容易にできてしまうからだ。

「先生！　絶対に俺と組みたがる後輩なんていないって！　まさか俺みたいなバカは、コミュニケーション能力で何とかするしかないってことっすか⁉」

そんな池《いけ》の嘆《なげ》きはもっともだ。

組みたいと思う生徒が尽きるまで、低学力の生徒が必要とされる確率は低い。

あくまで正攻法にやるとしたらの話だが。

「安心しろ。どれだけ売れ残ってもペアが組めないという事態にはならないように考えられている。特別試験までペアを組みきれなかった場合には、当日の朝8時にランダムで選ばれることになるからだ」

救済措置とも取れる話に、胸を撫《な》で下《お》ろす池。

「とは言えパートナーを見つけることが出来なかった生徒を、他の生徒と同列に扱うわけにもいかない。よって時間切れによって誕生したペアの2人は、総合点から5％分の点数ペナルティを食らう仕組みを採用している」

安心したのもつかの間、5％のペナルティにクラスが悲鳴を上げる。

特別試験を受けられないという事態にはならないが、かなり痛いハンデを背負うな。

「先生、僕たち2年生には3名の退学者がいます。1年生は最終的に3人余るのでは？」

そんな洋介《ようすけ》の些細《ささい》な疑問に、茶柱《ちゃばしら》が淡々と答える。

「余った3人に関しては、その生徒の持ち点を2倍にすることで補填《ほてん》される仕組みだ。ただし同様にペナルティ5%が課せられるため、喜んで1人になるヤツは少ないだろう」

単純に1人2役ということか。学力が高い1年生3人が売れ残る分には問題が出ることはないようだ。だが今回の特別試験、オレは池や須藤《すどう》の心配だけをしているわけにもいかない。

オレにとっては、非常に難易度の高い特別試験になることが確定しているからだ。

難易度が高くなる原因は『合計点が500点以下であれば退学』という部分。これは言い換えれば、特別試験をクリアする上で重要なパートナーが、絶対に1点以上取らなければならないという部分にある。オレが5科目で満点を取ったとしても、パートナーが0点であれば退学は避けられない。

通常であれば、これは非常に尖《とが》ったルールであり危険なものだ。1年生には退学するリスクがないため、手を抜かれるなどして低い点数を取られると理不尽な退学を強《し》いられることになる……。が、そのルールを守っているのもまた、学校側の作っているルールだ。『また意図的に問題を間違えるなどして点数を操作、下げたと判断された生徒は学年に関係なく退学とする。同じく低い点数を第三者が強要した場合も同様にその者を退学とする』という文言。これはこの特別試験を正当なものとして成立させるため、極めて重要なくてはならないものと言えるだろう。

手を抜くぞと脅《おど》してプライベートポイントを要求するといった不正を防ぐための措置。

こうなるとテストで露骨に手は抜けない。これがあることで、一般の生徒はルールにより強固に守られる。

だが通常であれば十分に守られているルールでも、確実なものとするには不足がある。

何故《なぜ》なら——ホワイトルーム生だけは別の話だからだ。

向こうは退学すること前提で仕掛けるのだから、このルールでは抑止力にはならない。

オレとペアになることが成功したなら、容赦《ようしゃ》なく0点を取って来るだろう。

つまり、もしオレがパートナーにホワイトルームの人間を選んでしまえば、それだけでアウト。特別試験が開始された段階で、160分の1以上の確率で退学が待っている。

本来なら『パートナーが不正により退学となった場合、ペアの生徒はペナルティを受けず合格扱いとする』くらいの措置《そち》があっても良い。しかし、今聞く限りではそのような保証はどこにもない。

この点を誰も追及しないのは、わざわざ退学になるような行動を取る生徒がいるはずがない、という勝手な思い込みによるもの。いや、それだけじゃない。

万が一、そのような生徒が現れてしまった時、恐らく学校側は急遽《きゆうきよ》対処する。

不正をした生徒の巻き添えを食らっての退学は厳しすぎる、と。しかしそのペナルティに巻き込まれたのがオレだけであれば、あの男は処分を強行するだろう。

真面目に試験を取り組まないような生徒とペアを組んだオレのミスとでも言って。

臨機応変に対応できるよう、僅《わず》かな穴をルールに設けている。

脳裏にチラつく、月城《つきしろ》の影。間違いなくあの男が考え、作り上げたルールだ。

この特別試験の機会を逃すはずがない。オレがもたもたして後手に回ってしまえば、ホワイトルームの人間以外は次々とパートナーを選んでいき、ホワイトルーム生を引き当てる可能性は上がってしまう。

素早く行動しホワイトルーム生ではないと思う生徒と組めればいいのだが、OAAによるオレの学力は評価C。好き放題にパートナーを選べる立場ではない。

かと言って極端に学力の低い生徒を選ぼうにも、相手の1年生の方が学力Cのオレでは不安を拭《ぬぐ》い切《き》れず、ペアを組む許可を出さないだろう。

こうなると、組んでも差し支えないと思われる学力C前後の相手を見つけることになりそうだが、それを見越して相手側がその評価付近で待ち伏せていることも考えられる。

ルール説明を受けた段階で、今までのどの試験よりもハードルが高いことは確定だな。

「先生。試験の難易度はどの程度でしょうか」

他の生徒にとって肝心な部分を、堀北《ほりきた》が挙手して茶柱《ちゃばしら》に聞く。

「包み隠さず言えば、非常に難しい問題が多い。これまでおまえたちが受けてきた試験の中でも、間違いなく最難関と言えるものだ。が……それはあくまで高得点を狙った場合の話。学力判定がE付近の生徒でも、予習なしで150点以上は取れるように作られている。

数日勉強すれば200点は堅いだろう。そして、これはあくまで目安だが――」
そう言い、茶柱《ちゃばしら》が学力別の予測点数表を表示する。
学力E　150点～200点
学力D　200点～250点
学力C　250点～300点
学力B　350点前後
学力A　400点前後
「きちんと予習しておけば、これくらいの点数は取れるだろう。だが慢心して勉強を疎《おろそ》かにすれば、当然これ以下の点数になるかも知れないことを忘れるな」
モニターに映し出された内容を過信するなと付け加える茶柱。
「それと、学力Aの生徒が400点前後、という部分を見ればわかると思うが、今回の試験で満点はおろか各教科90点を超えるような生徒はまず出てこないだろう」
それが最難関だと言った部分に直結しているようだ。
ともかく学力E付近の生徒同士がペアになれば、単純に退学の危機ということだ。
「以上が4月に行われる特別試験の概要だ。気を引き締めて挑むように」
その後は、テストの範囲に関する説明が口頭で行われる。

茶柱曰く1年生で習った範囲をしっかり予習しておけば、ほぼ大丈夫らしい。

3

休み時間になると、多くの生徒が必然的に洋介《ようすけ》の周りに集まりだした。

それを受けてすぐに堀北《ほりきた》も席を立ち、その中に合流していく。

オレも一応、話は聞いておくことにしよう。

「どどど、どうすりゃいい平田《ひらた》!? 俺学力E判定だから、大ピンチじゃん!」

頭を抱えながら、洋介に助けを乞《こ》う池《いけ》。

そんな池に落ち着くよう諭しながら、洋介はクラス全体を見渡した。

「まずは落ち着いて、それから方針を固めていこう」

「ええ、慌てる必要はどこにもないわ」

「け、けどよ!!」

「確かに楽な試験じゃないのは確かよ。確実に501点以上を取るためには、学力Eの生徒は学力B以上の1年生とペアを組まなければならない。けれど、逆に言えばB以上の生徒と組めばかなり安心できる試験でもあると言えるわ」

落ち着かせるためか、試験突破に必要なことはそれほど複雑ではないと説く。

「それに私たちは1年間、同じような試験を協力して乗り越えてきた。今まで通り連携して予習に励《はげ》めば、250点や300点を超えることも出来ないことじゃない」

「うん。堀北《ほりきた》さんの言う通りだよ。僕らが協力し合えば、必ず全員無事に試験を終えられるはずだ」

堀北に合わせ洋介《ようすけ》の言葉が重なることで、周囲の動揺《どうよう》が少しずつ落ち着いていく。

「大切なことは、軽はずみな行動でパートナーを決めないこと。ノンストップで決断しても良いのは学力B以上の1年生が組んでくれると言ってくれた場合だけよ」

確かに先走ってパートナーを決めてしまったが最後、試験終了まで変更はきかない。

絶対に501点以上を取れる相手であることを見極める必要がある。

「それから学力がB+以上の人は、焦らずに状況を見極めて欲しい。全員を救うためには勉強のできる生徒を一定数残しておくことが重要になるかも知れないから。ともかく、勉強が出来る人出来ない人を問わず、動きがあった時は必ず私か平田《ひらた》くんに相談して」

最低限のことだけを伝え、不用意に騒がず慌てないことを願い出る堀北。啓誠《けいせい》やみーちゃんといった優等生たちも迷わず頷《うなず》き協力する姿勢を見せた。クラス全員分の交渉をまとめて引き受けることも出来なくはないだろうが、円滑にパートナーを決めることは難しくなる。ライバルがいる中で競い合うのだから、時間との戦いもしなければならない。

「僕はとりあえず、サッカー部に入ってきた子に交渉してみようと思うんだ。何人か勉強のできる生徒もいるみたいだし、パートナーになってもらえるかも」

話を聞いていた洋介もそう堀北に声を掛ける。人海戦術も大切な戦略だ。

「お願いしてもいいかしら。あなたの協力があれば心強いわ」

しかも、部活を通じてとなれば堀北にも出来ない部分だ。洋介は優しく微笑《ほほえ》み頷く。

「それと学力がC－以下の生徒には、万が一のことを考えてヒアリングするべきだと思う」

「正しい判断ね。私たちが協力してパートナーを見つける方向で動きましょう」

こうやって一番最初の段階で、クラス全体に行き渡る方針説明が出来るだけでも大きく違ってくるだろう。苦手な部分はフォローしてもらえるし、誰にも見捨てられないという安心感も得ることが出来る。

「堀北さん、それからもう1つ───」

「学力C以上の生徒の中にも、対話とかを苦手とする人はいる。学力と違う部分でパートナー作りに苦戦する人のフォローもするつもりよ」

細かく話し合わずとも、理解できるだけの頭の回転を持っている2人。

必要最小限の会話で、完璧に息を合わせていた。

「ありがとう。そうしてくれると助かるよ」

堀北と洋介は淀《よど》みなく話を進め、両者が納得いく形で状況を整理していく。

一度正面からぶつかり合った2人だが、信じられないほどに上手《うま》く連携できている。

堀北が丸くなったこと以上に、洋介の柔軟な考え方が作用しているからだ。

「ところで須藤《すどう》くん、バスケット部の方はどうなのかしら。1年生も入ってきてるんでしょう?」

部活に熱心に取り組む須藤《すどう》に意見を問う堀北《ほりきた》。

ところが、須藤はどこかばつが悪そうに視線を逸《そ》らした。

「あ、ああ。けど……」

「けど？」

「部活が始まって数日だけどよ、結構スパルタ、っつーか……アレしてるからよ」

「威圧的《いあってき》に接しているということ？」

「まあ、そんな感じになるかもな。バスケはリアルだからよ」

要は既に嫌われるような立ち位置になってしまっているかも知れないということだ。

もちろんバスケに対して真剣に取り組むからこそ、ではあるんだろうが。

練習に厳しい先輩は、好き嫌いが大きく分かれそうだ。

「いいわ。あなたはひとまず勉強に集中して、特別試験のことは考えないようにして」

「あ、ああ」

下手に動かれると逆効果なため、堀北はしっかりと釘《くぎ》を刺した。

4

その後の昼休み。昼食を終えた後、オレは堀北に呼び出され廊下に足を運んでいた。

「教室で話すことでもないし、ここなら誰か来れば分かるわ」

「それで？　今度の特別試験に関することだよな？」

「ええ。今度の特別試験、相当難易度が高いテストになることは茶柱《ちゃばしら》先生が言っていた。学力の低い生徒たちには試練だけれど、私とあなたが勝負するには理想的な展開よ」

まずは自分たちの話を済ませておくつもりなのか、そう切り出した。

オレと堀北は春休みの中で、１つだけ約束を交わしていたことがある。筆記試験で１科目、点数の高さで勝負すること。オレが勝てば堀北が生徒会に入ること、堀北が勝てばオレが１年間隠し通してきた実力を惜しみなくクラスのために使うこと、といったものだ。学力Ａの評価を持つ生徒でも１科目で90点以上取ることは難しいと明言されている。それだけ高難易度なら、下手に満点同士で引き分けという展開にはならない。

「不服はないわよね？」

次の筆記試験で決着をつけることに異議がないかの確認。

「もちろんだ」

下手に引き延ばしても得はないため、当然のように承諾する。

「それは良かったわ。なら、すぐに次の話に移れるわね」

ひとまず約束の再確認をして満足したのか携帯を取り出した。

そして今朝インストールしたばかりのＯＡＡを立ち上げる。

「1年生の中で、学力Ｂ以上の生徒を優等生として人数を調べてみたの。Ａクラスに17人、Ｂクラスに13人、Ｃクラスに13人、Ｄクラスに11人だったわ」

合計で54人。それなりの割合と言えるだろう。

「私たちのクラスで学力Eに分類される人たちは4人だけ。学力Dの生徒を含めても全部で12人。1年生には十分に戦力が揃《そろ》ってる状態よ」

「問題はその優等生を、オレたちDクラスがどれだけ仲間に引き入れられるかだな」

54人いると言っても争奪戦は必至だ。隙《すき》を見せれば全員奪われることだってある。

「ええ。この54人の枠を多く確保できたクラスは当然優位に立てるし、逆にD+以下の生徒を多く引いたクラスは単純に不利になる」

今回から導入されたアプリは、極めて便利な機能を兼ね備えている。

この機能を上手《うま》く使いこなしたクラスが、勝ちに一番近づくことになるだろう。

「坂柳《さかやなぎ》さんや龍園《りゅうえん》くん、それに一之瀬《いちのせ》さんも。各クラスは今日から動き出すはずよ」

リーダーの中でも、Aクラスの坂柳は真《ま》っ直《す》ぐ攻めるだろう。

学力に不安を覚える生徒が一番少ないクラスの利点を生かし、徹底《てってい》的に頭の良い1年生を仲間に引き入れる作業をしていくだけでいい。後輩にしてみてもAクラスの安定力はOAAを見ればすぐに分かる。協力しておけば上位の報酬《ほうしゅう》もグッと手元に手繰り寄せられる。

一方でオレたちはそうはいかない。

「何よりもまずは、学力EやDのクラスメイトを優先的に助けて上位と組ませることだな」

同意して軽く頷《うなず》いた堀北《ほりきた》。

「まだ100点とは言い難《にく》いけれど、パートナー優先リストを作ってみた。やっぱり真っ先に片づけておくべきは須藤《すどう》くんだと思うわ」

「ちょっと待ってくれ。確かに須藤の学力はE判定だが、実際のところはどうなんだ？」

須藤は入学当初の成績が悪すぎて、結果的にEの評価を受けている。

だが、1年生後半には少しずつ学力の向上が見られ始めた。

つまり、今はもう少し上にいてもおかしくはない。

「そうね……確かに以前より遥《はる》かに成長しているわ。春休み中も、須藤くんはこれまでの遅れを取り戻すために勉強漬けだったから」

「付きっきりで勉強会でもやってたのか？」

「まさか。毎日付き合うほど私も暇じゃないわ。ある程度1人で学習する能力も身についてきたのよ。何日かに一度、上がって来た成果物をチェックして戻していただけよ」

「へえ……」

堀北ありきの努力だと思ってたが、それは素直に感心すべきことだな。

「正直、私の中で須藤くんは少し上のランク……他の生徒と比較しても、DからD＋まで来てる感覚よ」

もちろん、それは単なる皮算用でしかない。

だが、1年前の須藤を知っている身からすれば、随分《ずいぶん》な成長だ。

「確かに須藤は、何というか以前なら特別試験の内容を聞いた時点でもっと慌ててたと思うし、動揺《どうよう》してたはずだ。それが随分と落ち着いていた」

もっとも、高円寺《こうえんじ》に負けた社会貢献《こうけん》性とかで騒いではいたが。

「おまえの見立てで学力D以上なのに、池《いけ》よりも優先度が高いんだな」

「それは彼の性格や外見が大きく影響してるわ。それに、今朝言っていた部活動での高圧的な態度というところも引っかかったから」

どうやら須藤《すどう》を贔屓《ひいき》しているわけではなく、きちんと分析した上でのことらしい。

「もしあなたが何も知らない1年生として——須藤くんと池くん、どっちが組みやすい？　表面上は全く同じ成績として」

「そりゃ、やっぱり池だろうな」

身長体格ともに大きく、そして赤い髪や厳しい口調の須藤はどうしても怖い印象だ。同じレベルと組むのであれば、まだやり取りのしやすい池と組みたいと考える。

「下手に学力を高望みするよりも、パートナー自体を見つけるのが難しいかも知れない」

だからこそ、真っ先に片づけておきたい生徒に指定したってことか。

「理解した。出来ることなら学力B－以上の1年生と組ませたいところだな」

「ええ。それなら確実に乗り切れると思う。早速動きたいの、協力してもらえる？」

「協力？　オレに出来ることがあるとは思えないけどな」

「傍《そば》で思ったことを述べてくれるだけでもいい、近くに置くのは信用のおける人がいい」

「つまり、オレのことは信用していると？」

「自由に動けるクラスメイトの中では、信頼しているわよ」

それは高いのか低いのか、よく分からない表現だな……。

「それとも、私との勝負に勝つために1分でも長く勉強していないと不安かしら？」

その挑発はむしろ逆効果だ。

不安だから部屋で勉強させてくれ、という逃げ口上を用意してくれたようなもの。

「オレはとても不安――」

その逃げ口上をありがたく利用させてもらおうと思ったその時、携帯に動きがあった。

アプリ内に用意されている全体チャットに、2年Bクラスのリーダーである一之瀬《いちのせ》帆波《ほなみ》が書き込みをしたからだ。そしてその内容は――

『本日午後4時から5時まで、体育館で1年生と2年生の交流会を行う許可をもらいました。時間に余裕のある生徒は是非集まってください』

どうやって1年生と接触していこうか頭を悩ませる生徒の、助け船になる発言。

「流石《さすが》一之瀬さんね。自分たちだけじゃなく、全体のことを考えて行動を取るなんて」

どれだけの参加者がいるかは不明だが、それなりの人数が集まると見ていいだろう。

その場でパートナーが成立することも大いに考えられる。

しかし喜ぶどころか、堀北《ほりきた》の表情にはちょっとした焦りのようなものが見て取れた。

もしかすると似たような戦略を思い描きつつあったのかも知れない。

「どうした。特別試験はまだ始まったばかりだろ」

「そう、そうね。まず、私たちが最初にやることは決まった」

それはつまり放課後、この交流会に参加するってことだろう。

そしていつの間にか、オレが協力することになっている。

ま、ついていくだけならそれほどのことでもないが……。

分かっていたというように、どこか試すような眼《め》を向けてくる堀北《ほりきた》。

「分かった、付き合う」

「あら、本当に手を貸してくれるの？　最近は避けられていたと思ったけれど……随分《ずいぶん》と協力的な態度になったのね」

避けられてる自覚のあったヤツが、堂々とオレを呼び出すのも流石《さすが》だけどな。

「おまえがどんな戦い方をするのか、近くで見学しようと思っただけだ」

「なるほど。協力なんて言葉を使うのは早計だったわね」

その方が納得がいくと堀北は1人満足げだった。だがそれは建前、今回はオレ自身が生き残るために動かざるを得ない試験だ。堀北と行動する方が色々とやりやすいこともある。

「だったら半分独り言のつもりで話すわ。須藤《すどう》くんや池《いけ》くんを確実に合格ラインにまで引き上げることは大前提だけれど、今回の特別試験は優秀な生徒の奪い合いが基本。当然、龍園《りゅうえん》くんや坂柳《さかやなぎ》さんたちの動向……つまり『戦略』にも注意しなければならない」

当たり前のことを言ってはいるが、以前の堀北ではそこまでの気は回らなかった。

須藤たちを生き残らせることだけに集中し、敵の戦略に対して疎《おろそ》かな面を見せただろう。

しかし、今回は最初から警戒心を強く持っている。

「もちろん今の段階で、あの2人がどんな手を打ってくるか詳細は分からない。けれど、1つのカギを握ることになるのは『プライベートポイント』だと私は考えてる」

つまり現金。この学校で言えばプライベートポイントの力がものを言うのではないかと堀北は考えた。1年生と2年生との間には、今現在何もない。つまり手っ取り早く話をまとめるには、プライベートポイントを使うのが一番の近道となる。

「AクラスやCクラスにどれだけの資金力があるかは分からないけれど、生徒を奪い合う形になれば買収戦略は必ず行われるはず」

「そうだな。1年生にとっても1番分かりやすいのはポイントだからな」

ポイントを貰《もら》いその分勉強で応える、という流れは誰にでも想像がつく。もっとも、安《あん》易《い》に札束による殴り合いをすれば、プライベートポイントはあっという間に枯渇するだろう。特にDクラスは1年間低迷していたこともあり、他クラスと比べるとポイント量、つまり資金力で大きく劣ることは調べるまでもなく明白だ。

「通常ならオレたちも資金を投入して一定数の生徒を確保すべきだ」

金に対抗できるのは基本的に金。どちらが多く積むかのまさにマネーゲームが必須。

しかし、さっき一之瀬《いちのせ》が発信した全体チャットに焦りを感じていたということは……。

「まずは交流会で偵察《ていさつ》よ。チャンスがあればその場での行動もあり得るけれど、焦るつもりはないわ。それでいいかしら」

まだ堀北《ほりきた》の中では方針が固まり切っていないのか、深く話すことはなかった。

「ところで綾小路《あやのこうじ》くん。あなたは自力でパートナーを見つけるってことでいいのかしら?」

「お願いしたら見つけてくれるのか?」

「客観的に判断しても、あなたの学力はC。基本的には誰と組んでも支障はない。ついでに片づけられる案件だけど?」

「じゃあ、困った時には頼むことにしよう」

堀北や洋介《ようすけ》と組むことを決めた1年生ならホワイトルーム生から除外できる。つまり直前で頼み込み、上手《うま》く入れ替わるといったテクニックも使えなくはない。だが、相手サイドに全ての情報が渡っているとしたら、困り果てたオレがそんな選択をしてくることも視野に入れているだろう。裏の裏を取る読み合いでしかないため、100%回避とは言い難《にく》い。何より一年生にとってみれば、堀北や洋介だから組むと判断しているわけであって、強引な入れ替わりはけして嬉《うれ》しいモノではないし、簡単に認めてもくれないだろう。

「悠長に構えない方がいいわよ。懸念材料がないわけじゃない。時間切れによる5%のペナルティはけして安くないわ」

「そうだな」

オレとしても悠長に構えるつもりはないが、ホワイトルームの人間のことが気がかりだ。まず間違いなく、1年生の中に紛《まぎ》れ込んでいるはずだからな。

○曲者揃《くせものぞろ》いの1年生たち

体育館には、1年生と2年生が合わせて数十人も集まっていた。その大半は2年生ではなく1年生。やはりこの交流会を、1つの大切な機会として捉えている生徒は多いのだろう。1年生の顔触れは今見ても分からないので、まずは参加している2年生を把握《はあく》する。

Aクラスのリーダーである坂柳《さかやなぎ》の姿は見えない。代わりと言えるかは分からないが、橋《はし》本正義《もとまさよし》の姿は見受けられた。坂柳は足にハンデがあり行動範囲がどうしても狭く、そして遅くなる。それを補う大きな役目をこなしている人物だ。パッと見る限りAクラスからは橋本だけ。それに、特定の人物に話しかけようとしている素振りはない。

交流会で誰が誰と接触するのか、その偵察《ていさつ》といったところか。

Bクラスは主催者ともあって、一之瀬《いちのせ》をはじめとした男女がクラスの半数ほど顔を見せている。一之瀬を傍《そば》で支える神崎《かんざき》の姿もあった。しかしその他特別な実力者や、学力に不安がありそうな生徒に偏《かたよ》っている印象は受けない。単純に社交的なメンバーを中心に選んでいるようだった。一方でCクラスの生徒は一見すると誰も参加している気配がない。まるで最初から交流会など眼中に無いかのようだ。この場ひとつをとっても、2年生全体の思惑が何となく見て取れる。しかし今日、堀北にとって重要なのは2年生ではない。

ほぼ面識のない1年生たちの方だ。

まだ入学して間もない1年生には右も左も分からないはず。

そんな中で、いきなり2年生と組まされるのだから、思考が追いつかない生徒も多いだろう。クラスメイト、それも仲の良い生徒たちで固まり委縮《いしゅく》しながら参加している。

その状況を見て、一之瀬《いちのせ》は特別試験のことには一切触れず自己紹介や何気ない雑談から輪を広げていこうとしていた。もちろん、誰だってすぐに打ち解けられるわけじゃない。

それを理解している一之瀬は焦ることなく、ゆっくりと歩み寄り、優しく微笑《ほほえ》みを向ける。そして、氷のように固く閉ざした心を溶かしていく。僅《わず》か数分、この交流会を眺めているだけでその先の情景が目に浮かぶようだった。

「特別試験のことを優先するわけじゃなく、まずはお互いの信頼関係を築いていく。とても一之瀬さんらしいやり方ね。誰にでも出来るようで出来ない眩《まぶ》しい方法だわ」

この交流会の第一印象を、堀北《ほりきた》はそう言葉で表した。

これが戦略としてどこまで生かされるかは未知数だが、とても重要なことだ。

一之瀬のやっていることは、1年にとっても2年にとってもプラスにしかならない。

そんな活躍を見せようとする一之瀬を眩しいと表現した堀北。

その横顔から、考え始めているであろう戦略が薄《うっす》らと見えてくる。

「おまえも似たような戦略を考えてるのか？」

「……そうね。プライベートポイントを主軸とした戦略は、私たちDクラスには荷が重い。だから、1年生と信頼関係を構築していくことが重要だと考えていた。でも、一之瀬さんにはとても敵《かな》わないわ。というより、その手の戦略は彼女の専売特許よね」

相手にパートナーとして認めてもらうには『何か』が必要になる。その『何か』に当てはまるのは、ポイントであったり信頼であったり、友情や恩義と様々だ。

「既に1年生の多くに、２年Ｂクラス一之瀬帆波《ほなみ》さんの顔と名前は知れ渡った。不安を持った生徒はきっと彼女の元に集い、彼女もまたその期待に応えるはずよ」

「そうだな」

わざわざ知りもしないオレたち2年Ｄクラスのところに来たりはしない。

「だけど彼女のような眩しい方法は真似《まね》できなくても、やり方はある」

どうやら堀北は、何かヒントのようなものをこの交流会で得たらしい。

そのカギは、常にＯＡＡを開きながら1年生を見ていた部分にあるんだろう。

まだ帰る気配はなく、堀北は1年生たちの観察を続けている。

それを傍《そば》で見ていたのはオレだけじゃない。大きな影が動く。

「しっかし、どいつもこいつも意思が弱そうな連中ばっかりだな」

堀北の隣で、1年生を見ていた須藤《すどう》がそんな感想を漏《も》らした。

今日は真《ま》っ直《す》ぐ部活の予定だったが、一之瀬の交流会を開く要望が認められ体育館を5時まで使うことが急遽《きゆうきよ》決まったため、須藤は堀北に同行することを申し出た。

不要だと突っぱねられたみたいだったが、どうせ体育館に行くんだからいいだろ、と。

「不用意に睨《にら》みつけないで。怖がらせても得なんて何もないわよ」

「別に睨《にら》んでねぇよ。元々こういう顔なんだっつの。てかよ、ゆっくりしてていいのかよ。一之瀬《いちのせ》に頭の良い後輩持っていかれちまうんじゃないのか？　別に声かけていいんだろ？」

早く声を掛けに行った方がいいと、須藤《すどう》が焦るように堀北《ほりきた》に言う。2年Bクラス以外の生徒が交流会で1年生を口説いたとしても、一之瀬が腹を立てることはないだろう。むしろ喜ぶ姿が目に浮かぶ。

「どうするんだ？」

オレも堀北の行動が気になったため、そのことを聞いてみる。

「私たちが、この場で2年Bクラスと社交性で勝負して勝てると思う？」

一之瀬は自分たちのクラスが勝つことよりも、現状は1年生の救済に重きを置いている。Bクラスは誰一人立ち去ることなく、1年生との親睦を深めようとしているようだった。その熱量は1年生たちにも伝わるだろう。

「まったく思わないな」

洋介《ようすけ》や櫛田《くしだ》ならいざ知らず、オレや堀北、須藤にはその能力が大きく欠如している。それは百も承知の上で、この場に足を運んだはずだ。

話し合いが本格的に始まろうかという頃、堀北が行動に出る。

「――行きましょう」

それは交流会への参加ではなく、退散。

堀北は最初から、この交流会で1年生を味方につけるつもりがなかったということだ。

「いいのかよ鈴音《すずね》」

「半数以上の生徒は、この交流会に出ていない。私はそちら側の生徒と交渉する」

つまり一之瀬の声に耳を傾けなかった1年生をターゲットにする狙い。

しかしそれは、同時に懐柔《かいじゅう》の難しさを表してもいる。

救いの手を差し伸べられずとも実力でパートナーを手にすることが出来るか、あるいは交流会に出る勇気を持ち合わせていない生徒。もしくは既に戦略を立てている生徒。何にせよ、一癖《くせ》も二癖もある生徒が多いと考えられる。

「一応、根拠を聞いておこうか」

「理由は２つ。さっき調べた限り交流会に来ている生徒は、思いのほか学力に不安を抱えている比率が高かったわ。今私たちが早急に求めているのは、学力が最低でもＢ－以上の生徒。つまり、交流会に来ずとも戦える自信を持った即戦力よ」

なるほど。確かにそれなら交流会から離れたことにも一定の納得がいく。

「私たちが最優先でやるべきは学力Ａの生徒同士で組ませることじゃない。絶対に退学者が出ないように下位の生徒を確実にフォローできる学力を持った生徒を口説くこと」

しかし2年Ｂクラスが大勢を救済するとしても、1年生は当然溢《あふ》れる。しかも、一之瀬は立場上学力の高い生徒よりも、低い生徒を救うことを優先するはずだ。ある程度学力の高い生徒のおこぼれを拾える可能性もある。

２つ目の理由に、それが隠されていると見るべきか。

「それに交流会に姿を見せた人たちには、学力に関係なくちょっとした偏《かたよ》りがあったの」

「偏り？」

「1年Dクラスの生徒が全く参加していなかったことよ」

全く参加していない？　なるほど、それは確かに面白い偏りかも知れないな。

「あなたにも分かったようね」

「何だよ。1年Dクラスが参加してないことが、なんか意味あんのか？」

意味が分からないと須藤《すどう》が首を傾《かし》げる。

「1つのクラスには40人もいるのよ。その中には勉強が出来ない子も、対話が苦手な子もいる。なのに1年Dクラスからの参加者はいなかった。明らかにクラスの意思が反映されたものだということ」

誰かがクラスをコントロールし、交流会不参加へと導いていることは明らかだ。

まだ入学して幾日《いくにち》も経《た》っていないことを思えば、異常なことだと言える。

「つまり1年Dクラスにはもうリーダーがいて、そいつが交流会を蹴《け》ったってことか……」

「もしクラス単位で交渉できる相手がいるのなら、個人で駆け引きする必要はなくなるわ」

つまり2年Dクラスと1年Dクラスで、生徒をカバーし合う戦略。

「もっともな話だが、だとすると勝ち目はなくなるんじゃないか？」

退学者を出さないためには悪くないアイデアだが、総合点で他クラスに勝つことは不可能になるだろう。

「そうね。そういう意味では私は今回クラス戦をするつもりはないということになるわ」

「俺がどうこう言えた立場じゃねえけどよ、それでいいのかよ」

「ええ。全く問題ない」

ハッキリと言い切る堀北《ほりきた》。戦い方こそ違えど、戦略の方向性は一之瀬《いちのせ》と同じか。

貴重な特別試験という機会で、クラスポイントを得るチャンスを放棄《ほうき》する考え方。Ａクラスの橋本《はしもと》も一之瀬への交流会の視察が済んだのか、既に体育館を去るところだった。

そんな橋本に続くように体育館の出口に向かう堀北。オレたちもまたついていく。

しかし、立ち去る寸前にオレは一度一之瀬の方を振り返った。

こちらの存在に気付くこともなく、１年生と笑顔で向き合い話を進めている一之瀬。

学力がＥだろうとＤだろうと、迷わず一之瀬は救いの手を差し伸べることだろう。

特別試験の勝利を捨て、自分たちのクラスから退学者を出さないための戦い。

今から堀北がやろうとしていることと、やり方は違えど同じ。

だが——本質という意味では、果たして同じかどうか。

「よう」

体育館を出たところで、橋本はオレたちを待っていたのか声を掛けてきた。

「相変わらずだな一之瀬は」

「クラスメイトや１年生を救うことを一番に考えているようね」

「あれじゃあな。一之瀬は今のところ脅威《きょうい》にはならない。バカを引き入れるデメリットが分かってるのかねぇ？　勝負を捨てるようなもんだ」

呆《あき》れたように話す橋本《はしもと》。堀北《ほりきた》がやろうとしている戦略も同じだということに、橋本が気づいているはずもない。勝負を捨てる考えを堀北が持っているとは思いもしないからだ。

「もし分かっているのなら、最初からこのような場を設けないんじゃないかしら？」

「ああ、なるほど。それもそうだな」

「あなたたちAクラス……坂柳《さかやなぎ》さんは交流会を見るまでもなく分かっていたのね。参加しなかった理由は、どんな生徒がこの場に現れるか既に予想していたから」

「ま、そうだろうな」

それでも、偵察《ていさつ》要員として橋本だけは送り込んでおいたってところだろう。

「それで、どうやって優等生を味方に引き入れるつもり？」

「それはお姫様の考え次第さ、俺は指示に従うだけなんでね」

そう言って、軽い会話を交わして満足したのか橋本は立ち去っていった。

「橋本の野郎の言うことは、あんま信用すんなよ鈴音《すずね》」

「言われるまでもないわ。というか、あなた橋本くんに関して詳しいの？」

「いや全く」

堂々とふんぞり返って答える。

「……そう。まぁ、Aクラスには Aクラスという大きな優位性がある。ある程度自然と人は集まっていくでしょうね」

この学校に入学すれば、Ａクラスが最上であることには遅かれ早かれ気付く。

今はその事実を知らなかったとしても、すぐに話は広まっていくだろう。

「それよりも急ぎましょう。この時間なら、Ｄクラスの生徒は学校に残っているはずよ」

堀北は1年生の教室へと向かう。1年Ｄクラスの様子を探るためだ。

周囲の目が交流会に向いている今をチャンスと捉えたようだ。

1

つい先月まで、オレたちが日々使っていた1年生のフロアにまで足を運ぶ。

体育館に向かった生徒たちのことを考えれば、あまり生徒が残っている様子はない。

ＡクラスからＣクラスまで、声を掛けるわけでもなく様子を見ていくが、オレたち上級生を見つけた生徒はどこかバツが悪そうに顔をそむける。いきなり1年生のエリアに顔を出して簡単に歓迎されるはずもない。

気にしない生徒は少数で、大半の生徒は居心地の悪い空間を嫌うだろう。

それは明日以降も同じことが予想される。いち早くパートナーを見つけるため、朝、昼問わず1年生に声を掛ける生徒もいるだろうが、逆効果の可能性もある危険な賭《か》けだ。

しかしそれでも、覗《のぞ》き込んだ1年の教室内には談笑にふける生徒もいる。

この特別試験に対し、慌てる必要がないと感じている生徒か、あるいはまだ特別試験を大きなことと捉えていない生徒か。

「やっぱり、残っている生徒は自分に余裕を持った子たちが多いみたいね」

「いいよな。こっちは大慌てだってのによ」

1年生は500点以下であっても3か月のプライベートポイント停止のみ。もちろん大きな損失であることには違いないが、入学式の後に最初の振り込みがあったはずなので、危機感は薄いのかもしれない。

「クク。随分《ずいぶん》と遅い到着だな鈴音《すずね》」

1年Cクラスの視察を終えたところで、聞き慣れた声を掛けられる堀北《ほりきた》。

声の先には不敵にこちらを見つめる2年Cクラス龍園翔《りゅうえんかける》の姿があった。

目先には1年Dクラスの教室があり、そこから出てきたようだ。

「龍園くん、あなたも1年生の偵察《ていさつ》に？　交流会には姿を見せないのね」

「体育館に集まってたのはボンクラ連中ばかりだったんだろ？　見るまでもねえ」

堀北の戦略と同じで、龍園もまた交流会に出ていない生徒を探しに来ていた。

口ぶりからして、狙うは当然、1年生の上位の生徒たちか。

オレたちとの時間の差は僅《わず》かに20、30分ほどだが……。

それだけの時間があれば、既に何人かのスカウトに成功している可能性はある。

各生徒のパートナーが決まったかを確認できるのは翌日の朝8時。

「安心しろよ。まだ誰も落としちゃいねえよ」

その言葉を、この場にいる２人は安易《あんい》に信じたりはしないだろう。

実際にアプリが更新され、２年Ｃクラスからパートナー決定の有無が出るまでは。

「信じない、って顔だな」

「少なくともここでの発言は、話半分で聞いておくつもりよ」

「そうか。随分と俺も警戒されるようになったもんだぜ」

「あら、あなたのことを警戒しなかったことなど一度もないけれど？」

「ククク、そりゃそうだ」

龍園が面白おかしく堀北と話していたのが気に入らないのか、須藤《すどう》が睨《にら》みを利《き》かせる。

その鋭い視線だけで並の人間なら畏怖《いふ》するだろうが、龍園にその手の攻撃は通じない。

「用心棒を雇うにしちゃ、頭の悪いヤツを選んだな」

「なんだと」

カッとなりそうになる須藤を、堀北が軽く手で制する。

「あら、用心棒に頭脳が必要かしら？　それに、あなたも人のことを言えないでしょう？」

手で制したまま、堀北は龍園から視線を逸《そ》らさずに返す。

「1年生を怖がらせるつもり？　あなたのその態度じゃ逆効果よ」

我が物顔で堂々と歩く龍園を見れば、確かに後輩たちは委縮《いしゅく》するだろう。

「軽く脅《おど》してやれば、二つ返事で俺に協力すると思ってな」

目には目を、で返した堀北だったが、それを逆に龍園は肯定した。

「……冗談でしょう。そんなやり方が認められるとでも？」

「認めるも認めないもねえよ。多少脅《おど》したところで、そこに問題があるのかよ。低い点数を強要するのがアウトだってのは教わったが、ルール説明の時に脅してパートナーと組むなとは教わらなかったがな」

「ルールに明記するまでもない、ということよ。問題になれば大変なのはあなたよ」

「だったら、まずは問題にして見せろよ。ま、足がつくほど間抜けなことはしないがな」

相変わらず強気な発言だ。

脅すことは十分にあり得るとしながらも、それが表に出ないようにすると言い切る。

これが真実であれ虚言であれ、龍園《りゅうえん》が常に覇道《はどう》を行くことを改めて堀北《ほりきた》も認識したはず。

「そう、だったら好きにすることね。でも証拠が出てくれば、容赦《ようしゃ》なく問題提起するわ」

抑止力のための忠告だろうが龍園には響かなかっただろう。

「それで？　おまえは誰かを引き込めそうなのか？」

答える必要はないと、堀北は口を閉じる。

「交流会の偵察《ていさつ》をして何か掴《つか》んだな？　で、急いで残りを確認しに来たか」

「あなたと同じかもしれないわよ？」

「ククッ、そうかもなぁ」

堀北に対して龍園は、面白くしてやるよとばかりに言葉を続ける。

「だったら、同じ考えを持つおまえに良いことを教えてやるよ。今年の1年は入学したばかりのくせに随分《ずいぶん》と落ち着いてやがる。つまり学校側の人間が、新入生に対してある程度学校の仕組みを話してる可能性が高いってことだ」

本当だとすれば、それは思いがけない情報だ。オレたちは4月の段階では何も知らず好き放題に遊んでいた。もちろん、その他のAクラスやBクラスは落ち着いたものだったが、それは元からの素養の違いが大きかったからだろう。

ここで龍園が言っているのは特殊なクラスだけでなく『学年全体』がという部分。

開幕から2年とパートナーを組まなければならないための措置《そち》だろうか。

それとも別の思惑が学校にあるのか。

「今年の1年生たちがしっかりしているだけで、私たちが特別鈍かっただけ、とは考えられないかしら？」

「一部じゃ、今の段階でクラスをまとめようとしてる気配もある。早すぎるだろ」

特別試験が発表された当日から、動き出してもすぐにまとまるわけがない。

もっと早い段階、入学直後から動きが活発でなければ、こうはならないと龍園は言う。

「……そんなことを私に話して、いったいどんな卑怯《ひきょう》な手を狙っているの？」

「何もねえよ。今回の特別試験じゃ相手をぶっ殺すだけの手段は取れないしな。だが、総合で勝つためには、色々と手を回す必要はあるだろうなぁ」

今回の特別試験は、他クラスの生徒を退学させることは容易ではない。パートナーが誰であるかの匿名性《とくめいせい》が比較的強いこと。吹聴《ふいちょう》して回ったり、情報を集めていかない限り誰と組んだかをアプリ上で見定めることはかなり難しい。仮に学力の低い生徒をライバルクラスにあてがうことが出来、かつ特定できたとしても、そこから手を抜かせることはほぼ不可能だろう。自身の持つ学力から逸脱《いつだつ》した低い点数を取れば意図的と見なされ、1年生と言えど退学させられる。結局、勝敗を左右するのは1年生と自クラスの生徒の実力のみ。戦略によってやれることは、高い学力を持つ1年生を1人でも多く自クラスに引き込むことだ。総合力が低いと思われるCクラスが、1位を取るのは容易なことじゃない。

Aクラスと資金力で争っても勝ち目はない上、クラスの基礎学力が違う。いくら1年生に資金を投入して引き抜いたとしても、厳しい結果が待っている。それならば、いっそ総合1位は捨てて個人戦、上位3割に与えられる報酬《ほうしゅう》を狙うべきだ。

もちろん堀北《ほりきた》はその点に触れはしない。AクラスとCクラスが総合で競い合ってくれなければ、こっちとしては困るからだ。楽にAクラスに1位を取らせるよりも、大々的に引き抜き合戦でもやってもらって、少しでも消耗してくれることに期待したい。

「精々頑張って食らいついてくるんだな」

「それは、あなたにも言えることよ。全くもって余計なお世話ね」

「クク、そいつは悪かったな」

その後、龍園《りゅうえん》はすぐに1年のフロアを後にした。

やるべきことを済ませるには、あまりに短い時間だ。

「思ったよりもずっと、1年生たちは強い抵抗を私たちに感じているかも知れないわね」

死に物狂いで戦わなければならない学校だと認識すれば、そうなるのは自然の流れだ。

「だったら少しでも早く交渉すべきなんじゃねえのか？」

「そうね……もちろんそうすべき。でも……」

堀北の視線、廊下の先。

そこには1年Ｄクラスの教室が見える。

「早く行こうぜ」

「そう簡単にはいかないんじゃないかしら」

どうやら、話し合いの中で堀北も気がついていたようだ。

龍園が1年Ｄクラスから姿を見せる前から、立ち去ってしまうまでの間。

その間、誰一人教室から出てくるところを見ていない。

近づいても物音ひとつ聞こえてこない。

やがてたどり着いた1年Ｄクラスの扉を開け、確信する。

「ど、どうなってんだよ⁉」

慌てた須藤《すどう》が、端から端まで教室の中を見渡す。

「思ったよりもずっと大変かも知れないな、1年Ｄクラスと交渉するのは」

教室の中はもぬけの殻で、人っ子一人見当たらない。

交流会にも顔を出さなかった40名の生徒は、まるで忽然《こつぜん》と姿を消したかのようだった。

「思っているよりも厄介なクラスかも知れないわね」

だが、いつまでも悠長に憂慮もしていられない。

他クラスが本格的に動き出す前に、こちらも手を打つ必要があるからだ。

勝負は明日から。1年Dクラスに接触するところから、堀北《ほりきた》の戦いは始まる。

オレも、帰ったらOAAで1年生の全部の顔と名前を頭に入れておくことにしよう。

堀北には堀北の、オレにはオレの戦いがある。


そして特別試験が始まったこの日、全部で22組のパートナーが決定した。

2

事態が急展開を迎えたのは、翌日の昼休み終盤だった。

食事を終えた各々が、教室で午後の授業をゆっくり待とうかという時に起こった。

「お、おい1年生が何人かこっちに来てるぞ!」

そう叫んだのはクラスメイトの宮本《みやもと》。

特別試験は1年と2年の協力があって初めて成り立つもの。

普通なら驚くようなことじゃないと思うが、どうやらそうではないらしい。

「上級生のフロアに来るには、相当な勇気がいるからね」

不思議そうにしていたオレに、教室にいた洋介《ようすけ》がそう教えてくれた。

「僕たちが、３年生のフロアに行こうと思ったらそれなりに気を遣うようにね」

「確かに……」

親しい間柄の先輩が多ければ話も別だが、１年生たちはそうじゃない。

敵地に乗り込むような気持ちを持っている生徒が多いはず。

そんな中、何人かがやって来るというのは驚くに値する出来事なのかもしれないな。

洋介が様子を見に行くというので、オレもそれについていく。

堀北や須藤《すどう》もすぐその後を追ってきた。

まず最初に目に飛び込んできたのは、１人の大柄な男。

目立つ理由はいくつかあった。身長は須藤と同じくらいはあるだろうか。

だがそれ以上に、２年生のフロアの真ん中を堂々と歩く姿が非常に印象的だった。

通りがかった２年生の方が端に避《よ》けるという逆の現象。その少し後ろを歩く女子生徒。

それが単なるパートナーを求めての行動じゃないことに気付いた堀北が、立ちふさがるように男子生徒の前に出る。須藤もそれについていく。

２人の１年生と対面した時、何故《なぜ》か最初に目が合ったのは離れて見ていたオレだった。

それから程なくして視線は外れ、堀北へと移っていく。

昨日、ＯＡＡで覚えたデータを記憶から引っ張り出す。

どうやら、思わぬタイミングで堀北はあのクラスと接触することになるようだ。

「コイツの名前は？」

「少し待ってください。……出ました」

少しの間携帯を操作していた少女は、程なくしてその画面を見せる。

「2年Dクラス、堀北鈴音《ほりきたすずね》。学力はA－か」

少女の方は男とは違い丁寧な口調で話していたため、異様な組み合わせに感じられた。

それから堀北の傍《そば》に立つ須藤《すどう》にも視線を向けていく。

そして同じように、携帯の画面を繰り返し少女は男に見せた。

「須藤健《けん》。……ハッ」

須藤のデータを見た後、バカにするように鼻で笑った男。

「私は1年Dクラスの七瀬《ななせ》と申します。こちらは同じくDクラスの――」

「宝泉《ほうせん》だ」

互いに苗字《みょうじ》を名乗る。補足をするなら、大柄の男は宝泉和臣《かずおみ》と言い、女の方は七瀬翼《つばさ》。

どちらも自ら名乗った通り、

昨日会うことが出来なかった目的のDクラスの生徒。それが突然姿を見せたことは驚きだっただろうが、堀北にしてみればラッキーでもありアンラッキーでもある。他クラスの目もあるこの状況で、露骨に1年Dクラスに対し交渉を始めるわけにもいかないからだ。

「新入生にしては、随分《ずいぶん》と思い切ったことをしたのね。その度胸は買ってあげるわ」

「あー？　何が度胸は買うだ、偉そうだなオイ」

「偉そうだな、じゃねえだろ。生意気な態度取ってんじゃねえぞ1年坊主」

堀北《ほりきた》に対して突っかかった宝泉《ほうせん》に、須藤《すどう》が割り込むようにして間に入る。

須藤とほぼ同身長だが、一回り体格が大きいため、須藤が少し小さく見えた。

「学力E＋、見たまんまのバカみたいだな」

「なんだと⁉」

「まぁ丁度いい。どうせこっちにもDクラスしか溢《あふ》れてこないだろうからな。好都合だ」

「それはどういう意味かしら」

「おまえらDクラスは落ちこぼれ集団。俺たちDクラスが指名してやらなきゃまともなペアも組めないよな。だからバカで無能なおまえらに手を貸してやるよ。後は分かるだろ？」

まるで試すようなことを言う宝泉。

「つまり、あなたたちは私たちと組みたいということかしら。上から目線のお願い事ね」

「ああ？　組ませてくれと頼む立場はそっちだろ？　わざわざ出向いてやったんだよ」

似て非なることだと、宝泉は堀北に突っかかる。

「おら、さっさと組ませてくださいっつって、頭を下げてみろよ」

苛立《いらだ》ちを募らせる須藤を抑えながら、堀北は体格差をものともせず言葉を強める。

「何か勘違いしているようね。私たちはどちらも対等な立場よ」

「対等だ？　ふざけたこと抜かすのはそっちのバカだけにしとけよ」

「あなたも同じDクラス、私たちと何も変わらないわ」

「分かってねぇな。こっちがその気になりゃ幾《いく》らでもやりようはあるんだぜ？　面倒事は嫌だろ？　だったらお願いする立場としての身をわきまえろや」

どうやら宝泉という生徒は、既に1年生だけが持つ特殊な武器に気がついているようだ。

「一体、どんな手を使えるというの？」

恐らく堀北も分かっているはずだが、それをあえて言葉として引き出すために問い返す。

「分かってんだろ？　こっちには強引に点数を下げる手もあるってことを、よ」

その言葉を聞いた時、堀北は少しだけ強く唇《くちびる》を噛《か》んだ。

「はぁ？　ふざけてんのかテメェ1年。試験で手ぇ抜いたら退学になんだよ！」

「やめなさい。あなたの悪い癖《くせ》よ須藤くん、すぐにカッカしないで」

「けどよ……」

あまりにふざけた物言いに怒りたくなる気持ちはよく分かる。

しかし宝泉の言っていることは嘘《うそ》ではない。

「確かにテストで手を抜きゃ、退学ってルールだ。だがな、時間切れまでパートナーを見つけなかったことで受けるペナルティは別だ。それで困るのはおまえら2年だけだ、な？」

時間切れによる、ランダムなパートナー確定。

それによって総合点から5％のマイナス措置《そち》を受ける。

退学の可能性がある2年生の方が、ペナルティによって受けるダメージが大きい。

「そ、そんなのありなのかよ！」

信じられないと、須藤が堀北に確認を求める眼差《まなざ》しを見せた。

その問いかけには、イエスとしか答えられない。

「それで首を絞めることになるのは同じじゃないかしら。入学したてで損するつもり？」

ペナルティを受ければ、501点以上取れる可能性は当然ながら下がる。

「おまえら2年に比べりゃ、こっちは大した痛手を負わねえよ。なぁ？」

宝泉《ほうせん》は後ろに立つ七瀬《ななせ》に対して確認を取る。

「はい。3か月プライベートポイントが振り込まれないとのことですが、最大でも24万ポイント。致命的な問題にはならないと考えます」

「状況が分かったか？　堀北《ほりきた》先輩よぉ」

先輩である堀北に対して、まるで自分の方が偉いとばかりに接する宝泉。

それを見ていた須藤《すどう》は、流石《さすが》に我慢出来なくなってきたのだろう。

堪《こら》えて手は出さず、威圧を強める形で堀北の前に立った。

「やんのか？」

宝泉は須藤相手に、何一つ迷うことなくそう言った。

「あんま調子に乗ってんじゃねえぞ」

「冷静さを失わないで須藤くん。この学校のことは、よく分かっているはずよね？」

1年生は知らなくても無理はないが、廊下は当然学校の監視下にある。

監視カメラは常に作動しており、問題が起これば映像を掘り起こされる。

「分かってんよ……」

繰り返し諭され、須藤はやや苛立《いらだ》ちながらも身を引いた。

すぐに激昂《げきこう》してしまうのは確かに問題だが、堀北の言葉が届くだけでも助かるな。

視線を堀北に奪われたその矢先、目の前の宝泉の大きな手が須藤の胸を押す。

「うおっ!?」

その瞬間、バランスを崩した須藤はそのまま尻餅をつくように床に手をついた。

「デカいのはタッパだけか。軽く触っただけだぜ？」

あまりに無謀《むぼう》な宝泉の行為に、この場を見守っていた2年も動揺《どうよう》を隠せない。

今のは暴力行為と取られてもおかしくはない、あまりに大胆な行動だからだ。

この学校で暴力を振るうことの難しさとリスクを分かっていれば、とても出来ないこと。

今年の１年生は、例年よりも学校の状況に詳しいと思われる。

そんな昨日の情報が確かであれば、これは無謀だと言わざるを得ない。

実は思ったよりも学校のことを理解していないのか？

いや、そんな感じにも見えない。だとすると……。

「てめ――――！」

落ち着きを取り戻しそうだった須藤が、自分がされたことを理解し、溜《た》め込《こ》んでいた怒りを一気に爆発させそうになった。

しかし、それよりも早く、それを遠巻きに見ていたある男が飛び込んできた。

「何やってんだ！」

2年Cクラスの石崎大地《いしざきだいち》だった。不良カテゴリに位置する喧嘩《けんか》っぱやい男だが、情にも厚い男。同学年である須藤《すどう》が邪険に扱われる姿を見て、我慢ならなくなったようだ。

「次から次にゴキブリみたいに湧いてきやがったぜ」

面白そうに笑う宝泉《ほうせん》に対し、七瀬《ななせ》と名乗った女子が軽く制止する。

「宝泉くんはここに、話し合いに来たんじゃないんですか？　暴力を振るうために来たのであれば私は帰ります」

「暴力だ？　こっちは猫を撫《な》でるような気持ちで触っただけだぜ。悪かったなぁ須藤」

吐き捨てるように、2年生相手を呼び捨てに。

「バカにすんのも大概《たいがい》にしろよ、オイ！」

石崎は胸倉を掴《つか》むつもりで腕を伸ばす。

その伸びてくる腕を見た瞬間、僅《わず》かに宝泉の口角が上がった。

「死にたくなきゃ、やめとけ石崎」

石崎から伸びた腕は、宝泉の胸倉を掴む寸前で止められる。

同じようにギャラリーとして見物していたと思われる龍園《りゅうえん》だった。

「ど、どうして止めるんですか⁉」

制止した龍園の行動に戸惑いを見せた石崎。

その行動に驚いたのは龍園とクラスを同じとする伊吹《いぶき》もだった。

「あんたが止めるなんて、どういうつもり？」

この手の揉《も》め事《ごと》は基本的に龍園は歓迎、けして毛嫌いするタイプじゃない。監視カメラがあろうとなかろうと、やる時は迷わず突き進む。

だからこそ、喧嘩を止めるような素振りがあまりに意外だったのだろう。

龍園は石崎を下げ、自らが宝泉に近づいていく。

「今度はおまえが俺の相手か？　そこの須藤ってバカより弱そうだなぁオイ」

けして体格が大柄というわけではない龍園を見て、そう評価を下した宝泉。

「おまえのことはよく知ってるぜ。宝泉つったら地元じゃちょっとした有名人だったからな。まさかここまでバカそうな顔をしてるとは思わなかったけどなぁ」

繰り返し須藤をバカと罵っていた宝泉に対し、龍園も同じ言葉で応酬《おうしゅう》した。その辺りが実に龍園らしい。普段は他クラスの敵である龍園だが、この手の揉め事で出てくるのは心強い。事実須藤も、場の空気が変わったことでその怒りを耐えることに成功した。

「し、知ってるヤツなんですか龍園さん」

「龍園だと？」

名前を聞いた宝泉の表情が変わっていき、そして愉快そうに大きな口を開けて笑った。

「おいおい何だよ。まさかの巡り合わせだな。おまえの噂《うわさ》は嫌ってほど聞いてたぜ龍園」

「人の名前を覚えておくだけの知能はあるみたいだな」

どうやら２人は、お互いを以前から知っているらしい。１年Ｄクラスの宝泉は、龍園に近しい出身の人物のようだ。

それにしても龍園《りゅうえん》と石崎《いしざき》や伊吹《いぶき》の関係を見るに、どうやら完全復活と言っても良さそうだな。一時は身を引いていたが、再び2年Cクラスで陣頭指揮を執り始めたか。

「しかしあの噂《うわさ》の龍園がこんな貧弱そうな身体《からだ》してやがったとは……意外だぜ」

「お前の方はイメージ通り脳まで筋肉で出来てそうだな」

「何度か遠征した時にぶっ殺してやるつもりだったが、会えなかったのは俺にびびって隠れてたからなんだろ？　兵隊ばっかりに仕事させて逃げ回ってたのか？」

「クク、巡り合わせに救われたな宝泉《ほうせん》。俺と会ってたら今頃そんなデカい態度でいられなかっただろうからな。運よく、いまだに負け知らずってところか」

「俺はてっきり、尻尾を巻いて逃げたんだとばかり思ってたぜ。そうじゃないって言うんだったら、今からここで白黒つけてやってもいいんだぜ？」

大きな拳《こぶし》を握り込み、余裕を見せる宝泉。

中学時代の龍園を知っているのなら、恐らくオレたち2年生が持っている印象とそう大きな違いはないはず。敵に回したくない相手と捉えていないのか？

「やめとくぜ。見返りもない状況でゴリラと殴り合うつもりはねえ」

喧嘩《けんか》を売られたにもかかわらず、龍園はその申し出を断る。

もちろん、こんな場所で喧嘩など出来るはずもないからだが……。

場所を変えてでも受けるくらいのスタンスを見せると石崎たちは思ったのだろう。

「そんなにヤバイんですか、あいつ。ガタイは須藤《すどう》よりデカいですけど……」

「さあてな」

この場では答えるつもりがないのか、龍園は少し笑ってから指示を出す。

「引き上げるぞ」

「あんた、１年に舐《な》められたままでいいわけ？」

誰にでも飛び掛かっていくのが龍園らしさでもあることを伊吹もよく知っている。

思わずそんな言葉をかける。

「ハッ。決着なんざ、いつでもつけられるからな」

そんな伊吹に対しても、龍園は静かにそう返すだけだった。

これで終わらせておけばいいものを、宝泉は歩き出し龍園に距離を詰めていく。

「そっちの女もおまえの兵隊か？」

そんなやり取りを見ていた宝泉が、龍園へとそう問いかける。

「ま、そんなところだ」

「はあ？　誰が？　勝手にあんたの兵隊にしないで」

「女でも兵隊に使うんだな龍園」

「おまえこそ、随分《ずいぶん》と可愛《かわい》げのある兵隊連れてるじゃねえか」

似たような形で、宝泉も七瀬《ななせ》という生徒を横に付けている。

「コイツは兵隊じゃねえよ。ま、そんなことはどうでもいい。遊ぼうぜ龍園」

「やらねーっつったろ」

何度挑発されても、龍園《りゅうえん》はそれに乗らない。

それを象徴《しょうちょう》するかのように、背を向けて撤退《てったい》の意志を示した。

「そうかよ。だったら――」

食いついてこない龍園が面白くないと感じたのか、宝泉《ほうせん》からぬっと伸びたゆっくりとした動きの腕。その腕は伊吹《いぶき》に向けられたものだった。それを伊吹は軽く払おうとする。

だが――

払おうとした腕は、直前で素早く力強く伸び伊吹の首を直《じか》に掴《つか》み上げる。

「ッ!?」

危険なシグナルが脳波から送られたのか、伊吹は慌ててその腕を引きはがそうとする。

しかし不敵に笑う宝泉の腕は、まるで鋼鉄のようにビクともしない。

振り返った龍園が、締め上げられた伊吹の姿を捉える。

伊吹は器用に手足を駆使して逃れようとするが、宝泉はビクともしない。

「ハァッ。抜けてみろよ。それか、そこで見てるおまえら全員かかってきてもいいぜ」

怖いもの知らず、というよりも絶対的な自信が顔を覗《のぞ》かせている。

ただ、こちらもそう簡単に手を出せるような状況じゃないことは確かだ。こんなところで騒ぎを起こせば学校も当然嗅《か》ぎつけてくる。必然的にブレーキがかかりそうな状況で、唯一縛られない龍園が呆《あき》れつつも動いた。宝泉に対して一撃を与えるためというよりも、伊吹を助けるための動き。宝泉の懐へと潜《もぐ》り込《こ》む。だが、宝泉は伊吹の首を掴んだまま、動きの制限された状況で龍園の繰り出す蹴《け》りを軽くいなしてみせる。

「てめぇ！」

そこに、一度は止められた石崎《いしざき》も参戦する。

もはや学校の廊下とは思えない騒ぎを見せ始めていた。

「いいぜいいぜ。こんな学校にまで足を運んだかいがあったってもんだ」

これから本格的な喧嘩《けんか》が始まるかもしれない。

そんな中、終始見守っていた七瀬《ななせ》が口を開く。

「宝泉くん止《や》めてください」

龍園と石崎２人を相手に、伊吹を捕まえているハンデを感じさせない動きを見せていた宝泉だったが、同じクラスメイトの七瀬に声を掛けられ、その動きを止める。

「何か言ったか？」

忠告を聞き入れたというよりも、口出ししてきたことに対する苛立《いらだ》ちを見せる。

「先輩たちが先ほどから監視カメラの様子を気にされています。その状況から察するに、ここで暴れることに何の得もないと私は判断しました」

「ンなことは分かってんだよ。分かって遊んでんのさ」

こちらが監視カメラで行動制限されていることを、最初から気づいていたと言う。

だとするなら、やはり宝泉が現れてからの一連の行動は不可解だ。

それから忠告を無視し喧嘩を再開しようとすると七瀬は一層言葉を強めた。

「分かっているのなら尚更《なおさら》です。これ以上無駄なことをするようでしたら、こちらにも考えがあります。この場で『アレ』を周知させることも視野に入れます」

アレ、という抽象的な言葉を受け宝泉《ほうせん》の動きが再び止まる。

そして退屈そうな顔を見せた後、手を放すと、伊吹《いぶき》は咳込《せきこ》みながら床に座り込んだ。

「上等じゃねぇか七瀬《ななせ》。だが俺の期待に背いたら、女でも容赦《ようしや》しないぜ？」

「その時は受けて立ちます」

宝泉に凄《すご》まれても、七瀬は動揺《どうよう》することなくそう言ってのけた。

2年生のフロアであることなど、微塵《みじん》も感じさせない落ち着きようで。

それにしても、この宝泉という男はタダモノじゃない。喧嘩《けんか》自慢の生徒は2年生にも少なくない。男なら龍園《りゆうえん》や須藤《すどう》、アルベルトもそうだ。だが宝泉は1年生ながら、僅《わず》かに見せた片鱗《へんりん》だけでかなりの実力者だと分かる。もしもオレが対峙《たいじ》したとしても、簡単に抑え込める相手ではないだろう。片鱗でそう感じさせる以上、全力だとどうなるかは読み切れない。龍園が石崎《いしざき》に不用意な行動を止《や》めさせようとしたのも、単純な殴り合いは不利だと判断したからだろう。とんでもない1年が入ってきたな。

「止めだ。目的は果たしたことだし、帰るぞ七瀬」

「ええ。それが賢明です」

喧嘩の方以外では満足がいったのか、宝泉は最後に龍園をもう一度見る。

「俺に土下座するなら、ペアを組んでやってもいいんだぜ？　龍園パイセン」

「生憎《あいにく》と俺が組むのは人間限定だ。野生のゴリラと組むつもりはねぇよ」

「そりゃ残念だ」

しかし、このハプニングはここで終わらない。

何故《なぜ》なら宝泉と七瀬以外にも、１年生が１人その様子をずっと観察していた。

そのことが宝泉の癪《しゃく》に障ったのか、ついに矛先が１年生にも向く。

「こそこそ見物してるだけか？　おまえは」

「君子危うきに近寄らず。そんな言葉をご存知《ぞんじ》ですか？」

睨《にら》みつけた宝泉に対し、１年生の男子は爽やかに受け流しながらそう答えた。

「談笑も結構ですが、これ以上、ここで宝泉くんが騒ぎを起こすことは得策ではありません。まずは一度下がるべきだと僕は思います。違いますか？」

そんな助言とも取れる言葉と共に、ついにこの場に大人が姿を見せた。

「何をしている宝泉」

生徒たちの喧騒《けんそう》を割くように、１人のスーツ姿の男が現れる。

それと同時に見物していた2年生たちの多くは自分たちの教室へと逃げ込んだ。

「宝泉、浮足立つ気持ちは分かるが、学校のルールは耳が痛くなるほど叩《たた》き込んだはずだ」

「そんなことは分かってんだよ」

「分かっているなら、早く散れ。喧嘩は往来でするものではない」

「こんなもん喧嘩ですらねえよ」

そう鼻で笑い、宝泉《ほうせん》は自らの両手をポケットにしまい、背を向けた。

意外なほどあっさりと引き下がった宝泉は、七瀬《ななせ》に撤退《てったい》の指示を出す。

「それじゃあ、またな堀北《ほりきた》」

わざわざ堀北を……いや2年Dクラスを名指しした宝泉。

「お騒がせしました」

最後に七瀬が頭を下げ、この場は何とか治まることに成功する。

そして顔をあげた七瀬は、去り際にもう一度オレの目を見てきた。このフロアに現れて最初に目があった時の目。何かを知りたがっているような探る眼差《まなざ》し。

だが、こちらがその視線を捉えるとすぐに逸《そ》らし宝泉を追いかけていった。

「すまなかったなおまえたち。俺のクラスの生徒が迷惑をかけた」

傍《そば》で状況を見守っていた堀北に、教師が謝罪する。

「いえ……」

「ついでだから軽く自己紹介しておこう。1年Dクラスを受け持つことになった司馬克典《しばかつのり》だ。この学校には着任したばかりだが、以後よろしく頼む」

そう自己紹介を軽く行い、司馬先生は宝泉の後を追うように戻っていく。

そして入れ替わるようにして、落ち着きを見せた男子が2年生に対して頭を下げた。

「同級生の宝泉くんが、先輩方を困らせたようで。改めて1年を代表して僕が謝罪します」

先ほどとは打って変わって、話が通じそうな生徒のようだった。

「僕たち1年生は、まだ特別試験というものをよく理解できていません。お手数をおかけいたしますが、どうぞ先輩方よろしくお願いします」

謝罪と挨拶《あいさつ》を兼ねた言葉を終え、八神《やがみ》と名乗った生徒も引き上げを示唆《しさ》する。

と、その時ふと八神が何かに気がつく。

それは丁度お昼から戻って来たと思われるDクラスの女子数名。

松下《まつした》、櫛田《くしだ》、佐藤《さとう》、みーちゃんの４人。

その中の1人である、櫛田を見て驚きの表情を浮かべた。

「なんだか随分《ずいぶん》と騒がしいね。何かあったの？　堀北さん」

八神の存在を認識しながらも、不思議そうに状況を教えてもらおうとする櫛田。

「あなたたちが気にすることじゃないわ」

「そう？」

何でもないと伝えると、櫛田は３人と教室に戻ろうとする。

「あの……もしかして櫛田先輩、ですか？」

「え？」

そんな声を受け振り返る櫛田。櫛田の名前を知っているということは、もしや八神も櫛田の知り合いだったのだろうか。そう思ったのだが……。

「えっと？」

相手を見ても不思議そうにしており知り合いといった空気はない。

「僕です。分かりませんか？　といっても無理ないですけど。八神拓也《やがみたくや》です」

名前を聞き少しだけ考えていた櫛田《くしだ》だったが、すぐに合点がいったようだ。

「八神……あ！　え、あの八神くん⁉」

「そうです、あの八神です。お久しぶりですね！」

「八神君もこの学校だったんだ。すごい偶然だねー！」

「まさかここで櫛田先輩に再会するなんて思ってもみませんでした」

「知り合いなの？」

不思議そうに佐藤《さとう》が聞くと、櫛田が頷《うなず》く。

「うん。といっても、接点は殆《ほとん》どなかったんだけど。八神拓也くん。ものすごく頭が良かった印象が残ってる。学年が違ったから、挨拶《あいさつ》くらいしかしたことはなかったんだけど」

「じゃあおまえも知ってるのか」

オレが堀北《ほりきた》に小声で確認すると、すぐに答えが返ってくる。

「さあ、知らないわね」

「おまえの場合、同級生の顔すらろくに覚えてなさそうだな」

「否定しないわ。興味の無かった人たちに目を向けるほど暇じゃなかったもの」

どうやら本当に覚えて……いや、認識すらしていなかったようだ。

同級生すら怪しい状況では、後輩のことなど更に覚えているはずがない。

まぁ櫛田は覚えていなくとも、男子からすれば櫛田のことは一度見たら忘れないだろう。

それだけ人を惹《ひ》きつける外見をしてるからな。

「憧れだった櫛田先輩と、またこうして同じ学校になれるなんてラッキーですよ」

「そんな……」

謙遜《けんそん》する櫛田。しかし、八神と同じ中学だったのなら少し気になることが出てくる。

「例のこと、八神って後輩は知ってるのか？」

例のこととは、もちろん櫛田の過去のことである。

櫛田は中学時代、自身のクラスを崩壊させた経験を持つ。

そしてその事実を知る同じ学校出身の堀北を強く敵視した。自分がクラスを壊すような人間であることを知られていることが危ういと感じ、排除したかったからだ。

同じ中学出身であるなら、八神が話を知っていても不思議じゃないが……。

「知っていても不思議じゃない。でも、絶対に知っているという保証もないわ」

とするなら、八神の存在は櫛田にとって安心できる存在じゃないということだ。

同学年に同じ学校の出身者がいたように、下級生に入ってきてもおかしなことじゃない。

「いきなりですが先輩なら文句ありません。僕とパートナーを組んでもらえませんか？」

再会したばかりだが、八神はそう言って微笑《ほほえ》み手を差し出した。

これは過去のことなど何も知らないというアピールなのか、あるいは知っていても関係ないというアピールなのか。

「私なんかでいいの？　八神くんだったら、もっと勉強の出来る人と組んだ方がいいよ」

八神拓也《やがみたくや》の学力はAで申し分ない成績だからな。櫛田《くしだ》が謙遜《けんそん》するのも頷《うなず》ける。

隣で携帯を操作していた堀北《ほりきた》もOAAでそれを確認するところだった。

「右も左も分からないですから。それなら信頼のおける人をパートナーにしたいですね」

アプリ上で、ある程度の学力を知ることは出来ても、人間性までは分からない。

それなら手堅く結果を残してくれると確信できる知り合いの方がいいという判断。

「えっと、少しだけ考えさせてくれる、かな……？」

八神を警戒したのか、それとも別の理由か。

櫛田はパートナーの申し出を一度保留することにした。

「もちろんです。僕はしばらく誰とも組まずに、櫛田先輩の返事を待つことにします」

学力Aなら慌ててパートナーを探し出す必要もない。

余裕を見せる形で保留を承諾した八神。

「くそ、いいよな。俺だったら迷わず組むぜ……」

学力E＋の須藤《すどう》にしてみれば、保留という選択肢を選べる櫛田が羨ましいようだ。

「だったらもっと努力することね」

「おう……ぜってーもっと良い成績にしてやる」

卑屈《ひくつ》になるわけではなく、向上心を抱いての羨み。

オレは一度堀北たちから距離を取る。

少し離れた位置で波瑠加《はるか》が手招きしているのが見えたからだ。

明人《あきと》や啓誠《けいせい》、愛里《あいり》と綾小路《あやのこうじ》グループのメンバーが全員揃《そろ》っている。

「す、すごく怖かったね」

合流するなり、最初の第一声は愛里の宝泉《ほうせん》に対する感想だった。

「今年の1年生も、須藤《すどう》くんや龍園《りゅうえん》くんみたいにやんちゃなのが入ってきた、って感じ？」

騒動を遠目に見ていた波瑠加《はるか》が、どこか呆《あき》れるように言った。

その隣に立つ明人は、宝泉のいなくなった廊下の先を見つめて動かない。

「みやっち、どうしたの？」

「とんでもないヤツが入学してきたな。この学校はこれから相当荒れるかも知れない。あいつは……宝泉は、強さに関しては須藤や龍園の比なんてもんじゃないからな」

「なになに、まさかみやっちも知り合いなの？」

「直接見たことはないけどな。俺の地元じゃ龍園と宝泉は相当な有名人だった」

どうやら明人は、龍園や宝泉が通う中学に近い場所に住んでいたようだ。

「俺の学校にも頭……要は喧嘩《けんか》自慢の強い番長格がいたんだが、ある日突然姿を消して騒動になったことがある。その後に遠征してきた2つ年下で中学1年生になったばかりの宝泉ってヤツにタイマンでボコボコにされて病院送りになったって話がすぐ耳に飛び込んできた」

「ば、番長？　リアルに不良漫画みたいなことあるんだ……ちょっと引くかも」

「俺の住んでたところが、昔から不良連中が集まってくることで有名な地域だったからな」

「へえ……」

聞きなれない言葉の羅列《られつ》に波瑠加は少し戸惑いを見せる。

「そんな感じで宝泉は、周辺の中学を片っ端から締めてった」

「龍園くんも有名だったんでしょ？　あの２人初めて会ったっぽかったけど」

「たまたま出会わなかった感じではあったよな」

「ところでさ、みやっちも不良だったわけ？」

「俺は……そういうのはやめたんだよ。今は真っ当に学生してる」

「ってことは、不良だったんだ」

「……荒れてたのは中学２年までだ。そこからは弓道一本でやってる」

「つまり不良だったってことでしょ？」

変なところで波瑠加に追及され、明人は困ったように頭をかいた。

「だったら悪いかよ」

「別にぃ？　むしろちょっとカッコいー過去じゃない」

「全然かっこよくねーよ」

喧嘩事情に詳しいのも、明人自身がそっち側だったからってことか。確かに以前から、度胸が据《す》わっていることやちょっとした動きの機敏《きびん》さも、窺《うかが》えるところがあった。

「何なら元不良としてさ、宝泉を締めちゃったら？」

「冗談よせよ。もし喧嘩するにしても相手は選ぶ。特に宝泉だけはごめんだ」

戦う前から白旗をあげる明人《あきと》。自分の弱さよりも、宝泉《ほうせん》の強さを認めての言動。伊吹《いぶき》もそれなりに格闘センスがあるが、手も足も出ていなかったからな。圧倒的体格差。しかも、スピードまであるとくれば敵《かな》うはずもない。

3

放課後になると、オレは昨日と同様堀北《ほりきた》に声を掛けられる。

2人で教室を出ようとすると、須藤《すどう》が同行を強く求めてきた。前回と同じように拒否しようとした堀北だが、自分のパートナーになる人間を探すまでは手伝わせてほしいとの熱意に押されたようだ。部活動や勉強に支障のない範囲で、という条件の下、行動を始める。

堀北にしては優しいというか認めるのは意外に感じた。

しかし、それにはちゃんとした理由があるのだろう。

特別試験まであと10日ほど。難易度の高い筆記試験のことを思えば、少しでも勉強に集中できる時間と環境を確保できる方がいい。だが常に堀北の動向を気にしていては集中力も欠けるというもの。いち早く須藤のパートナーを見つけだして勉強に専念できる時間を作ってやりたい、そんな堀北の考えが透けて見えてくる。

しっかりと須藤健《けん》という人間を理解している堀北ではあるが、1つだけ理解できていない重要なことがある。それは須藤の堀北への想《おも》い。理由をつけて、傍《そば》にいたいだけという本心には気づいていないこと。

もちろん、わざわざ教えたりはしない。これは須藤の大切な原動力でもあるからな。

堀北は1年生の教室には向かわず、ケヤキモールに向かうことに。

今日の昼間、1年生が2年生のエリアに足を運んでトラブルになったからだろうか。

同じような展開にならないとも限らないため、配慮した形。

あるいは1年Dクラスの宝泉が問題児だったことが、堀北に考えを変えさせたか。

その辺はすぐに分かることだろう。

「にしてもガヤガヤしてんよなぁ。1年だよな、あの辺で騒いでるの」

モール内に入るなり、須藤は鬱陶《うっとう》しそうに左手の小指を耳に突っ込んだ。

視界に広がる1年生たちを見ての率直な感想。

「確かに浮かれている生徒が多いわね」

あちこちで楽しそうに喋《しゃべ》りながら、何を買うだの食べるだのと話し合っている。

「こっちは真剣にパートナー探ししてるってのによ」

パートナーを決めるために、何日も消費するのは2年生だけでなく1年生にとってもいいことはない。しかし、1年生と2年生の間には大きな乖離《かいり》がある。

それは特別試験に対する認識の違い。

昨日の放課後の1年生たちと同じように、危機感を抱いている生徒は少ない。

それが校内を出ると余計に顕著《けんちょ》だった。

「無理もないよな。オレたちが1年生の時だって同じような状況だった」

「そうね……」

入学直後に振り込まれた大金を手に、生徒たちは連日遊び呆《ほう》けていた。

たとえAクラスであったとしても事情は大きく変わらない。

使い方はさておき、至れり尽くせりなこの学校を満喫《まんきつ》していたのは同じだ。

何より厄介なのは1年生と2年生では受けるペナルティに違いがあることだ。

退学ならいざしらず、1年生が失うのは3か月のプライベートポイントだけ。

「呑気《のんき》なもんだぜ、ったくよう」

「それをあなたが言わないの須藤《すどう》くん。1年前の自分をもう忘れたの？」

「べ、別に忘れてねえよ……。大いに反省してるっての」

早々に、最初の退学者として確定されそうになってしまった生徒だからな。

あの時に使えた救済措置《そち》は、当然もう使うことは出来ない。

ビギナーである特権は、とうに使い果たしてしまったのだから。

「とりあえず、1つのグループに声を掛けてみましょうか」

ベンチに座って談笑している1年生の男子3人を見つけ、堀北《ほりきた》は言った。

名前は加賀《かが》、三神《みかみ》、白鳥《しらとり》。3人ともが1年Dクラス、そして学力がB－以上と申し分ない生徒たちだ。声を掛ける前、念のためとアプリと照らし合わせる堀北。

やはり1年Dクラスの生徒狙いであることに変わりはないのか。

「少しいいかしら」

「……なんですか？」

上級生に声を掛けられたことは、こちらを見てすぐに分かっただろう。

楽しそうだった表情は鳴りを潜《ひそ》め、警戒した様子に早変わりした。

「今度の特別試験で組んでくれるパートナーを探しているの。あなたたちはまだよね？」

「え、あ、はい。まだ誰とも組んでません」

「良かったら、組むことを前提に話をさせてもらえないかしら」

「もちろんいいですよ。な？」

こちらからの提案を受けて、３人が示し合わせたように頷《うなず》く。思いのほか好感触で、警戒心が少し解かれたような感じを受けた。

須藤も３人の好意的な態度にマジか、という驚いた顔を見せる。

「ただ、大変申し訳ないのだけれど、今私たちが最優先して探しているのは――」

「学力が低い人が退学にならないよう、救済するためのパートナー探しですよね？」

既に１年生たちの間にも、その手のことは広まっているようだ。

「ええ。分かってくれているのなら話は早いわ」

「えっと……そちらの……須藤先輩と組めばいいんですか？」

向こうも携帯でオレたちのプロフィールを確認していたため、話にも迷いがない。

「そうね。彼もその１人よ。他にも何人かいるけれど」

「あー、なるほど。須藤《すどう》先輩は学力E＋ですか……。これは厄介ですねえ」

言い方はマイルドだったが、学力の低さを指摘していることは明らかだ。

事実とは言え須藤は不服そうだったが、それでもギリギリまで表情に出さず偉かった。

「白鳥《しらとり》だったら余裕でいけるよな？」

右端に座っていた、白鳥という1年生に話を振る2人。

「一応学力A判定もらってます」

「そうみたいね。あなたが組んでくれるのなら私としては言うことはないわ」

「じゃあ——コレでどうですか」

白鳥は、手を広げてパーを作り堀北《ほりきた》にそう提案してきた。

一瞬何のことか分からず、堀北はオレたちの方を見てきた。

「やだな。パートナーを組んで欲しいんですよね？　だったら決まってるじゃないですか」

その言葉を受けて、堀北も理解する。

「……プライベートポイント、ということかしら」

「当たり前ですよ。僕なら頭の良い人と組めば上位を狙えます。上位で得られる報酬《ほうしゅう》を捨てて学力の低い人と組むんですから、当然そういう流れになりますよね」

「何だよポイント取んのかよ。しかも5万って……高すぎだろ」

常に金欠になるような生活を送っている須藤にしてみれば、破格のポイント額提示。

「先輩、冗談はやめてくださいよ。5万なんかで引き受けるわけないでしょう」

「50万ですよ。50万ポイントくれるなら、今この場でパートナーを組んでもいいです」

「あ？」

「ご、ごじゅうまん⁉」

「クラスから退学者を出すと大変なんですよね？　僕たちも色々勉強してますから」

どうやら去年のオレたちとは、入学時点から大きく違うらしい。

この学校の仕組みを早くから理解し始めていて、更に自分の価値を分かっている。

これじゃあ、どちらが先輩でどちらが後輩か分からない。

そんな風にも取れそうな状況だな。

「確かに学力の低い人と組んでもらう以上、謝礼的なものが発生するのは自然なことね」

「お、おい鈴音《すずね》。俺50万なんて持ってねえぜ？」

「分かってるから、少し黙って」

迂闊《うかつ》に漏《も》らした財布事情を聞いて１年生３人が苦笑する。

「ポイントを欲しがるのは自然なことよ。でも、目先の欲だけを追うのはどうかしら」

「と言いますと？」

３人の代表として白鳥が堀北に聞き返す。

「ここで私たちに恩を売っておけば、今後似たような状況で助けになれるかも知れないということよ」

プライベートポイント以外での貸し借りを作っておけば後に有利だと堀北が説く。

「学力Aである堀北《ほりきた》先輩はともかく、そこにいらっしゃる須藤《すどう》先輩や綾小路《あやのこうじ》先輩が役に立てるとは思えないんですけど？」

「そうとは限らないわ。この学校は勉強だけじゃない。身体能力が求められる時もある」

特に須藤に関して言えば2年生で唯一の身体能力A＋査定《さてい》。

その点を武器にしていこうという堀北の狙いだったが……。

「知ってますよ。でも所詮はDクラスですよね？　どうせ恩を売るならAクラスやBクラスにしますよ」

冷静に、そして客観的に判断した白鳥《しらとり》がそう答える。

この様子を見れば堀北も分かってくるだろう。

「……そう。そういうこと、ね」

こちらの誘いをスムーズに受け入れたことや、提示してきたポイント額などを考慮すれば深く考えるまでもないことだ。

「ど、どういうことだよ」

「先輩たちの前に、僕ら2年生の別クラスから打診を受けてますんで」

「自分の学力を安く売るつもりはありません。な？」

「はい。俺たちとは相応のポイントを渡さないと組めないと思ってください」

そんな白鳥たちを前に、堀北は姿勢を崩さず話を続ける。

「確かにそれなら、安く自分を売れないわね。でも、本当に声を掛けられたのかしら？」

「どういう意味です？」

やや不服そうな顔を見せる白鳥。多少なりとも学力Ａのプライドが傷つけられたようだ。

「あなたたちも私たちと同じＤクラス。上位クラスが安易《あんい》に声を掛けるとは思えないのよ」

これは堀北のブラフだ。学力が高ければＤクラスであろうとも今回の試験では重宝《ちょうほう》する。どこからどれだけ声がかかっているかを確認するための言葉。

プライドを刺激されたのか、白鳥が少し荒い口調で堀北に反論する。

「本当のことですよ。２年Ａクラスの橋本《はしもと》先輩から誘われてます。それに２年Ｃクラスからも結構なポイントで組むように打診されてますし。なぁ？」

そうだそうだ、と同意する２人。

「俺たちだけじゃない。ほとんど頭の良い連中は声を掛けられてますよ」

堀北の読み通り、買収に動き出したのは２年Ａクラスと２年Ｃクラスだった。

「そう……それなら、今の私たちじゃ期待に応えられないわね」

「あ、でもポイントさえくれるなら拒みませんよ。一応１週間くらいは様子を見るつもりです。その間に50万ポイントくれるってことになったら、須藤先輩でも喜んで組みます」

確実に退学を阻止できるためのポイント額が50万プライベートポイント。

当然高いが、見方を変えればそのポイント額で安全を買えることにもなる。

しかし、ここで即決することは出来ないしするつもりもないだろう。

「ところで……あなたたちは橋本くんたちに幾《いく》らで協力するよう頼まれたの？」

具体的なポイント額を知りたいと回答を求めるが、白鳥《しらとり》たちもそう甘くはない。

「それは言えない約束なんですよ。ただ、50万ポイントなら先輩たちに協力するとだけ」

「分かったわ。その点に関しては検討してみる。それで、1つお願いがあるのだけれどいいかしら。同じDクラスの生徒を何人か紹介してもらえない?」

「紹介?」

「私たちもある程度協力する準備がある。でも1人1人に話を持ち掛けて、1から同じように説明するのは時間と労力を使う。出来ればあなたたちに人を集めてもらって、そこで具体的な話し合いをしたいと思っているの」

協力関係をちらつかせながらも、何について協力するかについては触れない。

3人は顔を見合わせながら、しかしどこかばつの悪そうな顔を見せる。

「それは……そういう役目を任せられるのは、ちょっと難しいですね。……だよな?」

「ああ。勝手にそんなことすると宝泉《ほうせん》くんに怒られちゃうだろうし、な?」

3人の会話から『宝泉』という名前が出てくる。

宝泉という生徒を畏怖《いふ》していることが、その言葉や態度から窺《うかが》える。

「すみません先輩、そういうのは他を当たってもらえますか……」

やはり1年Dクラスのキーを握っているのは、あの男ということになるな。

明らかに空気が変わったことを察知し、堀北《ほりきた》は深く追求しないことにした。

「ありがとう。必要になったらまた声を掛けるわ」

「は、はい。お待ちしてます」

ベンチから離れ、オレたちは２階のカフェの方へと移動を始める。こっそりと振り返って様子を見てみると、白鳥は携帯を手に慌ててどこかに電話している様子だった。

「情報は得られたけれど、進展したとは言い難《にく》いわね。唯一確かなのは50万ポイントというとんでもない額なら即決して協力してくれる、ということだけ」

「ふざけた要求してくんなよな、足元見やがってよう」

「確かにふざけた額だわ。けれど、確かに自分を安売りする必要がないのも事実」

学力Aの評価をもらっているのなら尚更《なおさら》だ。

試験で上位を取って10万ポイントをめざすよりも、稼ぐ方法としては遥《はる》かに正しい。

「じゃあ、俺は結局誰かにプライベートポイントを払うしか助かる方法はねえのか？」

「無償で受けてくれる生徒がいるとは、簡単には言えなくなってきたわね」

既にポイントで成立するという空気が蔓延《まんえん》してしまっている。もはや白鳥たちだけじゃなく、１年生全体がプライベートポイントのやり取りに関して知っていると思った方がいい。これは坂柳《さかやなぎ》や龍園《りゅうえん》たちの戦略の１つとみていいだろう。通常ポイントによるやり取りは後ろめたい行為。こっそりと行うことがセオリーだ。しかし大々的に買収行為を行うことで、無償奉仕が損であることを認知させている。

それにしても、先ほどの白鳥たちの会話には気になることがあった。

既に打診があったであろう中で、それでも白鳥は１週間は待つと言っていた。ポイントを釣り上げさせるための期間にしても、3人が最初からその方向で一致しているのが気になる。早めにパートナーを見つけることで安心しておきたいと思う生徒もいるはず。

たまたまあの3人が強気なだけなのか、それとも……。

「このまま闇雲に聞いて回っても、同じような回答をされるんじゃないか？」

1年Dクラスに目をつけたまでは良かったが、その先が問題だからな。

勝手をすると宝泉《ほうせん》に怒られる、という言葉も引っかかっていることだろう。

あの口ぶりからして、1年Dクラス全体を仕切っているのは宝泉和臣《かずおみ》で間違いない。

「恐らく宝泉がクラスメイトに指示を与えている。どこの誰と組むのも自由だが、即決していい額は50万ポイント以上のみ。それ以外はAクラスだろうと保留にしろ、とな」

「けど、んなことしたらよ、1年Dクラスだけ売れ残るんじゃねえのか？」

「最終的に売れ残ることを視野に入れてるってことだ」

「はあ？　意味わかんねー」

「パートナーが決まらないことによるペナルティを恐れているのは2年生。彼はそのペナルティを武器に、最終的にはプライベートポイントをむしり取れると考えているのよ」

1年Dクラス以外の優等生が売り切れてしまえば、最終的には嫌でも大金を積んで協力してもらわなければならなくなる。それが100万、200万であったとしても。

「これから先のことを何も考えていない、向こう見ずな戦略よ」

「改めてどう戦うのか具体的な方針を教えてくれ」

既に1年Dクラスの方針、戦略は見えてきた。それを踏まえて堀北《ほりきた》はどう考えるのか。

2年AクラスとCクラスの過激な買収勝負が始まっているため、ここに割り込んでいく形を取るのか、それとも一之瀬《いちのせ》のようにクラスを問わず下位の生徒を多く受け入れることで信頼関係を構築し、優等生たちにも協力を訴える方針で行くのか。

「私は今回、この特別試験の概要を知った時に3つの目標を掲げることにしたの」

「3つの目標？」

そのことに須藤《すどう》も興味があるようで、身を乗り出す。

「一番大切なことはクラスから退学者を出さないこと、これは答えるまでもないことね」

おう、と頷《うなず》く須藤。

「そして次にクラス別の戦いでは総合3位以上を狙うこと」

「3位？　1位とか2位は最初から捨てるってことか？」

「誰も捨てるなんて言ってないでしょう。3位以上と言っただけよ」

確かに言葉の意味では1位や2位も含まれるが、どうにもそういうわけではないようだ。

そしておそらく、それは3つ目の目標にも関係している。

「3つ目はマネーゲームには参加しないこと。これら3つを原則に戦うつもり」

「え……け、けどよ……」

「言いたいことは分かるわ。プライベートポイントで勝負しなければ、私たちはまず勝てない。でも、私たち2年Dクラスが持つポイントを使って戦っても、リスクとリターンが見合っていないのよ。総合が1位になっても得られるクラスポイントは50ポイント。1年間で換算してもクラスが得られるプライベートポイントは200万と少しだけ」

1人頭月5000ポイントに39人をかけて、既に過ぎた4月の振り込みを除き、残った11か月をかけると2145000プライベートポイント。

「仮に50万ポイントで1人引き抜けるとして、5人以上引き込んだ時点で赤が出る。4人ほど学力Aの1年生を捕まえて勝てるほど甘い戦いじゃないでしょう？」

この先2年間、つまり卒業まで見越したとしても4485000プライベートポイント。引き込める人数は最大8人。しかもこれは50万以下で確実に引き込めて、かつ学年別総合順位で1位を取れるという前提条件で成り立つもの。リスクを見れば、今後行われる特別試験を待ってそこでプライベートポイントを放出する方が効率の良い可能性が高い。

「プライベートポイントとクラスポイントはイコールじゃない。それ以上の見返りがあることも十分に分かっている。でも、ここでポイントを全部投入しても勝ち目が薄いのなら無理をすべきじゃないと考えた。私は間違っているかしら、綾小路《あやのこうじ》くん」

「いいや。おまえの判断は正しい」

2年Dクラスが元々持つ学力の総合値と2年Aクラスの総合値の差は歴然。総合で勝とうと思った時、8人引き込んでも形勢が有利になるとは思えない。もちろん堀北《ほりきた》も臨機応変には動くだろう。5万10万で確実に手を貸してくれる生徒がいれば、プライベートポイントを渡すことも考えられる。あくまで札束による殴り合いだけはしないということだ。

「3つの目標を達成するには、やはり1年Dクラスとの交渉を目指すべきだと思う」

「な、なんでだよ。宝泉《ほうせん》の指示で50万未満じゃ組んでもくれないんだぜ？」

「優等生に限ってはそうね。でも、1年Dクラスには学力C前後の生徒も、そしてそれ以下の生徒も多く在籍している。このまま放置していたらどうなると思う？」

「どうなるって……」

「本来助かるはずだった生徒も、ペナルティによってその立場は怪しくなる」

オレが答えると、堀北は頷《うなず》いた後言葉を続ける。

「わざわざ毎月貰《もら》えるプライベートポイントを放棄《ほうき》するはずがない。つまり、どこかで必ず宝泉くんは今の姿勢を崩さざるを得ないということよ」

優等生が仮に全部50万で売れたとしても、それ以外が後に続かない。2年生から退学者が出るとか出ないとかは別問題として、1年生の戦いで宝泉は後《おく》れを取ることになる。

「彼が勝つことを視野に入れているのなら、必ず付け入る隙《すき》があるはずよ」

誰もが避けたくなる1年Dクラスと堀北は向き合っていくつもりのようだ。

「とは言え、39人全員が宝泉くんのクラスに乗っかろうとするのは危険な行為。極力リスクを分散させておかなければならないわ」

交渉がまとまらなかったとき、低い学力の生徒は泣きを見ることになる。

「試験が始まったばかりの今なら、破格の条件で組んでくれる子がいても不思議じゃない」

「だといいけどよ……俺にしてみれば存在するのか怪しいったらないぜ」

「ともかく優秀なパートナーを見つけるには大勢に声を掛けていくしかないわ」

「おーい。優秀なパートナーをお探しなら、ここにいるけどー？」

オレたちが階段をのぼり2階のカフェを目指そうとしていると、背後からそんな声が聞こえる。振り返ると、1階から1人の女子生徒が満面の笑みを浮かべながらオレたちを見ていた。目が合うなりゆっくりと階段を上って来る。

最初に怪訝《けげん》そうな顔を見せたのは堀北《ほりきた》。

「聞き耳を立てていたのかしら？」

「ヤダな先輩、たまたま聞こえてきたから声掛けちゃっただけだよ。えっと——」

オレたちに目もくれず話しかけてきた堀北に視点を定める。

「先輩、お名前と学力は？」

「……私は2年Dクラスの堀北。学力評価はA－判定をもらってるわ。それがどうしたの」

「へえ、頭良いんだ」

「あなたの名前は？」

「あたしは1年Aクラスの天沢一夏《あまさわいちか》。堀北先輩と同じようなもので、学力Aなんだよね」

ギャルっぽい感じの見た目にそぐわず、頭の良い生徒だ。

念のためと堀北がアプリで確認する。

「上位を狙うんだったら組んであげよっか？」

こちらのバックグラウンドなど何も聞こうとせず、そんなことを天沢は言った。

学力Ａ－とＡ判定の２人がタッグを組めば、１位を取ることもけして不可能ではない。

堀北に関しては過去須藤《すどう》のためにわざと点数を下げたこともある、それを考慮すれば実質Ａ判定としても大げさじゃない。

思わぬ形だが、まずは須藤たちの前に堀北がパートナーを決めてしまってもいい。

偶然とは言え学力Ａの生徒が手を差し伸べてくれたのだから。

ここで学力が低い生徒と組んで欲しいと言えば、敬遠されてしまう可能性がある。

「ありがたい申し出だけれど、今私が探しているのは自分のパートナーじゃないわ。私ではなく彼……須藤くんと組んでもらうことは出来ないかしら？」

そのリスクを負う形で、堀北が須藤を紹介する。

須藤は少し戸惑いながらも、軽く会釈《えしゃく》した。

「えーっと、そっちの須藤先輩の学力は？」

「Ｅ＋。けして良い成績とは言えないわ」

けしてどころか、学年全体で最下位を争っている。

それは既にＯＡＡを介して天沢も理解しているはずだ。

「なるほどー。つまり退学を阻止するためのパートナー探しを堀北先輩が手伝ってた、と」

状況を把握《はあく》して、天沢は須藤を見る。

「学力E＋かー。組んだら上位を狙うどころか、中間ちょい下くらいになっちゃうかもね」

「そうね。あなたにとってメリットはほとんどないわ」

この辺りでポイントの話が天沢《あまさわ》から出るかと思ったが、そんな気配はなかった。

「まあお願いされたら、協力してあげなくもないんだけどね」

先ほどの3人よりも明らかに好感触。

オレの方にも目を向けてきた。

「そっちの先輩は？　同じようにパートナーを探してる？」

「彼は学力C。優先度的には急いでいないわ。もし須藤《すどう》くんがダメなら、最悪彼と組んでくれてもこちらとしてはありがたいのだけれど」

「いや、それは——」

堀北《ほりきた》なりの優しさだったが、その案にはこっちからストップをかけなければならない。

何の考えもなしに、今のオレはパートナーを決めるわけにはいかないからだ。

「何か不服があるの？」

「そういうわけじゃないが——」

「あーちょっとちょっと。あたしまだ、どっちとも組むって言ってないよ？」

勝手に話が進んでいたのを見て、天沢が止める。

「この2人、どちらかと組んでもらうには何か条件が必要かしら」

「条件、条件かー。そうだねー、それくらいは出す権利あるよねあたしにも」

ここで堀北から切り出したことで、天沢から条件を引き出そうとする。

プライベートポイントで他クラスと争うことを避ける基本方針は変わらないだろうが、もしも格安であるなら検討の余地は出てくる。あとは、先ほどの白鳥《しらとり》たちと違い高額なポイントでないことを祈るところだが……。

「あたしさ、強い人が好きなんだよね」

この試験では全く関係のなさそうなことを言って、天沢は小悪魔のように笑った。

「一体何の話？」

勉強の話からポイントの話に変わると思っていた堀北が怪訝《けげん》そうに眉をひそめる。

「あたしはさ、この特別試験でどうするか悩んでたの。一生懸命《けんめい》勉強して、堀北先輩みたいに学力A付近の人と組んで上位を狙うか……それか、ある程度楽してクリアするか。で、楽してクリアする場合は、どうせなら気に入った人と組みたいじゃない？」

嫌なヤツやどうでもいいヤツと組むよりは、確かにそうだろう。

「あたし強い男の人が好きなの」

ここで、さっき切り出してきた話をもう一度繰り返す。

懸命に理解しようと頭を回転させる堀北。

「つまり――須藤くんが強いかどうか、を問いかけているのね？」

「正解。精神的に強い人、とかじゃなくて肉体的に強いかどうかかね。まあ、体格見たら、スポーツとかしてそうな感じは十分伝わってるけどさ」

学力A判定の生徒とは無縁であろう須藤《すどう》に、指先を向ける天沢《あまさわ》。

肉体に自信を持っている須藤が、少し照れながらも頷《うなず》いてアピールする。

「あたしとパートナー組みたい？」

天沢は手を伸ばし、須藤の頬《ほお》に触れる。

「そ、そりゃ学力Aだったら俺としちゃ最高の形だけどよ……いいのか？」

「本当に強かったらね」

それから細い指先を須藤の胸板に這《は》わせ、妖艶な気配で須藤を魅了する。

「つ、強いぜ俺は」

「自信満々な人、あたし嫌いじゃないなあ」

「その強かったら、とはどういう意味なのかしら」

須藤の見守り役である堀北《ほりきた》が、天沢のよく分からない話に対して質問をぶつける。

「そのままの意味で、殴り合いで強い人が好きなの。だから組む相手は強い人がいい」

「それなら期待に沿えると思うわ。須藤くんの腕っぷしは私が保証する」

「言葉だけじゃ納得できないなあ。やっぱり、直接目で見て確かめないと」

「……目で見る？」

「2年生で強い人を募集して殴り合いとかしてさ、それで一番強かった人とパートナー組んであげようって話だよ」

「ふざけているの？　そんなこと出来るわけないでしょう」

「どうして？　あたしは最初からずっと真剣に話をしてるけど？」

「行こうぜ鈴音《すずね》。ここにいても時間の無駄だ」

ここにきて須藤も天沢が本気で言っているとは思えなくなったのか、そう切り出す。

一瞬でも天沢の色気に惑わされそうになった自分を戒めるように。

「あたしは別に、この話を聞き流してくれてもいいんだからね」

彼女に言わせれば、これはあくまでもボーナスゲームだということだ。

確かにわざわざ好き好んでＥ＋の学力と組むことはない。

天沢ならクラス実力ともに申し分ないため、幾《いく》らでも買い手はつくだろう。

ある種、幸運とも呼べる状況。話を受ければ、須藤が学力Ａの生徒と組むことの出来る権利を得られる。組めなかったところでペナルティがあるわけじゃない。

「あなたは遊び半分で口にしているわけではなく、本気で言っているのね？」

それを受けた堀北の目は真剣そのものだった。

「もちろんだよ」

「そう。それなら、こちらも本気になって話を聞かせてもらうわ」

「お、おい鈴音？」

「いいよいいよー。あたしは強い人と組みたいからさ」

「そう。なら須藤くん、あなたはこの申し出を受けるべきよ」

「ま、待て鈴音。喧嘩《けんか》なんてこの学校で許されるわけがないだろ。去年のこともあるし、今日の昼間だって、宝泉《ほうせん》のヤツがちょっと騒いだだけでかなりやばかったじゃねえか」

去年、須藤《すどう》は龍園《りゅうえん》たちのクラスと喧嘩《けんか》騒動を起こし大問題に発展した。

そして今日も宝泉が来たことで騒ぎになった。

「確かに喧嘩は褒《ほ》められたことじゃない。けれど、両者合意の上なら不都合は起きないわ。そうは思わない？　綾小路《あやのこうじ》くん」

オレは堀北《ほりきた》がどういう意図で聞いてきたのかを瞬時に考える。

問題がないかと言えば答えは当たり前のようにノーだ。

勝っても負けても、異議申し立てをしないと決めた上でやり合うとしても、要は決闘罪に値するような事柄を、学校側が認めるはずがない。

だが、あえて堀北は喧嘩バトルを容認する形で答えている。

「そうだな。喧嘩するなんて話を学校関係者が聞けば賛成するわけもないが、生徒同士で納得した上で喧嘩するのなら、それ以上の問題にはなりようがない」

オレは問題がないかのように、あえて答えてみせた。

「お、おい綾小路！」

「その上、2年生の誰が出てきても喧嘩の腕前じゃ須藤くんには誰も勝てない」

「だな」

須藤は理解していないが、オレと堀北は交互にボールを投げ合い会話を成立させる。

ここで大切なのは、喧嘩を肯定することじゃない。

須藤が戦わずとも一番強いことを、自信を持ってアピールすることだ。

「ハッキリ言って千載一遇《せんざいいちぐう》のチャンスよ須藤くん。普通に考えたら、学力Aの生徒とあなたを組ませることは極めて困難だもの。だけど、天沢《あまさわ》さんはパートナーになってもいいと言ってくれているのよ？　しかもあなたが誰よりも得意とする喧嘩の強さを競うもの。迷わず受けるべきよ」

この学校のルールを熟知している2年生が迂闊《うかつ》な喧嘩バトルなど受けるはずがない。

しかも相手が須藤となれば、結果は火を見るよりも明らかだ。

つまり、ここで承諾しても実際に喧嘩をするようなことにはならないし、万が一挑んでくる相手がいても返り討ちに出来る。

「いいじゃんいいじゃん。なんかわくわくしてきた」

入学したての天沢には、そのことは当然分からないだろう。

普通の中学や高校とは違うことを、理解できるはずもないが。

「けれど、先に1つ約束してもらえる？　もし須藤くん以外に参加者が現れなかった時は、須藤くんとパートナーになると」

ここで堀北が重要な取り決めを希望する。

ここを天沢が飲まなければ、話は前に進まないからだ。

「そうだね。それは約束するよ。挑戦者が現れないってことは、不戦勝扱いだしね」

言質が取れたことで、堀北は満足したように頷《うなず》いた。

「いい？　須藤《すどう》くん」

「──ああ、鈴音《すずね》が問題ないってんなら、俺は全く構わないぜ」

力強く左右の握り込んだ拳《こぶし》を打ち付ける。

堀北《ほりきた》にしてみれば、天沢《あまさわ》からの提案は偶然の産物にして、値千金だったのだろう。

「それじゃ、アプリの全体チャットで募集させてもらうね。腕っぷしに自信のある人は、今日のうちにエントリーすることをあたしにダイレクトメールしてね、と」

「へっ。誰が来ても返り討ちにしてやるぜ」

好都合なことに、須藤は堀北の考えを理解していない。

そのため素で戦うかも知れないとワクワクしている。

「場所はこちらで指定してもいいかしら。不用意に学校の目につくところは避けたいから」

「うんうん。先輩たちの方がよく分かってると思うし、そこはお任せしまーす」

文章を打ち終えたのか、送信する前に最後の確認を取ってくる。

「じゃ、腕っぷしバトル成立ってことで。いいよね？」

その返しに堀北が頷《うなず》いたところで、天沢はゆっくりとオレたち3人を見た。

そして携帯の画面を暗くし、それをポケットにしまう。

「やっぱりやーめた」

突然の心変わりかと思ったが、どうやらそうではなさそうだな。

あの表情から察するに、向こうもこちらを試していた、測っていたと見るべきだ。

だが、堀北も須藤も、天沢の心変わりに慌てる。

「どうしてかしら」

「募集したところで、喧嘩《けんか》相手来そうにないし。須藤先輩の体格、それに堀北先輩や綾小路《あやのこうじ》先輩の態度を見てれば2年生の中でもトップクラスに強いってこと分かったし」

わざわざ喧嘩させて比べるまでもない、と理解してしまった。

オレと堀北の打った芝居と、そして素の須藤。これらの効果が出過ぎてしまったようだ。

募集した後で気がついたのなら、取り消すことを堀北は認めなかっただろう。

ここで演技をしたことを悟《さと》られるわけにもいかないので、堀北は不満を露《あらわ》にする。

「私たちをからかったの？」

「やだな、そういうわけじゃないって。ただ分かりきったことしても面白くないじゃない。あたしは自分の目で見て確かめて楽しみたいだけ。だからそんな風に怒らないでよ先輩」

んー、と人差し指を唇《くちびる》に押し当てながら考え込む天沢。

「チャンスをあげるから許してよ」

制御するつもりが、天沢独特のペースに振り回される堀北。

この手のタイプとはあまり相性が良くなさそうだな。

「あたしは強い男の人の次に、料理が出来る男の人が好きなんだよね」

「料理？」

天沢からの新しい提案は、またもこの特別試験とは完全に無縁なものだった。

「須藤《すどう》先輩だっけ、あたしに手料理振舞ってくれる？　とびきり美味《おい》しいヤツ」

「て、てりょうりぃ!?」

先ほどまで自信満々だった須藤だが、思わぬ提案にのけ反るように驚く。

「美味しいのはもちろん大前提で、あたしがリクエストした料理を作ってもらうからね」

「い、いや俺料理なんて生まれてから一度も――――」

「そうなの？　じゃあ、チャンスは撤回《てっかい》かなぁ」

そうはさせまいと、堀北《ほりきた》が話に割り込む。

「須藤くんの代わりに、私でもいいのかしら」

「それはダメ。言ったでしょ？　料理が出来る男の人が好きなんだって。それに組む相手が料理の出来る人じゃないと組む意味がないじゃない」

つまり幾《いく》ら料理が出来ようと女である時点で、除外ということだ。

「須藤先輩が無理なら諦《あきら》めて、料理できるクラスメイト探したら？　あ、もし慌てて見つけて来れたとしても、須藤先輩とは組まないからね？」

まるで小悪魔のように笑う一夏《いちか》。

「今から須藤先輩を料理の達人にしてみる？　でも間に合うかなぁ。あたしは人気どころだからさ、早くしないとパートナー決めちゃうかも」

単なる警告では済まない。そう遠くない日に彼女はパートナーを決めるだろう。

2年生には堀北以外にも優秀な生徒は沢山いる。

わざわざ須藤と組むなんてリスクを取る必要もない。

言わば天沢《あまさわ》という少女が見せた気まぐれ、単なる遊び心。

少しでも気が変わってしまえば、それでお終《しま》いだ。

だがクラスメイトで学力が低く、かつ男子で料理が得意な生徒。

今の時点では浮かんでくる代役もいない。

そうなると、この天沢からの注文はＤクラスにとってマイナスなだけかもな。

諦めて別の生徒にアタックする方が、時間を有意義に使える。

こちらが答えを出せずにいると、天沢はこう付け加えた。

「分かった。じゃあ特別サービス。本来なら料理が上手《うま》い男の人と組むところだけど……

あたしの舌を満足させたなら、喧嘩《けんか》が強い須藤先輩と組んであげてもいいよ」

ここで天沢からのちょっとした譲歩が提案される。

天沢が組みたいのは喧嘩が強い男子か、料理が上手い男子。

確かにそれなら、天沢の好みは満たしていることになる。

「料理の上手い人と組むのも、喧嘩が強い人と組むのも似たようなものだしね」

他の男子であれ、自分を満足させられれば須藤とパートナーを組んでもいいと言った。

堀北は、天沢の願いを受けてどう返すか……。

だが問題はそんな生徒に心当たりがないことだ。

今から仕込むには大きく時間が不足している。

「綾小路《あやのこうじ》くん。確かあなた、前に料理が得意だって私に自慢してたわよね？」

堀北《ほりきた》が何を考えてか、そんなことを堂々と聞いてくる。

オレはそんなことを自慢げにじゃなくても話したことは一度たりともない。

否定するのは簡単だが、ここは口裏を合わせておく必要がありそうだ。

須藤《すどう》が学力Aを持つ生徒と組める可能性は、そう高くはない。

「料理は唯一の得意分野と言っても過言じゃない」

「そうよね。天沢《あまさわ》さんが許してくれるのなら、綾小路くんでどうかしら」

「あたしは男子だったら、誰でも問題ないよ。だけど本当に得意なのかなぁ？　口からのでまかせでもいいけどさ、審査はかなり厳しくするよ？」

「もちろん大丈夫よ。そうでしょ？」

「まあ、そうだな」

オレが肯定するや否や、天沢はすぐに手を叩《たた》いた。

「それじゃあ早速この後、実力を見せてもらおうかな」

急すぎる展開。だが、これは天沢の封じ手みたいなものだろう。

下手に猶予《ゆうよ》を与えて料理を学ぶ時間を与えないようにするため。

本当に料理が上手《うま》い人物かどうかを見極めようとしている。

天沢を繋《つな》ぎとめるための嘘《うそ》である以上、ここで堀北はイエスと答えることは出来ない。

オレの今のスキルで料理をしても、腕前はたかが知れている。

厳しく審査されずとも、間違いなく脱落するだろう。

「そうしたいところだけれど、少し時間をもらえないかしら。私と綾小路くんは、クラスメイトのパートナーを見つけるためにこうして1年生と接触を繰り返しているところ。須藤くん以外にも助けなければならない生徒は大勢いる。他クラスに先を越されると手痛いダメージを受けるの。今この瞬間も、ライバルたちはパートナーを探して奔走《ほんそう》しているわ」

分かってくれるわよね？と状況説明を行う。

「出来れば金曜日の放課後まで時間をもらいたいところね」

そう言って、即日料理を振舞ってほしいという一夏《いちか》の願いを蹴《け》る。

更に金曜日の放課後という数日間の猶予をつけようとした。

週末なら多少の時間を作ることも出来るという提案。

「なるほどね。確かにあたし1人に時間を取られすぎるのは良くないね」

だったら、と天沢が新しい提案をする。

「あたしは今日の夜遅くでもいいけど？　それなら問題ない？」

「1年生が夜中に2年生の寮に出入り。しかも男子の部屋となればモラル上問題よ」

「なるほどぉ。だけど週末まで待つのはちょっとねー。あたしが別の先輩と組むチャンスも損失しちゃうわけだし……そうでしょ？」

やはり週末まで待ってほしいという提案はあっさり通らない。

今度は天沢から厳しい返答が戻って来る。

「けどこれも何かの縁だし、1日だけ待ってあげる。明日の放課後に手料理を振舞えないって言うんだったら、今回の話は無しってことにさせてもらおうかな」

恐らくここが天沢《あまさわ》から引き出せるギリギリの妥協《だきょう》ライン。

欲をかけば、すぐにでも身を引いてしまいそうな気配だ。

その駆け引きを堀北《ほりきた》が見誤らなければ……。

「そうね。確かにあなたに負担を強《し》いることになるのは否定できない。それに、下手に料理を練習する時間を与えたくない、そうでしょう？」

「ヤダな、そこまでは考えてないってー」

「……いいわ。その条件でお願いできるかしら」

準備期間は、僅《わず》か1日。しかし、こうでもしなければ一夏《いちか》を繋《つな》ぎ留《と》められない。

苦肉の策とも取れるが堀北はそう修正案を告げる。

「決まりだね」

自分が言い出した明日の放課後に不満はなく、天沢は快諾。

「ただしさっきの喧嘩《けんか》のように途中で反故《ほご》にするのはなしよ。私たちも遊びじゃない」

「おっけ。約束する。料理の腕前が確かだと判断したら、その時は須藤《すどう》先輩と組むね」

口約束ではあるが、天沢は素直に頷《うなず》き答えた。

「頼むぜ綾小路《あやのこうじ》。おまえの料理の腕前で、何とか俺のパートナーを掴《つか》み取ってくれ！」

この場ではオレもそう合わせるが、まさかこんなことになるとは。

「じゃあ、明日の放課後４時半にケヤキモール前に待ち合わせでいいかな、綾小路先輩」

「ケヤキモール？　寮じゃなくてか？」

「何を作ってもらうかは秘密だし、当然食材とか買い出さないといけないじゃない？」

なるほど。買い出しから何からが審査対象というわけか。

「私も同行していいかしら」

うまくバレないようにアドバイスを提供するためだろう、堀北が申し出る。

が、そんな簡単にいく相手ではない。

「それはダメ。目くばせとかでもアドバイスは送れるし。審査は厳しくしまーす」

つまり明日は、オレ１人で何とかしなければならないということだ。

「綾小路先輩、平気だよね？」

「ああ、問題ない」

ひとまずは素直に受けておくが、これは大変なことになったな。

「それじゃあまた明日、ばいばーい」

天沢は満足そうに階段を下りて行く。

「堀北、分かってると思うが――」

「今は黙って。作戦、考えるから」

作戦を考えると言っても、時間はたったの１日。

最低限の料理スキルしかないオレに、果たしてどこまでのことが出来るのか。

○一夏《いちか》の試験

特別試験は早くも今日で3日目。水曜日が訪れる。

朝8時を迎えたことでOAAも2回目の更新がされ、必然と選択肢は狭まっていく。

「新たに34組、パートナーが決まったか」

これで月曜日と合わせて56組成立。

最大で157組なので、3割以上の生徒が早くもパートナーを決定したことになる。

昨日のパートナー数を牽引《けんいん》していたのは2年Bクラス。つまり一之瀬《いちのせ》に絡むものが多い。

どうやら交流会から1年生はじっくりと考え、組むことを決意したのだろう。

基本的には学力の低い1年生の多くが、一之瀬たちと組んでいることが確認出来る。

あとは、一部の1年生の優等生の名前がリストから消え、2年Cクラスも数名の名前が消えているところを見るに、ポイント取引などが成功したと推測される。ウチのクラスからは櫛田《くしだ》を始め5人の生徒がパートナーを決めていた。1年Bクラスのページを確認すると、八神拓也《やがみたくや》もパートナー決定となっている。櫛田と手を組んだのかも知れない。

しかし異様なのは、1年Dクラスが誰一人パートナーを成立させていないことだ。

これは1年、2年全体で見ても他に類を見ない。

そろそろ本格的にオレも動かなければ、身動きが取れなくなってきそうだな。

オレの成績を客観的に見て、いの一番に『組みましょう』と言ってくる生徒はまずいない。学力のある生徒だろうとない生徒だろうと、頭の良《い》い生徒と組みたいと思うのが自然の流れ。クラスのためを思って行動できるようになってきた2年生と違い、1年生たちには周りを見る余裕などないだろう。クラスメイトすら、ライバルだという認識の方が強い。

成績上位陣が取られきってしまうまでは、少なくともオレは後回しにされる。

だからこそ月城《つきしろ》は、その隙《すき》を逃さないよう指示をしているはず。

当然オレと組むことを求めてくる生徒や、組むことを許容する生徒は危険シグナル。

かと言って、いつまでもパートナーを決めずに躊躇《ちゆうちよ》していれば、月城の刺客と組まされてしまう可能性は上がっていく。この生徒は絶対に違うという確信を得る必要があるが、それは恐らく簡単じゃない。

どんな演技をして自分を装っているかは想像もつかないのが本音だ。

ＯＡＡで全員の顔や名前、成績を把握《はあく》したが、それで得られるヒントも当然ない。

もし1年生１６０人全員がオレの敵対者だったら、逃げ場のない確実な詰みだな。

そんなバカらしいことを考える。幾《いく》ら月城でもそこまでのことは出来ないと思うが……。

いや、そうじゃない。

重要なのは全員が敵だったとしても、生き残る方法を考えることだ。

ともかく、今は残された１０４人から安全な生徒を探し出していくこと。

ホワイトルームで育成される子供たちに、性別による偏《かたよ》りはない。基本的には男女均等による育成方針を打ち出しているため、その方向から絞り込むことは不可能だ。

ならどうやって除外していくか。その1つに『体型』が挙げられるだろう。

ホワイトルームの食事は細部まで全て管理されたモノが出てくる。あの環境下で育つ子供たちが肥満体型になることは基本的にあり得ない。つまり、肥満の生徒を選べばホワイトルーム生を回避できる……というシンプルな図式が浮かんでくる。

だが、これは絶対ではない。ホワイトルーム生が何か月か前から、オレを退学させるために下準備を始めている可能性もある。その気になればふくよかな体型や痩《や》せた体型になることは無理なことじゃない。厳しいカリキュラムに耐えてきた者なら、容易《たやす》くやってのけるだろう。

が、それを抜きにしても体型が標準から逸脱《いつだつ》した生徒を選ぶことに疑問は残る。OAAでは全体像が見えないため一概には言えないが、露骨に肥満である生徒は僅《わず》か2名ほど。そのどちらもが月城《つきしろ》に送り込まれた生徒である可能性は排除しきれない。ホワイトルーム生だけでなく、一般生徒から見つけてきた刺客がいることも想定されるからだ。

退学になればより良い進学先を提供すると話を持ち掛けていることだってあるだろう。

次に学力から絞り込むことが出来るのかどうか。それも難しい。

ホワイトルーム生であれば、入試で満点を取ることは造作もない。当たり前のようにA、A+の学力を取って来る。それは言い換えれば自由にコントロールできるということ。

OAA導入のことは聞かされているだろうしな。

学力Eの成績を取って待ち構えていたとしても、なんら不思議ではない。

同じようにAクラスやDクラスなんていう所属クラスで絞り込むことは不可能だ。

分かってはいたことだが、どの角度から見ても絞り込む材料は今のところない。

そんなオレがこれからやるべきこと。

それは自らの目で直接生徒を見て、真贋《しんがん》を確かめていくということだ。確実に敵でないと分かればパートナーとして組むか、あるいは協力者になってもらうことも出来るだろう。

オレは1つ、自分なりにルールを設ける。

今日これから登校し、昼食を食べ放課後を迎える。そんな1日の中で、1年生を見かけた順に声を掛けていく、というもの。そしてその生徒を皮切りに1年生の協力を得る。どうせ観察して分かるような相手が送り込まれてくるはずもないのだから、偶然という介入しようのない要素で戦っていくしかない。

こちらの学力はCとけして高くなく武器にはならないが、組んでくれる生徒が全くないわけではないだろうしな。手探りに行けば何人かはヒットするだろう。

1

寮から外に出て、学校に向かう途中。

オレは早くも2人で雑談しながら歩く1年生の女子を見つけた。

名前は『栗原春日《くりはらかすが》』と『小西徹子《こにしてつこ》』。共に1年Aクラスの生徒だ。

ただ、残念ながらそのどちらもが、初日にパートナーを確定させてしまった学力の優秀な生徒だ。

まあ、パートナーが決まっていること自体はそれほど問題じゃない。

むしろ協力者としては最適とも言えるだろう。ただ、何というか声を掛けづらい……。

いくら特別試験という名目でパートナーを探さなければならないとはいえ、女子2人組に声を掛ける2年生の男子は傍目《はため》にどう見えるか。そんなことを考えてしまった。

おはよう、なんて洋介《ようすけ》みたく声を掛ける度胸もなく、かと言って強気に組める友達を紹介してくれよ、なんて行くのは論外だろう。

何にせよ、アタックしないわけにもいかない。ここで妥協《だきょう》するのは得策じゃない。そう覚悟を決めるが、タイミングをどうするか。楽しそうに話しているところに割り込むよりは、少し会話が落ち着いた頃を見計らうべきじゃないだろうか。

「おはようございます、綾小路《あやのこうじ》先輩」

様子を窺《うかが》っていると、背後からそんな風に声を掛けられた。

今日3人目に見かけた1年生は、先日宝泉《ほうせん》と共に行動していた七瀬翼《ななせつばさ》だった。

屈託《くったく》のない笑みをこちらに向けてくる。

「ああ、おはよう」

まさか声を掛けられるとは思わず、ちょっと変な間を作ってしまった。

「前の2人に何か用ですか？　声掛けてきましょうか？」

同じ1年生である七瀬《ななせ》はそう提案してくれたが、そうすると女子3人を交えての話し合いになる可能性が高い。オレには荷の重たい時間になるだろう。

「いや大丈夫だ」

「そうですか？」

不思議そうにしながら、ほぼ同じ速度で歩く七瀬。

声を掛けるタイミングを見計っている間に、予期せぬ形で七瀬と会話が始まってしまった。誰であれこちらから声を掛ける手間を省いてくれたのは、非常にありがたいが……。

1年生から声を掛けてきた展開を偶然と呼ぶわけにはいかない。オレが登校するのを待っていて、タイミングを計っていた可能性は十分にある。七瀬に限らず、先手を取るように話しかけてきた生徒に対しては全員そう想定しておくべきだ。まさに昨日の天沢《あまさわ》と同じで、こちらが声を掛けた生徒ではなく声を掛けてきた生徒。

「先日は宝泉《ほうせん》くんが失礼なことをして、ごめんなさい」

「いや、オレは直接の被害にあってないからな。謝られても困る」

「ですが迷惑をかけたことに違いはありません。ああいった行動に出る宝泉くんを止めるためについていながら、何というか力不足を痛感しました」

粗暴な宝泉と違い、非常に社交的で丁寧な口調には強い好感を持てる。学力もBと高くパートナー相手としては申し分ない。オレ以外からスカウトが来ていてもおかしくないはずだが、3日目の現在、まだ2年生とはパートナーを組んでいない。

ただ、これには恐らく1年Dクラスの方針があるからだと思われる。

学力の他、身体能力、機転思考力、社会貢献性などもC＋以上でバランス良く高成績。一見すると問題など全く見受けられない。だからこそ、何故《なぜ》七瀬翼《つばさ》はDクラスなのか、という疑問が浮かんでくる。基本的に何かしら問題を抱えている生徒が割り当てられる傾向が強いのがDクラスのイメージだ。たとえば洋介《ようすけ》や櫛田《くしだ》などは表面上ひとつも欠点がなさそうに見えるが、実際に蓋《ふた》を開けてみるとそうじゃないことが見えてきた。

つまり、そういった隠れた問題点を七瀬が抱えている可能性は否定しきれない。もっとも本年度の1年Dクラスが、必ずしも同じ傾向に当てはまるかの保証は今のところない。

オレ個人に限って言えば、性格や価値観などに多少問題がある分には差し支えはない。パートナーとして願い出るにしても、協力者として願い出るにしても、大切なのは七瀬翼が月城《つきしろ》側の人間であるかどうかだけだ。初対面の時に宝泉と共に見せた、あの眼差《まなざ》しが気がかりだが……。その瞳は鳴りを潜《ひそ》めていて、自然な目をこちらに向けている。

「今度の特別試験のパートナー、候補は決まったのか？」

オレは七瀬という人物を知っていくため、話を広げていくことにした。

「私ですか？　いえ決まってはいません」

「じゃあ声は掛けられてるのか？」

「そうですね。一応2年Aクラスと2年Cクラスの先輩からお声を掛けて頂いてます」

学力Bなら想定内だが、やはり声は掛けられているようだな。

「答えを保留にしてるのはどうしてだ？」

素直に学力だ、ポイントだと口にするかは分からないが踏み込んでみる。

「すみませんがそれはお答えできません」

謝罪して頭を下げながら、七瀬《ななせ》は言った。

「聞かれたくないことは答えなくて正解だ、謝ることじゃない」

これが七瀬個人の問題か、1年Dクラスの問題かは今の段階で聞き出せそうにない。

それなら、もう少し違う角度から攻めてみよう。

「もしよかったら、Dクラス同士協力し合って適切なパートナーを探し合わないか？」

オレは自分のことを含め、そんな提案をしてみた。堀北《ほりきた》も1年Dクラスを鍵と考えているし、宝泉《ほうせん》も2年Dクラスに対し何らかの感情を持っている。悪い提案ではないだろう。

「クラス同士で協力……ですか？」

「ああ。多くの生徒が自分たちの成績のために、学力の高い生徒と組もうとしている。でもそうなれば、必然的に学力が低い生徒は選ばれず溢《あふ》れてしまう。1年生もオレたち2年生も、学力の低い生徒同士で組めば、退学の危機に晒《さら》されてしまう」

「はい。それは分かります。それは出来れば避けたいと考えています」

「そうだな。そのためには、適切なバランスというものが求められる。けして上位は取れないが、赤点を取ることはないパートナーを見つけなければならない」

オレたちはDクラス。ブランドとしては圧倒的に劣っている。

だからこそ同じ序列である1年Dクラスは話に乗ってくる可能性があるはずだ。

「どうだ？」

「私も賛成です。出来ることなら綾小路《あやのこうじ》先輩に協力したいです。ただ……」

「ただ？」

「クラスの人たちが、どれだけ手を貸してくれるかは分かりません。それに、勉強に自信のある生徒の一部はもう、パートナーを内々で決めかけている状態なんです」

今回の試験で主力となりうる多くの生徒は、盤石《ばんじゃく》なパートナーを決めて上位成績を狙い始めている。目の前を歩いている女子2人も、まさにそれに当てはまっている。

パートナーを確定させていないのは、ポイント面等別の問題があるからだろう。

何より今回の試験で大きなポイントとなるのは上位3割には報酬《ほうしゅう》が与えられること。学力の低い生徒を救済する行為は、すなわちその報酬を捨てることにも繋《つな》がる。

「全員の協力が必要なわけじゃない。恐らくしっかり調整すればそれほど大勢の手を借りなくても特別試験を乗り切ることが出来るはずだ」

クラスの生徒の一部が取られたとしても、大きな支障は出ない。

「そうですね。ですが、他の問題もないわけではありません」

提案自体には賛成の意思を示す七瀬だったが、暗い表情を見せる。

その原因は考えるまでもなく、オレにも伝わった。

「確か宝泉《ほうせん》……といったか。あいつがDクラスで大きな存在感を示していそうだな」

更に1年Dクラスの内情に手を入れていく。

先日の白鳥《しらとり》との接触から、ほぼ間違いないと思われる情報をぶつける。

「はい。既に男子も女子も、その多くが宝泉くんの指示に大人しく従い始めています」

憶測でしかなかった部分が確信に変わっていく。

やはり宝泉は既にクラスを掌握《しょうあく》し、手中に収めようとしているようだった。

パートナーを簡単に確定させない戦略も、宝泉が打ち出したものかも知れない。

だとするならば、宝泉は自らの腕力だけを笠《かさ》に着た生徒ではなく、周囲を見渡すだけの洞察力や観察力、そして冷静さを兼ね備えていることにもなる。

「七瀬《ななせ》は少し特別な立場なのか？　宝泉に対して卑屈《ひくつ》な感じはなかったな」

「私は暴力には絶対屈しませんから」

外見からは想像できないような、そんな力強い言葉が返ってきた。

この発言は単なる安っぽいものではなく、何かに裏付けられるもの。

そんな自信のようなものが、純粋な瞳の色から覗《のぞ》いている気がした。

「先輩は……暴力をどう考えますか」

「どう、とは？」

「肯定派なのか否定派なのか、ということです」

宝泉のやり方に対してどう思うか、そんな質問であるなら答えは1つだ。

「2択で答えるなら、肯定派、だな」

そう告げる。

すぐに何かしらのアクションが戻って来ると思っていたが、返って来たのは沈黙。視線だけを七瀬の方に向け表情を確認すると、先ほどまでの大人しい顔は消え失せていた。

前回、去り際にオレを見ていた時と同じ目をしている。

こちらが七瀬の返答待ちである状態が数秒ほど続いた後……。

「私もどちらかと言えば肯定派です」

本当とも嘘《うそ》とも取れる、感情の波を感じさせない答えが返ってきた。

暴力に屈しないという強い意志が宝泉にも買われ、傍《そば》に置かれた？

いや……それだけとも限らない。

あの時宝泉は、七瀬の口にした『アレ』という単語に強く反応していた。

必ずしも宝泉の方が七瀬より人間として強者であるという保証は、どこにもない。

そのことは気になったが、今ここで聞くことじゃないだろう。

言ってはならないことを不必要に話すような生徒には見えないからだ。

下手に警戒心を強めるようなことは、まだすべきじゃない。

ここは一度引くべきか。堀北《ほりきた》と再度アタックするチャンスはあるだろう。

「何にせよクラスの方針を決めるのが宝泉なんであれば、今回の話は難しそうだな」

うまく七瀬と関係を継続しつつ、他クラスとの接触を考え始めたオレだが……。

「あの、そんな状況でも良ければ……一度セッティングしてみましょうか？」

こちらが提案した協力関係を良い提案だと受けていたためか、そう答えた。

「それはありがたい申し出だが、本当にいいのか？」

「はい。ただ、どれだけの子が協力してくれるか分からないので、絶対のお約束は出来ません。最悪私だけになる可能性もありますが構いませんか？」

七瀬《ななせ》がどうであるかは、一度置いておく。

ひとまずはクラスメイトのためという名目で、オレや堀北《ほりきた》が1年Ｄクラスと絡める機会を少しでも増やしておくことが重要だ。

「もちろんだ。きっと堀北も喜ぶと思う」

「堀北先輩が2年Ｄクラスのリーダーなんですか？」

「ああ。あいつが今、クラスをまとめてる存在だ」

オレは堀北に、七瀬協力のもとＤクラスとの話し合いを設けた方がいいと伝えておくことにした。直接教室で話すのは、少し目立ちそうな内容だけに、どうするか。

「あ……お返事はすぐには出来ないかも知れません。それでも構いませんか？」

「分かった。こっちも出来る限り早く調整が付けられるように動いてみる」

「はいっ」

オレは七瀬と連絡先を交換してもらい、後で連絡をもらうことで合意した。

2

まだ堀北が登校していないことを確認したオレは、少し昇降口で待つことにした。

中途半端に教室でこの話をすると、人目を気にしながらになるからな。

程なくして姿を見せた堀北は、オレが待っていたとも思わず不思議そうな顔をする。

「おはよう。誰かと待ち合わせ？」

「待ち合わせというか、まあ似たようなものだ。待ち人は来た」

「そう」

軽く後ろを振り返り、特に知り合いらしき人物がいないことに気付くと、こちらに向き直る。

「私？」

「ああ。ちょっと急ぎ耳に入れておきたいことがあってな」

「わざわざ待っていたくらいだもの、重要な話かしら」

2人で歩き出す。

「重要……そうだな。重要になる可能性はあると思ってる。さっき1年Dクラスの七瀬翼《つばさ》と偶然話す機会があった。それで向こうにちょっとした提案をしてみたんだが」

「あら、どんな提案かしら」

「1年Dクラスと2年Dクラスが手を組めないか、そのアプローチをしてみた」

「あなたにしては随分《ずいぶん》と思い切ったことをしたのね」

堀北《ほりきた》自身、どうやって1年Dクラスと関係性を持っていくかは悩みどころだったはず。

許可なく協力関係の提案をしたことに怒ることも覚悟していたが……。

「あなたは1年Dクラスのパートナー状況は見たかしら？」

「ああ、まだ誰一人パートナーを決めていない。坂柳《さかやなぎ》たちも後回しにしているんだろうな」

大金を積んで引き抜くよりも、それなりのポイント額で協力してくれる上位クラスの優等生の方に引き抜きが集中するのは自然の流れだ。

「きっとそれだけじゃない。宝泉《ほうせん》くんの尖《とが》った方針に付き合うには、それなりの労力も必要になる。わざわざ時間を割くのは、上位クラスにしてみれば手間が増えるだけだもの」

「かもな」

「あなたは、宝泉くんと向き合うことの大変さを分かった上で、七瀬《ななせ》さんに提案したの？それとも宝泉くんに悟《さと》られないように、七瀬さんを介して密《ひそ》かな協力関係になろうという狙いで声を掛けたの？」

「どう思う」

オレはあえて、そのことを深く答えず堀北に問いかけてみた。もし今の時点で1年Dクラスと組む構想がなくなったのなら、流してしまってもいい話だ。

「私なりに今回の特別試験の状況を改めて分析してみたのだけれど、聞いてもらえる？」

「適切なアドバイスを送れる自信はないぞ」

「期待していないわ」

自分のまとめた考えを話して聞かせたいだけらしい。

それが今日、オレが持ってきた1年Dクラスとのことに関係があるんだろう。

「まず1年生全体を見た時、当たり前だけれど学力が優秀な生徒に人気が集中する」

「そうだな。白鳥《しらとり》も2年Aクラスと2年Cクラスから、ポイントによる契約話が持ち掛けられてるって言ってたな」

「けれど白鳥くんたちは全員答えを保留にしていた。ポイント面で折り合いがついてないんでしょうけれど、私たちに提示した50万ポイントというのはいくらなんでも高すぎる」

上位5組が10万、上位3割が1万の報酬《ほうしゅう》からすれば、20万でも取りすぎなほどだ。

「橋本《はしもと》くんたちが提示したポイントはいくらなのかしらね」

「さあ。でも50万からはかけ離れてると見ていいだろうな」

実際に交渉を持ち掛けられた生徒でもない限り、知ることの出来ない答えだが。

「私はAクラスとCクラスの提示したポイントにはそれほど大きな開きがないと踏んでる。いいえ、どちらかと言えばAクラスの提示額の方が少ないかも知れない」

それは恐らく今朝までのOAAを見て推理したものだろう。

2年Aクラスと2年Cクラスでは、パートナーが決まった生徒数はCクラスの方が多い。

「AクラスとCクラスなら、ブランド価値で言えば当然Aクラスが上。ポイントに差がない限りはAクラスを選ぶ人の方が多い。それらから考えられることは、Aクラスは自分たちのクラスとしての価値とポイントの両方からアピールして1年生の獲得を目指し、そして一方のCクラスはブランド力で負けている分、ポイント額を大きく乗せようとしている」

オレは肯定するように軽く頷《うなず》く。

「少し不思議なのは、龍園《りゅうえん》くんの考え方ね。勝つためには上位陣を味方に引き入れるのは最低条件だけれど、それは必然Aクラスとの奪い合いになるということ。マネーゲームでやり合えば、どう考えても勝ち目はないし、総合1位を狙うのは幾《いく》らなんでも無謀《むぼう》よ」

脅《おど》すなんてことも言っていたが、実際のところ勝ち目の薄い戦いなのは間違いない。

「多少レベルを落としてでも、被《かぶ》らない生徒を狙っていくべきだな」

学力B－やC＋でも十分活躍する。総合でも2位を狙っていく方が無難だ。

「まあ彼の思考を読み取ろうというのが無茶《むちゃ》なのだけれど……。話を先に進めるわ。残るBクラスは弱者救済として、学力問わず仲間に引き入れて1年生と信頼関係を構築しようとしている。1年Dクラスを除く学力D以下の生徒の多くが一之瀬《いちのせ》さんに救われている」

一度振り返り、誰も盗み聞きをしていないことを確認した後、こう続けた。

「今の狙い目は各クラスの中間層、学力B－からC＋辺りの生徒、ということになる」

その辺りの生徒は大金で声がかかることはないだろうし、まだ生徒数も多い。

Aクラスとクラスが上位陣の奪い合いで競っている間に声を掛けるのは良い手だ。

「なら、1年Dクラスに絞った戦略は撤回《てっかい》ってことか？」

「いいえ、続行よ。むしろ本命としての色が濃くなったと言うべきかしら」

「他クラスの中間層を捨てると？」

それは思い切りが過ぎる判断とも言えそうだ。オレたち2年Dクラスは、他のどのクラスよりも後手に回っているため、早いうちに多くのパートナーを確定させておきたい。

「何もしないわけじゃないわ。少し意地悪なやり方になるけれど、偽りのマネーゲームを仕掛けて時間稼ぎするつもりよ。中間層の子たちは、優等生と違って高額なポイント提供のような美味《おい》しい話は来ないと思っている。なら、今の段階で中間層に色気を教え込む。自分たちでもちょっとした駆け引きが出来るのだと錯覚させるのよ」

「坂柳《さかやなぎ》たちに上位層だけじゃなく、中間層獲得にもポイントを使わせる狙いってことか？」

「どこまで効果があるかは懐疑的《かいぎてき》だけれど、多少注意を惹《ひ》きつけることは出来るわ。そしてその間に、私は1年Dクラスに切り込んでいくつもり。だからあなたが持ってきてくれた話は願ってもないことよ。私も七瀬《ななせ》さんに接触しようと思っていたところだから」

「だが宝泉《ほうせん》こそ、マネーゲームを求めてるんじゃないか？」

「確かにそうね。でも彼は本当にポイントだけを求めているのかしら。2年生のエリアに乗り込んできた時、私にこう言ったわ。『俺たちDクラスが指名してやらなきゃまともなペアも組めないよな。だからバカで無能なおまえらに手を貸してやるよ』と。つまり彼の目的は、私たちDクラスだった。ポイントだけが目的ならあんな言い方をするかしら」

プライベートポイント以外にも交渉の余地はあるはずだと、堀北《ほりきた》は断言する。

「最後に私に対して『またな』と言っていたことも、それを匂わせている」

「確かにそうだな。宝泉《ほうせん》が2年Dクラスに注目してることだけは確かだ」

今回堀北《ほりきた》は総合で上位を捨てるかわりに『退学者を出さないこと』『マネーゲームに参戦しないこと』『総合で3位以上を狙う』という3つの命題を掲げている。簡単なことじゃないが、だからこその1年Dクラスというわけだ。

「とは言え、宝泉くんが一筋縄でいかないことは予想できる。保険は打ってあるわ」

どうやらオレが知らない他の手も打っているらしい。

「今、1年Bクラスの一部と協力関係が進められないか話し合っているところよ」

「1年Bクラスと言えば……おまえや櫛田《くしだ》と同じ中学出身だっていう八神《やがみ》か」

今朝のOAAで櫛田と八神が既にパートナー決定となっていたことを思い出す。

「昨日櫛田さんと八神くんが手を組んだ。残念ながら私は後輩のことは一切覚えていなかったけれど、彼もキーになりうるわ。櫛田さんのことをとても信頼しているようだったけれど、既に水面下では交渉をしてもらっているところ。上手《うま》くいけば協力者を増やせる」

それは朗報だが、気になる点が生まれる。

「おまえが櫛田に指示を出してるのか？」

堀北のことを嫌っている櫛田がどこまで本気で協力してくれるかは疑問が残る。

「今、それが難しいことはよく理解しているつもり。だから間に平田《ひらた》くんを挟んで話を進めているところよ」

「なるほど。それなら櫛田も中途半端に手は抜けないな」

もし、櫛田が八神との交渉をまとめて何人かでも生徒を連れてきてくれれば、2年Dクラスはパートナー問題の一部を解消し勉強に集中することが出来る。

3

「おはよう堀北さん。少し時間いいかな」

1時間目が終わった後の休み時間、洋介《ようすけ》は堀北の席に移動してきた。

オレは自分の席から、何となくその様子を眺める。

「昨日、色々と声を掛けて回ったんだけど、やっぱり簡単に協力してはもらえないね。一応組んでもいいって言ってくれる子はいるにはいたんだけど……」

サッカー部同士だからすんなり、とはいかなかったようだ。それにいくら洋介と言えど入部して間もない1年生とでは完全に打ち解け合うことは難しい。

「1年生からポイントの要求があったのね？」

洋介がそれを肯定すると、堀北は続ける。

「自分を高く売り込むチャンスだもの、驚くことじゃないわ」

こちらの想像通り、ポイント買収の問題は1年全体に蔓延《まんえん》していた。

「2年Aクラスにパートナーになって欲しいと声を掛けられた後、2年Cクラスからポイントを払うから組んで欲しいと言われたって。その子だけじゃなく、Aクラスに声を掛けられた生徒はほぼ全員、Ｃクラスから引き抜きの誘いが来てるんだ」

「頭の良い生徒は競争率が高いのだから、当然じゃないかしら」

それは既に、堀北《ほりきた》の中でも予測のついていることだ。

しかし次に洋介《ようすけ》から出てきた言葉は違うものだった。

「それが、学力がＣやＤの評価を受けてる子の中にも、声をかけられた生徒がいるらしいんだ。高額のポイントを積む考えがあるって誘われた話も聞いたよ」

「つまり必ずしも学力が高い生徒から優先して勧誘しているわけじゃないのね？」

「僕が見てる限りは、だけどね」

「そう。もし具体的に生徒名が分かるなら聞いてもいいかしら」

「もちろんだよ」

洋介は堀北に、Ａクラスから勧誘されていることが判明している1年生の名前を口にする。それを堀北が調べると、すぐにあることが分かる。

声を掛けられていたのは学力が低かったとしても、それ以外に秀でた特徴を持つ生徒たち。身体能力が高かったり、機転思考力、社会貢献《こうけん》性が評価されている。

「なるほど……流石《さすが》……というべきかしらね」

「目先の成績にとらわれず、これから先を見越しているのかも知れないね」

1年生と協力し合う特別試験が今回だけとは限らない。当然そうなれば、学力以外のスキルも必要になってくる。学力に不安を抱える生徒を救済し、後々に得意分野で役に立ってもらおうという考え。その方向で間違いないだろう。

それにしても面白いのは、龍園《りゅうえん》率いるCクラスがそれすらも後追いしていることだ。

学力の高い生徒だけを狙うのではなく、ぴったりと坂柳《さかやなぎ》の背後についている。

「僕たちも同じように出来ればいいんだけど……」

「それは難しい、でしょうね」

オレたちはDクラス。そして坂柳はAクラス。

どちらのブランドが優れているか、入学して間もない生徒たちも既に分かっている。

今後のことを考えれば、助けてもらうなら優秀なクラスの方に偏《かたよ》るのは自然なことだ。

「ありがとう。引き続き頼めるかしら」

「うん。また何か分かったら報告するよ」

洋介は爽やかフェイスを堀北に送り、自らの席に戻っていった。

すると程なくして、堀北からチャットが届く。

『そういうことだから』

なるほど、オレが盗み聞きしていたのを察知していたようだ。

『平田《ひらた》くんは本当に頼りになるわね』

『だろうな』

一度堀北とは揉《も》めに揉めたが、今はそれも解消。

クラスのためにフル回転してくれている存在は頼もしい限りだろう。

コミュニケーション能力や頭の良さはもちろん洋介《ようすけ》の武器だが、最大の強みは信頼力だ。

洋介なら間違いないと思わせるだけの実績を積み上げている。

だからこそ、堀北《ほりきた》も戦略について惜しみなく話し合うことが出来る。

『私たちDクラスは、それだけでハンデを背負っている。大変な戦いね』

『それでもやってくしかないだろ。頑張れ』

『あなたにも一役買ってもらうわよ』

『七瀬《ななせ》の件だな？』

『ええ。早速返事をお願いしてもいいかしら。こっちはいつでも行けるわ、と』

鉄は熱いうちに打てというように、この件は迅速に動くべきだろう。

そうでなければ、他クラスはどんどん優秀な人材を持っていってしまうからな。

『とは言え明日以降だろ。まずはあの問題を片づけるのが先だ』

『もちろん分かってるわ』

4

七瀬からの返答がないまま、放課後を迎える。

仮に今日行けると返事が返ってきたとしても、オレや堀北は動けなかったわけだが。

急務で片づけなければならない直近の問題がある。

天沢《あまさわ》との突如発生した手料理を振舞うという約束だ。合格点を取れれば須藤《すどう》と組んでもらえるという美味《おい》しい話だが、そのハードルはけして低くない。

約束の時刻の10分前にケヤキモール入口に到着すると、まだ天沢は到着していないようだった。特に携帯など操作することもせず、その場でケヤキモールに向かってくる生徒たちを何となく眺めていた。1年生から3年生まで、アレするコレするなどを話しながらショッピングモール内に吸い込まれていく。今朝は例年よりも温かい気温だったようだが、夕方が近づいて段々と冷え込んできた。夜にかけてもう少し気温は下がりそうだ。

やがて約束の時間になろうかというころ、天沢が姿を見せた。

「完璧だね—綾小路《あやのこうじ》先輩」

合流するなり、何かに満足するように何度か頷《うなず》き笑みを見せてくる。

「何の話だ？」

「女の子よりも先に待ち合わせ場所で待ってたからだよ。しかも余計なことせずにね」

案外鋭い、というかこちらの些細《ささい》な行動をよく理解しているな。

余計なこととは、恐らく携帯を弄《いじ》ったり電話をしていなかったことを指す。

これから天沢からの試練、つまり料理を振舞わなければならないわけだが、それを思えば、土壇場《どたんば》ギリギリまで色々なレシピを見て対策を立ててもいい場面。要は筆記試験当日に、チャイムが鳴る寸前まで教科書などとにらめっこしている状態と言えば分かりやすいか。もちろんそれ自体は天沢の要求しているルールに抵触することはない。

しかし、料理に対して自信がない人間として映ってしまうことも考えられる。

電話にしてもそうだ。誰かとその手の会話をしていると受け取られることもあるだろう。

だからこそ余裕ある自分を演出するために、あえて何もしていなかった。それらを無意識のうちに天沢《あまさわ》に植え付けるつもりだったが、最初の段階で見抜かれたということだ。

「それじゃあ綾小路《あやのこうじ》先輩、行こっか」

隣に並ぶなり、天沢はそう言って早速ケヤキモール内へ。

「食材を買うんだったか」

「そそ。それもあるね。先輩に作ってもらうモノを買わなきゃ。お金は持ってるー？」

「それなりには」

本当にそれなりしかないが。

そこは後輩の手前、余計なことを言ったりはしない。

「良かった、それなら遠慮はいらないね。えっと、確かここに必要なものが色々売ってるってクラスメイトに聞いたんだけど……買い物カゴはどこにあるんだろうねー」

真《ま》っ直《す》ぐスーパーには向かわず、日用品を専門に扱うショップ『ハミング』へと足を踏み入れる天沢。入口近くで見つけた青色の買い物カゴを持たされる。

気になるのは『それも』と言ったことだ。

これから行うのは料理だが、食材を買う以外に必要なことがあるのだろうか。

天沢は台所用品が揃《そろ》えられたコーナーに立ち寄る。

思い返せば、入学当初はオレも何度か通ってここで必要なものを買い揃えたな。学生の他に、教員たちやカフェ、食堂で働く大人たちもこの手の用品は多数利用するためか、台所用品は特別大きなコーナーが設けられており、初めて来た時はどこに何があるのかすぐに見つけられなかった覚えがある。

しばらく来てない間に、色々と新商品も出ているようだ。

ここに天沢が立ち寄ったということは、何か特殊な専門器具を買うつもりだろうか。ピーラー、おろし、すり鉢、調理器具は無数にあるからな。中には当然、自分が持っていないものもある。ただ奇妙なのは、こちらにその手の確認を一切取ってこないことだ。何を持っていて何を持っていないかくらいはやり取りするのが普通だろう。時間のロスも考えるなら、歩きながらでも十分に確認できることだが……。

確認したい気持ちをグッと堪《こら》え、あくまでも天沢主導のままにしておく。

調理器具とは関係のないところで話を振ってみることにした。

「天沢は自分で料理はしないのか？」

「あたし？　あたしは全然かな。手料理とかってタイプでもないし。食べさせるよりも食べさせてもらいたい人だし」

そう自分のことを説明しながら、目的の場所に辿《たど》り着《つ》いたのか足が止まる。

ここに来るまでの流れは非常にスムーズで、オレから視線を外すと商品棚と向き合った。

数十秒の間、何かを悩んでいるのか腕を組みながら考え込む。

そして決断出来たのか、一度大きく頷《うなず》いてヨシ、と呟《つぶや》いた。

「まずは、まな板でしょ？　包丁でしょ？　それからボウルに泡だて器に、あとあと鍋とレードルもいるでしょ〜」

そんなことを口にしながら、カゴの中に次々と放り込んでいく。

最後に放り込まれたのはおたま。どうやらレードルという言い方もするらしい。

「ちょっと待て。持ってないものもあるが、基本的にはオレの部屋にもある」

もしかして、という予感が当たったため慌ててそう伝えるが……。

「いいのいいの。あたし専用で買い揃《そろ》えてもらうだけだから」

揃えてもらうだけだから……？　まな板ひとつとっても、今部屋で自分が使っているヤツよりも上質。ヒノキを使ったものらしく4000ポイントを軽く超えている。それ以外の道具も全て高級品だ。そこから更に別の目的があるのか移動を開始すると、2つ横の棚へ。そこでは先ほどの迷いすらなく、辿《たど》り着《つ》くなり迷わず果物ナイフを手にした。

「料理が上手な人って言ったら、やっぱりペティナイフも欠かせないよね─」

などと軽い口調で言いながら、新しくカゴの中に放り込まれる。オレは果物ナイフがペティナイフと呼ばれることすら知らなかったド素人だが……。ちなみにそのペティナイフだが、価格は3000ポイント近くする高額なものだ。手に取った商品の横には、それよりも安いものが数種類売られているのに目もくれない。価格の違いはさや付きかどうかと、日本製かどうかの違いだけ。これもまた、なんとも贅沢《ぜいたく》なチョイスだ。

料理をする人間なら、この手の小さな包丁を使いこなすのも普通らしい。

「一応聞きたいんだが、支払いは……」

「もちろん綾小路《あやのこうじ》先輩に決まってるじゃんヤダな」

ってことは分かってはいたが、合計額は軽く15000ポイントを超えてくるな。こうなると、今使っている安いヤツを使い捨てるつもりでいた方がいいかも知れない。今後自分で料理するときに高級な器具を使えると思えば、何とか……。

「あ、さっきも言ったけどあたし専用だから普段使いして消耗しないでね？」

「鬼畜《きちく》か」

こちらのけち臭い思考を読んだように、嫌な形で先回りされる。

「やめたくなったなら、やめてもいいんだよ？」

買い物カゴの端を握って、そんな挑発めいたことを言う。

こちらが弱みを握られていて断れないのを良いことに、利用され放題だな。

学力Aの生徒と須藤《すどう》と組ませるためを思えば、これくらいのポイントで済むのなら破格の安さ、そう割り切るしかない。

「いや、分かった。全部条件を飲むから、遠慮なく好きなものを買ってくれ」

「あたしが悪い女だと思ってる？」

「いやそんなことは」

ジーっと目を見てきて、そして天沢《あまさわ》は分かってか分からずかにやっと笑った。

「それでよしよしだよ先輩」

鍋やらレードルやら、もろもろ合わせて全て買い揃《そろ》えることとなる。

そのどれもが『天沢《あまさわ》専用』という恐ろしい名目で。

5

その後は本題である材料を買い揃えるためスーパーも回った。

結果的に、かかったプライベートポイントは2万ポイントほどに。こんなに大量買いしたのはもちろん初めてで、両手に持つビニール袋が指に食い込む重さだ。

天沢はどこまで考えているのか、食材から何を作るかを絞り込むことは出来ない。野菜から肉、フルーツと万遍《まんべん》のない買い方をしていたからだ。

しかし、多少なり想像できる料理もある。その代表例がナンプラーや唐辛子だ。

ただ、すべての食材を使うつもりならまだいいが、嫌がらせでフェイクも織《お》り交《ま》ぜていることもあり得る。今日の天沢の行動や言動を見ていると、そう疑わずにはいられなかった。この段階で絞り込むことは、実質不可能とみておいていいだろう。

「よーしこれで万全。先輩の部屋に行こ？」

まるで彼女がこれから彼氏の部屋に遊びに来るかのようなノリだが、こっちに浮ついた気持ちが欠片《かけら》も生まれるはずがない。もし天沢が納得いく料理を作れなければ、今回の話は容赦《ようしゃ》なく破談にされてしまうだろう。しかもおいしい料理を作るという抽象的な課題。もしこれが最初から合格させるつもりのない試験なら、ポイントと時間を無駄に浪費するだけになるからだ。だが、今はこの展開を大人しく受け入れるしかないだろう。

堀北《ほりきた》の咄嗟《とっさ》の判断から、ここまで重たく面倒なことになるとはな。

材料費くらいならと交渉しなかったが、あとで堀北や須藤《すどう》とはかかった費用に関して話し合っておきたいところだ。

と、それはひとまず頭の片隅に置いておく。

オレはこの状況を出来るだけ素直に受け入れるため、天沢に聞いてみたいと思っていた質問をぶつけることにした。

「そもそも、見知らぬ男にご飯を作らせて食べたいなんて、変わってるよな。普通は強い抵抗感があるんじゃないか？」

こっちの勝手な考え方だが、普通は強い抵抗を感じるものだ。

食事は見るものではなく口に運び、胃の中に流し込むもの。

誰がどんな風に作っているのか、味はもちろんのこと衛生面だって気になる。

相手を知っていくことで信頼関係が生まれ、抵抗感が少しずつ減っていくのが自然だ。

「そうかな？　でもさ、飲食店で食べるのだって似たようなものじゃない？　見知らぬ人が厨房《ちゅうぼう》で腕を振るって作ってるわけで、裏でどうなってるかなんて分からないじゃん」

確かに学校の食堂ひとつとっても、具体的にどう作られているかをオレたちは知らない。

だが、それは表面上が同じだけであって実際には大きく異なる。

「おにぎり1つ握るにしても衛生管理は徹底《てってい》されてる。全然違うんじゃないか？」

「そう？　むしろ傍《そば》で作ってもらえる環境の方が色々見えていいと思うんだよね。誰がどんな顔して、どんな動きで作ってるか全部見ることが出来るわけだし。それこそ衛生に気を遣ってるかも分かる。逆に、お店によっては厨房《ちゅうぼう》が全く見えないところだってあるじゃない？　超汚くて虫が出るような不衛生な店もあるっしょ」

視認出来ているなら作る相手が見知らぬ男でも平気だと、天沢《あまさわ》は持論を展開する。

「それに、この学校の仕組みは何となく理解したつもり。万が一ポイントが0になったら質素な生活をしなきゃならないんでしょ？　でも、先輩が作ってくれるならそんな思いしないでいいしね」

なるほど。つまり今回料理が美味《うま》ければ、一度で終わらせるつもりはないということだ。

緊急時の食事先として、確保しておくという狙い。

オレとしても料理を上達させる良い機会になるが、材料費は払ってくれるのだろうか。

「見えてきた？　あたしの考え方」

「何となくはな」

天沢は白い歯を見せて笑った。

だが、2年の、しかも男子に頼むことがベストかと言われれば疑問は残る。もっと仲の良いクラスメイトや同性に頼み込んだ方が、この先も色々と楽だと思うんだが。

まぁこっちとしては、そのお陰で得をしようというのだから不満はないが。

「でもあたし味にはうるさいから。美味《おい》しくなかったら今回の話はナシだからね？」

「分かってる。料理を作ることがゴールじゃないことはな」

その点においては低くないハードルだが、やれる限りのことをするしかない。

ここで重要になって来るのは、一夜で教わった堀北《ほりきた》からの料理指南だ。

天沢からの提案を受けた昨日の僅《わず》かな時間で行ったアレがどこまで生かされるか。

しかし、それでも簡単に誤魔化《ごまか》せるような相手じゃないだろう。

こちらの腕前を試す気満々なのは、材料からも強く窺《うかが》える。

程なくして寮の前に到着する。

天沢は手の平を眉の上にあて、日差しを避けるようにしながら寮を見上げた。

「なんか2年生の寮って、ちょっと緊張するね」

そんなことを言う天沢だが、とても緊張しているようには見えない。

むしろ、普通に遊びに行く感覚で楽しんでいる様子だった。

「あ、でも作りとかは全く同じなんだ」

それからじっくりと外観を見て、そしてロビーを見回した天沢の感想。

「それはそうだろ」

サラッと肯定しておいてなんだが、他の学年の寮には一度も足を運んだことはない。

他クラスの生徒と一部すれ違った時に、ちょっとした視線を浴びる。

1年生の女の子を連れ込んでいる図（しかも食材などを手に）だから当然か。

天沢《あまさわ》はそんなすれ違う先輩に、軽く手を振ったりするのだが目立つから止《や》めて欲しい。

変な噂《うわさ》が立ってしまう前に、急ぎ天沢と共に自分の部屋に入る。

「おじゃましまーす。あ、凄《すご》いちゃんと片付いてる。しかも綺麗《きれい》にしてるしー」

「後輩を招き入れるから、昨日の夜に慌てて掃除しておいただけだ」

夜中に料理関連の勉強をしたことを匂わせないようにしておく。

さて――――ここからの手順は極めて重要になって来る。

食材と台所用品の入った袋と鞄《かばん》をいったんキッチン前の床に置くと、まずは電気ケトルでお湯を沸かす作業に入る。一緒にリビングに向かい、促すように天沢を座らせる。

キッチンが見えない位置に座らせることも出来るが、あえてそれはしない。

視線を向ければこちらの様子が横から見える位置取りにさせておくことが重要だ。

「コーヒーを淹《い》れる。見たければテレビも見てくれて構わない」

「ありがと、先輩」

そして数分で沸いたお湯でコーヒーを淹れ、待つように告げた。

天沢はテーブルに置いておいたリモコンを手に取り、適当なチャンネルをつける。

絶対ではないが、音を出してくれるのはこっちとしても好都合な理由がある。

テレビを見ておくように誘導、リモコンを近くに置いておいたのは正解だったな。

そして早速作ることを動きでアピールするように台所に向かう。下手に傍《そば》で監視しようとしてくれれば、それを阻止しなければならないが、流石《さすが》にそんなことはしないようだ。

「あ、携帯で調べるのは反則だからね？」

こちらを見ながら、そう警告する。

「厳しいな。今どきは料理を作る時も調べながらが多いと思うんだが」

「自信ないのぉ？」

「そういうわけじゃない」

「ならいいけどね。料理が出来る人って、あたしの中じゃ頭にレシピも入ってる人だから」

それは昨日の段階で説明を受けていないが、素直に従う。

その程度の要求は既に計算の内に入っている。

「じゃあ、携帯はベッドに置いておく」

携帯に充電コードを差し込み、ベッドに置く。

それを見て満足そうに天沢は頷《うなず》くと、コーヒーカップを手に取った。

「遅くなる前に早速始めたい、作る料理は？」

「じゃあ発表しまーす。先輩に作ってもらう料理は——トムヤムクンです！」

「トムヤムクン……か」

タイ料理に欠かせないと思われるナンプラーや唐辛子は、このためだったようだ。

「出来るかなー？　お願いします、せぇんぱいっ」

天沢に出された課題の料理『トムヤムクン』。

オレは当然、一度たりとも作ったことはない。

そもそも殆《ほとん》ど聞きなれない上に、食べたこともない。

ホワイトルームで出された食事にも、この手の料理が出されることはなかった。

女性の間で人気であることくらいは、テレビで見たことはあるがその程度の知識。

もし、ここから実力だけで作ることになれば、まともに完成はしないだろう。

具体的な材料が分からないだけじゃなく、手順に至っては見当もつかない。

では昨日の夜、一夜漬けで一体何を行っていたのか。

古今東西の料理のレシピを暗記していく、などという無謀《むぼう》なことはしていない。

そして王道料理をマスターする、なんてこともしていない。

天沢《あまさわ》がレシピを見ることを容認する可能性もあった中で、レシピを覚えることに時間を割くのは全く持ってナンセンスだ。

料理を振舞うことが決まった上で、堀北《ほりきた》は2つの矢を放った。

第1の矢は基本的な包丁などの使い方、その基本技術。

スライス、千切り、模様切りやみじん切り。

露骨に腕前がわかる部分に、何よりも時間を割いて練習した。

それでも、もちろんプロの腕前などは披露できない。

あくまでも、一般人として料理が得意だと豪語して恥ずかしくないレベル。

凡人なら半日でマスターすることなど不可能だが、技術習得の速さには自信があった。

少なくとも週に何回か料理はする人間の腕前、その領域には到達できただろう。

レシピ、作り方に1秒たりとも時間を割かなかったからこその、成果。

しかしそうなれば、当然出された課題料理の作り方など分かるはずもない。

そこで、用意した第2の矢の出番だ。それは携帯を使ってリアルタイムにレシピを確認する方法。だが天沢には携帯を見ることは禁じられ、オレの携帯はベッドで人質状態だ。

タブレットのようなものを隠して用意していたとしても、見る隙《すき》はなかっただろう。

事実天沢は時折、監視の目をこちらに向けてくる。それらも全て計算の上のこと。天沢からは死角となる右側のポケットから、2センチにも満たないあるものを取り出す。

一見耳栓にも見えるようなそれを、天沢には見ることの出来ない右側の耳穴にはめる。

そして合図となるちょっとした喉を鳴らす行為をする。

すると――――

『話の内容はしっかりと聞こえていたわ。まさかトムヤムクンを作れとはね』

右耳にはめ込んだ、小型のワイヤレスイヤホンから堀北の声が聞こえてくる。

自室で自由にパソコンを操作出来る状況にある堀北を通じ、調理法をリアルタイムで聞くという戦略だ。オレの足元に置いた鞄《かばん》には、須藤《すどう》の携帯が入っている。そして、このワイヤレスイヤホンはその須藤の携帯から流れている音声。買い物に行く前から堀北と通話状態にしておいたものだ。

ケヤキモールで買い物をしている間に、堀北は帰宅し万全の状態を整えていた。

このワイヤレスイヤホンも、昨日のうちに買っておいたもの。

万が一、座った天沢《あまさわ》が立ち上がってこちらに来る素振りを見せれば、頭をかくふりでもしながらワイヤレスイヤホンを回収しポケットにしまえばいい。向こうがこちらを監視しているということは、こちらも向こうを監視できる状態にあるということだからだ。

これでオレはレシピに困ることなく、料理を作ることが出来る。もし堀北《ほりきた》の手順説明が早すぎたり、説明をもう一度聞きたい時などのために、幾《いく》つか合図も決めておいた。

しかしそれでも、ここからは堀北との連携が極めて重要になって来る。

使う素材や器具は分かっても、視覚に関する情報をオレは持っていない。

何となくモヤのかかるトムヤムクンという料理を、上手《うま》く作らなければならないからだ。如何《いか》に会話だけで、具体的に指示を出しそれを再現できるかが問われる。

『ところで、先に天沢さんに確認しておいてもらいたいことがあるの』

イヤホンを通じて伝えられる堀北からの質問を、オレが言葉に変えて伝える。

「天沢。泡だて器はトムヤムクンに必要ないし、ペティナイフだって使う必要はない。トムヤムクン以外にも作らせるものがあるなら今聞いておきたい」

もし後で追加料理を出されると面倒なので、指示通り先回りするように聞く。

「後でお願いしようと思ってたんだけど、リンゴ剥《む》いてもらおうかなって」

こちらの睨《にら》み通り、天沢は後で追加注文を付けるつもりだったようだ。

「余った食材は、先輩がこの後美味《おい》しく頂いちゃってね。あと使わない道具は、また今度遊びに来た時に使ってもらうってことでー」

使うか怪しまれたペティナイフには用途があったが、一部はしばらくお蔵入りか。

『確認しておいて正解だったわね。果物ナイフの使い方は昨日教えたから出来るわね？』

一朝一夕の技術がどこまで通用するかは分からないが、多分大丈夫だろう。

『調理時間は15分から30分くらいの間を目標に行うわ、いいわね』

さて――どこまで上手く作れるか。

6

予定時刻をやや過ぎたが、およそ指示通りに作れたであろうトムヤムクン。

その完成した手料理を天沢に振舞う時が来た。

まさか知り合って間もない、しかも女子に自分の手料理を振舞うことになるとは。

テーブルの上にトムヤムクンを置き、そのまますぐリンゴを手に戻ってくる。

天沢の前で、ペティナイフが扱えるところを見せておく必要があるだろう。

「普段は包丁で皮むきもやるから、逆に使い慣れないところがあるかも知れないが――」

そんな前置きを一応しておき、いざリンゴの皮むきに挑戦する。

「わー凄《すご》い凄い。ちゃんと出来てるね。包丁さばきは合格ってことで」

プロ顔負けとはいかないが、少なくとも今初めて触るような不出来さは見せずに済む。

それからカットし終えたリンゴを更に並べる。

「ところで、トムヤムクンと言えばパクチーのイメージがあるが、好きじゃないのか？」

今日買った食材の中に、パクチーは含まれていなかった。

「好きだよ？　でも、パクチー買っちゃうとトムヤムクンがバレるかなって思ってさ」

警戒して、あえてパクチーを抜くことにしたらしい。やはりこちらが、何か小細工をしないように手を打っていたようだ。こっちに隙《すき》を見せないためであるのは理解できるが、なんとも贅沢《ぜいたく》な話だ。

「オレは先に片付けを始めててもいいか？」

リンゴを切るために使ったペティナイフやまな板を台所に戻すついでに聞く。

「ダメダメ。ちゃんとここに座って審査員の判定を待ってね」

そう言って、目の前に座ることを要求してきた。

逆らうわけにもいかず、指示に従い片付けを断念すると、台所から再びリビングへ。

「それじゃ頂きまーす」

熱々のトムヤムクンを、ゆっくりと口に運ぶ。

食べるところを見られても、全く抵抗はないらしい。

かくいうオレも天沢《あまさわ》と同じで、その辺のことに抵抗がない人間なわけだが。

その後、ゆっくりと食べ終わった天沢が満足したように両手を合わせる。

「ご馳走様《ちそうさま》でした」

綺麗《きれい》に食べ切ったようで、食は細い方ではないようだ。

さて……味見はしたが、それが正しい味だったかもオレには分からないからな。

分量などには一切の間違いがないため、問題はないと思うが。

それでも天沢が納得いかないと言ってしまえば、それでこの戦いは終戦。

こちらの敗北という形で終わる。

「先輩のトムヤムクンは――」

少し間を持たせた、天沢からのジャッジが下る。

「うん、まずまずの及第点だったかな。特別美味《お い》しいってわけでもないけど、また食べてもいいって思えるくらいの味ではあったよ」

それは合格なのか不合格なのか、こちらの気にする部分にはすぐに触れてこない。

「とりあえず、これは片付けちゃうね」

そう言ってトムヤムクンの入っていた器やスプーンなどを手に持ち台所に向かう天沢。

何故《なぜ》か食器を片付けるだけじゃなく、本格的な片付けを始めた。

「こっちでやるぞ」

「いいのいいの。あたしが無理言って作ってもらったんだし、これくらいやらせて。先輩は座ってゆっくりしててよ。料理はからっきしだけど、その分お母さんには片付けすることで貢献《こうけん》してたから得意なんだよね」

「じゃあお言葉に甘えて。ところで、結果の方なんだが――どうなんだ？」

片付けを進める天沢《あまさわ》の僅《わず》かな沈黙。

テレビから、夕方のニュースが流れて来る音だけが室内で響く。

「そうだねー。そろそろ発表しないといけないよね。迷うなぁ」

なんて考える素振りを見せながら、天沢は右側のリボンの位置が気に入らなかったのか、自分の携帯の反射を鏡に見立てて利用し、一度外して付け直し始めた。

そして程なくしてリボンを付け直すのが終わると同時に、天沢から総評が下される。

「さっきも少し言ったけど及第点。手際も悪くなかったし、味も悪くなかったからね」

「それで及第点か。厳しいんだな」

「あたし料理にはうるさいからねー」

なんて言いながら、一度こっちを見て天沢が笑った。

「今後、ここに食べに来るかどうかは先輩の頑張り次第ということで」

頻繁に上がり込んで、飯を食わせろと言いたくなるレベルではなかったということ。

及第点と評したように、これでは厳しいか。

「それじゃあ、須藤《すどう》の件は不合格か？」

こちらから踏み込むことは多少憚られたが、聞くことにした。

「合格とは言えないけど、料理が出来ることは本当だったたし。色々高いモノ買わせちゃったり、タダで食べさせてもらった分のお礼はしないとね。今回は先輩の努力に免じて、須藤先輩と組んであげる」

満足いく形ではなかったようだが、ひとまず天沢は最低限として認めてくれたようだ。

若干難しいかと思い始めていたところでの朗報に、胸を撫《な》で下《お》ろす。

「もう少しで片付けが終わるから、少し待っててね」

片付けに勤《いそ》しむ姿をじろじろ見ているわけにもいかないので、オレは大人しくテレビから流れて来るニュースを見ながら待つことにした。

満足いく片付けが済んだのか、程なくして天沢が戻って来た。それからすぐ携帯の画面をこちらに見せながら操作をはじめ、須藤にパートナーの申請を行った。これでこの日のウチに須藤が対応するのなら確実に契約は成立だ。

「今須藤は部活中だから、後で承認させておく。それでもいいか？」

もちろん真実だが、実際には携帯を持っているのはオレのためすぐには操作に移れない。

「全然オッケー。それじゃ、遅くなると悪いしあたし帰るから。またね、綾小路《あやのこうじ》先輩」

とんとん拍子に展開は進み、天沢は帰るため玄関に向かう。

「天沢。須藤と組んでくれること感謝する。堀北《ほりきた》も、それから須藤もおまえに助けられた」

「いいよいいよー、沢山感謝していいからねー？」

靴を履《は》きながら天沢は軽い感じで言葉を返す。

「一応ダメ元で聞いてみたいことがあるんだが……」

その内容を伝えようとすると、靴を履き終えた天沢が振り返る。

「あたしにAクラスとの仲介、橋渡し役をお願いしたいとか？」

伊達《だて》にAクラス、そして学力Aを取ってるわけじゃないな。

基本的に頭の回転は速く話す内容に迷いもない。

「そういうことだな。オレたちDクラス内では須藤《すどう》みたいにパートナー探しで困ってる生徒も少なくない。協力してくれる生徒を1人でも紹介してもらえると助かるんだが」

「ごめーん、それは無理かな」

軽く両手を合わせて謝ってくる。こっちの要望は、あっけなく天沢《あまさわ》に跳ね返された。

「あ、別に綾小路《あやのこうじ》先輩や堀北《ほりきた》先輩が悪いわけじゃないよ？　あたしは信頼できるなーって思ってきてるところだし。でも、あたし自身がさ、あんまりクラスメイトと仲良くないから。昨日先輩たちと会った時だって、1人だったでしょ？」

「そう言えばそうだな」

あの時間、友達とケヤキモールに足を運ぶ生徒が多い中、天沢は1人だった。

「あたしってデリカシーが無いって言うか、ズケズケ言いたいこと言っちゃうからさ。そういう性格って友達が出来にくいんだよね。だから力にはなれない、ごめんね？」

「いや、須藤と組んでくれただけでも十分満足してる。何か困ったことがあったら、頼ってくれ。何か手助けできることがあるかも知れない」

「うんありがとー。それじゃあ、またね〜、ばいばーい」

Aクラスとかかわりを持つことには失敗したが、ひとまずはこれで十分だとしよう。

「何とかひと段落、だな」

繋《つな》がったままの須藤の携帯の通話を切り、自分の携帯から堀北の携帯に電話をかける。

「お疲れ様。何とかうまくいったようね」

電話に出るなり堀北からの労《ねぎら》いの言葉が飛んできた。

「天沢の優しいジャッジに救われた感はあったけどな」

「だとしても、これで須藤くんの問題は解決した。とても大きな成果よ」

反則な手を使ったことは天沢には悪かったが、こちらとしては助かった。

あとは部屋に携帯を取りに来た須藤に返すタイミングで、申請を受けるだけ。

時刻的にも、そろそろ来る頃だろう。

「天沢さんに1年Aクラスとの橋渡し役を頼んでみたのはどうして？　彼女の性格や友人の数はさておき、私たち2年Dクラスが相手では交渉が難航することは想像が出来てたんじゃない？」

堀北は今回の特別試験の攻略に、1年Aクラスを落とすことは口にしていなかった。

その理由はひとえに、協力関係を築くことの難しさからだ。

「形式上、な。オレたち2年Dクラスがパートナー探しに苦労していることは事実だし、その辺を言葉にしておかないと不自然だ」

何も打つ手がなければ、藁《わら》にも縋《すが》る気持ちで話を持ち掛けるもの。

その考えを持たないということは、別の戦略を推し進めているからだとも受け取られる。

「つまり……私たちが最初から1年Aクラス全体の攻略を諦《あきら》めて、1年Bクラスと1年D

クラスだけを狙っている、それを悟《さと》られたくなかったということ？」

事実堀北《ほりきた》は、その2クラスを念頭に置いていたため、天沢《あまさわ》を使ったAクラスの攻略については検討もしなかった。棚から牡丹餅、須藤と組めることで良しと最初から決めていた。

「あいつが、天沢がどんな人間かをオレたちは何も知らない。だからこそ、今日のことが1年の他のクラス、あるいは2年全体に漏《も》れていくことだってある。それを考慮した。取り越し苦労かも知れないけどな」

それらを聞いていた堀北は、少しの間黙り込んだ。

「どうした」

「あなたの考え方は……何て言うか、物凄《ものすご》く計算されていて賢いのね」

「大したことじゃないだろ」

「いいえ、大したことあるわ。言われてみれば当たり前のことでも、最初にそこまで考えが回るかどうかは話が別よ。兄さんがあなたに注目していた理由が少しわかった気がする。でも今までのあなただったら、私にそんな具体的なことを聞かせなかったはず。どうして？」

心変わりとも取れる行動を気にした堀北からの質問。

「別に他意なんてない。次は残った生徒の問題だな。七瀬《ななせ》から連絡が来たら教える」

「そう、そうね。待ってる」

堀北との通話を終え、オレは一応台所の状況を確認する。

片付けられたキッチン。洗い物を済ませただけじゃなく、シンクなども丁寧に磨かれていて、1年前この部屋にやって来た時と遜色《そんしょく》ない状態だった。使ったまな板や皿、包丁、ペティナイフ、鍋やレードルなども綺麗《きれい》に収納されている。申し分なしだな。

堀北主導の提案だったとはいえ、初めての密な1年生との接触。もし天沢がホワイトルームの人間なら何か仕掛けてきていてもおかしくないが、その形跡は見受けられない。

こちらとしては警戒する面も強かったが……。

言動を始めとして、高校生として当たり前のような知識も問題なく持っていた。

ホワイトルームを出たばかりで、天沢のような態度を取るのは難しいだろう。

「何より天沢は須藤とペアを組んだことでホワイトルーム生である線は消えた、か」

既にパートナーが決まっている他の1年生を含め、今ある情報で判断するならそういうことになる。いや、そういった答えを出すのは誰に対しても早急か。

オレとパートナーを組むことが、退学させるための最短切符だと思われるが、だからと言って戦略がそれ1つとは限らない。あえて大きな餌を見逃してみせることで別の隙《すき》を窺《うかが》っている可能性もある。

一朝一夕で身につかない高校生としての知識も、時間があれば話は別だしな。

それに、天沢の言動や動きの中で気になることもなかったわけじゃない。

それは気に留《と》めるようなことでもないかも知れないが、全ての不安材料は潰しておく方がいいだろう。

何も天沢《あまさわ》に限った話じゃない。今後接触すると思われる宝泉《ほうせん》や七瀬《ななせ》もそうだ。あの2人は数多くいた2年生たちの中で、真っ先にオレと視線が合った。

近距離で接した生徒は、会話の有無にかかわらず全員怪しいと疑ってかかるべきだ。

ここからはパートナー候補を見つける危険な領域にも踏み込むわけだしな。

そしてこの夜、七瀬から連絡のメッセージを受け取る。

『明日の放課後に会えます』と。

7

同日。綾小路《あやのこうじ》が天沢に料理を作っていた頃、ケヤキモールのカフェ。

そこでは2年Aクラスの坂柳《さかやなぎ》と神室《かむろ》、そして鬼頭《きとう》が集まり話し合いを行っていた。

「またよ。私たちが声かけてる生徒のところに、Cクラスから誘いがあったみたい。しかもAクラスの誘いを蹴《け》ったら無条件で1万ポイント掴《つか》ませるって提案されてるみたい」

携帯で橋本《はしもと》から連絡を受けた神室が、坂柳に報告する。

「私たちと組まないと決めただけで1万出すとか馬鹿じゃないの」

そんな神室に、更に橋本からの追加情報が入る。

2年Cクラスと組んだら前金で10万。試験で501点以上取れたことの確認が取れた後で、更に10万の計20万プライベートポイントを提供するという条件も出されていると。

「フフ。どうやら龍園《りゅうえん》くんは私に対し徹底《てってい》して勝負を挑んできているようですね」

「どうするつもり？　こっちもポイントを出して応戦する？」

「資金力での勝負であれば、私たちが負けることはありません。しかし同じ戦略を用いて勝つのは芸に欠けると思いませんか？」

「芸に欠けるって……10万でも20万でも必要なら掴ませるべきじゃないの？　1年生だってポイントが貰《もら》えるメリットは大きいと考えてるのは明白でしょ」

既に1年生が有利な立場の試験として話は広まり、優等生はポイントを貰ってパートナーを『組んであげる』という図式が出来上がりつつある。

そう忠告する神室に対し、坂柳は微笑《ほほえ》むだけで同意することはなかった。

「負けてもいいわけ？　龍園に」

「私たちと龍園くんのクラスでは、そもそも学力の総合に大きな開きがあります。1年生の力を借りてそれを上回るには相当な人数を引き抜かねばなりません。それを行ったところで彼の勝利は絶対ではありません」

「そうかも知れない。でも、私たちが絶対勝てるってわけでもないんでしょ？」

「そうですね。仮に学力Aに相当する生徒を龍園くんがかき集めたとして、それでやっと私たちと五分になるかどうか、ではないでしょうか。何もせずとも勝率5割は堅いですよ」

しかし、それは裏を返せば2回に1回は負ける可能性があるということ。

神室は何も自分が勝ちたくて熱量を上げているわけではない。

目の前に座る坂柳《さかやなぎ》が、このまま何もしないとは思えなかったからだ。

「もし、こちらが同額を出すと言えばどうなると思いますか」

「どうなるって、そりゃ龍園《りゅうえん》が更に出すんじゃない？」

「そうですね。20万、30万ポイントと額は膨れ上がっていくことでしょう」

「だけど確実に頭の良い生徒をこっちのモノに出来る」

「そのために失う代償は、それなりに大きなポイント額になります。わざわざ何百万ポイントを失うリスクを背負う必要はない。そう思いませんか？」

「こっちの提示額の方が少なくても、生徒の奪い合いで勝てるってこと？　Aクラスのブランド力なんて、1年生が深く理解してるとは思えないけどね」

食い下がる神室《かむろ》だったが、坂柳はけして資金力勝負をする気配を見せなかった。

「龍園くんがクラスの総合で1位を取る気なのはよく分かりました。去年、葛城《かつらぎ》くんと手を組んで現金主義に走っていた時とは、完全に方針を切り替えたようです」

「あいつは自分が2000万貯《た》めて勝ち上がりするつもりだったのよね？」

「彼の心に大きな変化が起きたのでしょう。クラスポイントの重要性に気がついた。いいえ、クラスを勝たせるために舵《かじ》を切った、というべきでしょうか」

坂柳と龍園が、この特別試験で顔を合わせて会話したことは今のところ一度もない。

しかし、まるで2人は互いに会話し戦略をぶつけ合っているように見えた。

「それで……いいのね？　プライベートポイントの提示はしなくて」

「あら真澄《ますみ》さん。私はポイントの提示をしないとは一言もいっていませんよ?」

「え? でもあんたさっきポイントで勝負するのは芸に欠けるとかなんとか」

「1年生に伝えてください。龍園くんと同額を用意する準備がある、と」

不可解な坂柳の指令に、神室が唇《くちびる》を固く結ぶ。

「ただし——それで1年生が納得してもパートナー契約は結ばないでください」

「は? なにそれ、マジで意味が分からないんだけど」

「フフフ。龍園くん、あなたの戦略は私にとってはむしろ好都合ですよ」

「私には、何が何だか……」

『いいんじゃないの? お姫様が必要ないってんなら、お手並みを拝見すればさ』

電話越しに2人の会話を聞いていた橋本《はしもと》は、面白そうに言う。

ポイント額で折り合いがついても、あえてパートナーを確定させないという坂柳の指示。

神室は理解できない中、橋本に改めてその意図を伝えておく。

そんな神室を愛《め》でるように見つめた坂柳は、意地悪が過ぎたと少し反省したようだ。

「……別にいいけどね」

ヒントを与えるように説明を始める。

「龍園くんの大々的な買収戦略、これ自体は悪いものではありません。あえて触れて回ることで、私をマネーゲームに強制参加させることには成功しました。ですが私たちと張り合うように、同じ生徒をどこまでも狙い続ける戦略は明らかな失策です。総合力で劣るC

クラスは、まずは目先の学力の高い生徒だけを狙っていくべき」

しかし龍園《りゅうえん》はそれをせず、Ａクラスがこの先必要となるであろう、学力以外を持つ生徒にまで手を出そうとしている。

「あいつ、よっぽどプライベートポイントを貯《た》め込んでるってこと？」

「さてそれはどうでしょうか。最低限のポイントは持っているとしても、実際に動かせる額はそれほど多くはないかも知れませんよ？」

「いやおかしいでしょ。ポイントがあるから次々と買収を提案出来るんじゃないの？」

「提案するだけなら無一文でも出来ます。手持ちがあるフリをするだけでいいですからね」

そんなことをして龍園に何の得があるのか神室《かむろ》にはすぐ理解できなかった。

「もし龍園くんがいなければ、私たちはＡクラスのブランドだけで多くの有能な1年生を引き入れることが出来ます。ですが、買収を持ち掛けることで私たちにもマネーゲームを強《し》いてきた。そして次にやることは？　額を釣り上げ、出来る限り私たちＡクラスに巨額のポイントを使わせることです」

「そうか……なるほど、ね」

結果的にＡクラスに有能な生徒を取られるとしても、10万ではなく20万、20万ではなく30万プライベートポイントを1年生に支払わせる方が、2年生の戦いとしては有利になる。

「でも私たちが今のところ不利なんじゃない？　あいつの引き抜きは次々成功してる」

「慌てる段階ではありません。数人が龍園くんに買収されてしまっただけ。多少は華を持たせてあげなくては。ただ彼が見誤っていることがいくつかあります。私たちが持つAクラスというブランド力が一時的なもので、失墜《しっつい》させてしまえば壊れるモノだと思っていること。そしてお金さえ渡せば幾《いく》らでも協力者を用意できると勘違いなさっていること」

「よく分からないけど、さっきの指示だけでいいわけね？」

「はい。今は十分です」

「なんか気に入らないけどね、龍園の戦略に付き合わされてる感じがして。このままズルズルもつれ込んだらこっちだってどうなるか」

「安心してください、そうはなりませんよ。この勝負はこちらが問題なく勝ちます」

またも理解できない坂柳《さかやなぎ》の回答に、神室はついていけずため息をつく。

「今の段階で頭をフル回転させても意味のないことですから、龍園くんに振り回されないようにしてください。この特別試験はあくまでも前哨戦《ぜんしょうせん》。互いに牽制《けんせい》し合いながら、腹の内を探り合っている状態です」

「もうついてくのは諦《あきら》めるところよ」

「しかし……出来れば自滅で終わることだけは止《や》めて頂きたいですね。簡単に決着がついてしまっては、面白くありませんから」

坂柳は窓の外を見つめ、向かってくる敵が戦うに相応《ふさわ》しい相手であることを祈った。

8

坂柳《さかやなぎ》と神室《かむろ》の会話が行われた同日、そこから更に2時間後。

龍園《りゅうえん》はカラオケルームの一室で石崎《いしざき》と伊吹《いぶき》と共にいた。

「20万で釣ってた1年Bクラスの生徒が、保留を提示してきたみたいです、龍園さん」

携帯で指示を受けた石崎が、龍園に報告する。

「なんでよ。20万じゃ納得できなかったっての？」

「いや、それが坂柳も同額のポイントを出すと言い出したみたいで……」

「向こうも私たちに負けたくないってわけね。この勝負続けて勝てるわけ？　不利よ」

「Aクラスは相当プライベートポイントを持ってると思います。かなり不利かと……」

そんな報告を受けても、龍園は携帯を弄《いじ》るだけで慌てた様子はない。

「りゅ、龍園さん？」

「落ち着け。向こうの狙いは全部わかってんだよ」

空のグラスに目線を送ったことで、慌てて石崎が新しい水を注ぐ。

「前金10万、試験後に20万出すと言え」

「ま、マジですか？」

合計で30万。更に大きなポイントが動くことになる。

「どうせ、それでも1年の多くは決めやしねえよ。坂柳の上乗せを期待してな」

「それ、私たちが自爆して終わるってオチが待ってるんじゃないの」

資金がショートすれば、どうすることも出来なくなる。

「やっぱり坂柳と競うのは無理があるんじゃ……ここは2位狙いにシフトした方が……」

「私もそう思うね。仮に同額勝負になったら、ブランドで負けるでしょ」

そんな石崎と伊吹の分析を聞き、龍園が笑う。

「ハッ。坂柳のヤツはもう勝ち誇った顔をしてるんだろうな」

「あんたのやり方が見抜かれてるだけでしょ。もしプライベートポイントで良い勝負が出来たとしても、ブランドで差があるんだから」

「Aクラスのブランドなんてもんは今だけの飾りに過ぎないのさ。ブランドに驕《おご》ってる連中程、崩れた時に失う信頼は計り知れない」

「そうだとしてもポイントはどうします？　30万40万に膨れ上がったらとてもじゃないですけど全員に払うことなんてできませんよ」

「払う必要はねえよ。天井知らずにポイントを要求してくるヤツと今回組むつもりはねえ」

「……え？」

「今回俺がやろうとしてることはそんなことじゃねえんだよ。今年の1年にどんな人間がいるのかを調べてる段階なのさ。地獄の沙汰《さた》も金次第とは言うが、大金さえ流せば協力するヤツは、いつでも味方に引き入れられるヤツってことだ。本当に協力させなきゃならない時に金を出せばそれで済む。重要なのはそれ以外を直感的に理解してる連中だ」

「ごめん、意味が全然分からないんだけど……」

「坂柳《さかやなぎ》のヤツは俺が総合で1位を狙うと思ってるだろうが、小遣いにもならないクラスポイントを拾うつもりは最初からねえのさ。Aクラスをぶち殺すには、もっとクラスポイントが激しく増減するタイミングを待つしかないからな」

「じゃあ、大金で転ぶヤツかどうかを確かめるためだけに仕掛けてるってわけ？」

「ポイントの釣り上げが出来ることは最初から明白だった。だが、既に俺たちのクラスとパートナーを結んだ生徒がいる。そいつらは何でCクラスと組むことを選んだと思う」

「え……そう言えばなんでだろ」

最初に提示したポイント額は前払いで5万、試験終了後に5万だった。

けして高すぎる提示額でないにもかかわらず、何人かは既にCクラスと手を組んでいた。

「あんた、パートナーの契約を結ぶ前に必ず1対1で会ってるけど……脅《おど》してるとか？」

「ま、軽く脅してるのも正解だけどな」

30万40万という大金に釣られてやってきたが最後、龍園《りゅうえん》による面接で屈する。

結局合意の上で支払う額は、表面上より遥《はる》かに少ないモノで済む。

「1年の連中に、俺が坂柳よりも上であることの理解ができるかを審査してんのさ」

ポイントやブランドだけに縛られず、本能的に勝つクラスを見抜ける人間の選抜。

それがこの特別試験で龍園翔《かける》が本当に求めているもの。

この1年間で見据《みす》える目標は遥か先、坂柳たちAクラスを引きずり下ろすこと。

〇DクラスとDクラス

週末も近づく木曜日。放課後になると、オレは堀北《ほりきた》を連れて図書室へと移動してきた。

今日はここで、七瀬《ななせ》が連れてくる1年Dクラスの生徒との話し合いをするからだ。

その移動途中、堀北と特別試験の話題を交わす。

「今日の更新はもう目を通した？」

「パートナーが決まった組は17組。これで合計73組だな」

組数自体はそれほど気にすべきことじゃないが、過去2回の更新と異なる点が1つ。

1年Dクラスの生徒が2人、パートナーを決めたこと。

これまで3日間動きのなかったDクラスに見えた活動の兆し。

「少し焦ってるの。宝泉《ほうせん》くんはもう少し様子を見ると思っていたから。昼休みに何人か1年Dクラスの生徒と軽く話してみたのだけれど、パートナーが決まった生徒に関しては何も知らないと軽くあしらわれてしまったわ」

「本当に知らないのか、箝口令《かんこうれい》が敷かれているのかは微妙なところだな」

頭の良い生徒に対して多額のポイントを貰《もら》わない限りパートナーを結ぶな、口外もするな、なんて話が出ていたりしてもおかしくはない。

「そうね。ともかく、この後七瀬さんと会うことが決まったのは朗報ね。あの子なら、そのことについても話が聞けるかも知れない」

まだ一度接触しただけで、堀北《ほりきた》は七瀬《ななせ》とちゃんとした会話を一度もしていない。

それでも宝泉《ほうせん》の傍《そば》に立っていた七瀬は、話が通じそうな生徒として存在が目立っていた。

オレ自身、七瀬と話した時には素直な印象を強く受けた。

どことなくだが、一之瀬《いちのせ》を彷彿《ほうふつ》とさせる真《ま》っ直《す》ぐな性格の持ち主。

図書室に着き、室内に足を踏み入れる。

「あら。珍しいお客さんですね」

オレたちを最初に迎えてくれたのは、七瀬ではなく2年Cクラスの椎名《しいな》ひより。

本の虫である彼女は、放課後になるなりすぐここに足を運んでいたようだ。

「今日は少しだけ騒がしくするかもしれない。特別試験に関して1年生と話し合いをする」

「そうですか。それでしたら、奥の端の席が良いと思います。利用者にもあまり迷惑にならないと思いますし、ちょっとしたお喋《しゃべ》りなら大丈夫かと。誰か近づこうとしても、すぐに気づくことも出来ますから」

親切にそう教えてくれたひよりのアドバイスを素直に受けることに。

「Cクラスの方は順調なのか？」

「そうですね。今、色々と動いているようです」

お互い競い合うクラスなだけに、内情を簡単に聞かせるわけにもいかないのが難しいところだ。簡単な言葉だけを交わしてひよりに別れを告げ、先に着いたオレたちは席についておくことにした。何となくオレはひよりの方を気にしながらも、堀北と奥の席へ。

「七瀬さんはともかく、1年Dクラスと絡む上で宝泉くんがどう出てくるかが問題ね」

「そうだな。この場に現れるのかどうかでも大きく変わってきそうだ」

こっちは何も制限をかけていないため、宝泉を連れてこないとも限らない。

そうなればぶっつけ本番で大きな交渉をしていくことになるだろう。

「本格的な話し合いの前に聞かせてもらってもいいかしら。あなた勉強はしてる？」

「まあ、ボチボチとな。それがどうかしたのか？」

「科目を絞れる私が有利な状況で、勉強の時間がしっかり取れてるのか気になったのよ」

「なんだ、敵に塩でも送ってくれるのか？」

「まさか。自ら有利な条件を手放すほど優しくないわよ。勝たなければならない勝負だし」

それでもオレがキチンと勉強しているのかが気になるらしい。

それはつまり、特別試験の対応が忙しくて勉強どころじゃなかった、といった言い訳をしないか心配しているということだ。

「お前の方だって、2年Dクラスをまとめるために色々と時間が削られてるだろ」

「私は常に勉強と向き合っているもの、何も問題ないわ」

日々の積み重ねという部分で自信を持っているようだ。

「安心しろ。負けるつもりはない」

「それならいいけれど……」

どうにも変なところで信用がないため、真面目にテストを受けるように見えないようだ。

それに関連して、こっちからも1つ聞いておきたいことがあった。堀北《ほりきた》にとってはクラスをまとめる作業に加え自身の勉強、それに勉強を教える役目とやらなければならないことが多い。当日までこのペースで持つのかどうか。その辺について聞こうとしていると、図書室に七瀬《ななせ》が1人で姿を見せる。こちらをすぐに見つけると、一度遠くから頭を下げて近づいてきた。どうやら最初の話し合いに宝泉《ほうせん》は姿を見せないようだ。

「お待たせしました、先輩」

「こっちもさっき来たばかりだ」

堀北は七瀬を向かいの席に座らせると、話し合いはちょっとした挨拶《あいさつ》から幕を開ける。

「改めて……堀北鈴音《すずね》よ。今日は話し合いのために時間を作ってくれてありがとう」

「ボクは、じゃなかった——私は七瀬翼《つばさ》と言います。先輩たちにお礼を言われることは何もしていません。むしろ私の方がお礼を言わなければならないです」

同じDクラス同士、共に腰の低いところからのスタート。

きちんとした受け答えを改めて聞いた堀北は、七瀬ならとすぐ本題にかかる。

「早速だけれど、話を聞いてもらってもいいかしら」

「もちろんです」

「まず大前提として、1年Dクラスの方針を聞かせてもらいたいの。あなたたちのクラスは今日になって初めて2人の生徒がパートナーを確定させたけれど、残りの38人の行方は宙に浮いたまま。あなたもその中の1人よね、七瀬さん」

宝泉か他のDクラスの生徒かは分からないが、何らかの意思が働いていることは明白だ。

「そうですね。その点については質問されると思っていました。今日も梶原《かじわら》くんに同じような質問をぶつけられていましたよね？」

梶原というのは、1年Dクラスに名前を連ねる生徒だ。どうやら堀北が昼休み、1年Dクラスの生徒に接触したことを既に把握《はあく》しているらしい。とするなら、初日白鳥《しらとり》たちと接触したことも把握されていると考えておくべきか。

「驚いたわ。報告、連絡、相談がしっかり出来ているようね」

「既に生徒の多くが宝泉くんの指示に従い動いています」

曖昧にすることなく、宝泉が主導であることを認める七瀬。

「彼が強面《こわもて》だから？　いいえ、それだけとは思えない。一体どんな手を使ったの？」

七瀬は少しだけ考える素振りを見せる。そしてこう口にする。

「大変申し訳ありませんが、具体的な方法などはお答えできません。宝泉くんがクラスをまとめ上げるために考えた方法です。正しいか間違っているかは分かりませんが、これを外部の人に漏《も》らすことは裏切り行為になりますから」

「そうね。あなたが正しいわ」

そんな堀北の言葉に、七瀬はありがとうございますと言って軽く頭を下げた。先輩だからといって、何でもかんでも話さなければならないわけじゃない。昨日のオレにそうしたように、七瀬《ななせ》は1年Dクラスの仲間として、しっかりした考えと意思を持っている。

「なら本題の話をするわ。昨日パートナーを決定した2人のように、私たちにも1年Dクラスと組むことが出来ると思っていいのかしら」

「白鳥《しらとり》くんにお聞きになられたかと思いますが、窓口そのものは常に開いています。一定以上のプライベートポイントを提示された場合には、迷わずパートナーとして契約しても構わないことになっていますので」

やはり白鳥たちとの話は宝泉《ほうせん》にまで筒抜けか。

ここから推察するに、パートナーの決まった1年Dクラスの2人に関しては高いポイントが払われたということだ。

「でも私が今日お願いするのは、ポイントを払って結んでもらう契約とは違うものなの」

「分かっています。綾小路《あやのこうじ》先輩から軽くお話は聞いていますが、学力に不安のある生徒をカバーし合う形での協力関係ですよね？」

「ええ。理解した上で話し合いに来てくれたということは、こちらにも交渉の余地はあるということね？」

「ある———と思いたいです」

ここで七瀬の顔が曇《くも》る。そしてこう続けた。

「宝泉くんの考え方の根底には徹底《てってい》した個人主義があります。そしてそれを強制している。このままでは学力の低い生徒はパートナーを見つけられず取り残されてしまいます。3か月プライベートポイントが手に入らないだけならまだ大きな問題ではありませんが、パートナーを見つけられなかった生徒として格付けがされてしまうのではと危惧《きぐ》しています。いえ、それも大した問題ではないかも知れません……。本当に嫌なのは、今後も個人主義が先行してしまい、クラスにまとまりが持てなくなってしまうことです」

堀北《ほりきた》は七瀬の話を聞き、頭の中で１年Ｄクラスに起こる今後のことを予測する。

「そうね。クラスに助けてくれる人がいない状況が続けば、当然個人主義による戦いは加速する。誰も助けてくれないのなら自分の力で何とかするしかない。その状況が固まってしまえば、誰かが助けを求めても助ける者は現れなくなる。クラスが一丸となって戦う試験に直面しても、戦える状態にはなっていないでしょうね」

だからこそ、それを避けるために七瀬は独断で堀北との交渉に臨んでいるようだ。

「あなたは宝泉くんが怖くないの？」

「はい」

迷わず即答する。そして、ここまであまりオレに視線を向けていなかった七瀬がこちらを見る。これまで二度見せてきた目と同じだ。オレが似たようなことを聞いた時にも『暴力には屈しない』と言っていたな。気になる点がないわけじゃないが、七瀬は１年Ｄクラスを味方につけるための唯一の人材かも知れない。

これが偶然の出会いであれば素直に感謝したいところだ。

「じゃあちょっと踏み込んだ質問をするわ。１年Ｄクラスに、現在パートナー探しで苦労している生徒はどれくらいいるかしら。学力問わず答えられる範囲で教えて」

ＯＡＡによるアプリでは、パートナーを決定していない生徒が誰であるかは分かるが、パートナーを見つけられそうかどうかまでは当然分からない。

こればかりはそのクラスの関係者に直接聞いて、把握《はあく》していくしかない部分だ。

「現時点では15人近くの生徒が、自力でのパートナー探しが難しいと考えています」

「15人……思ったよりも多いわね」

しかし2年Ｄクラスも多くの生徒がパートナーを決定させていない。

上手《うま》く組み合わせを考えれば手を取り合える余地はある。

「七瀬《ななせ》さん。もし許されるのなら、私としてはあなたたちと大きな契約を結びたい」

「大きな契約、ですか？」

「私と七瀬さんで15組のパートナーの組み合わせを決めて一斉に済ませてしまえればと思っているの。学力がＥでもＡでも一切条件は問わない。当然そこにはポイントの関係はない。助けるべき人を助けるという対等な協力関係よ」

つまり、持ちつ持たれつということだ。

お互いに貸し借りをするということで、そこには余計なポイントや感情は発生させない。

この契約が成立するだけで退学者が出る確率は大きく下がるだろう。

だがそう単純な話じゃないことは、堀北《ほりきた》も七瀬も分かっている。

「これは、その契約を結べるとしてという大前提のお話ですが、堀北先輩のクラスにいらっしゃる学力E付近の方々を救える保証はありません。こちらもパートナーを結べず困っている生徒の大半は学力がDやCに集中しています」

仮に最大学力がC＋だとするなら、学力Eの生徒と組ませるのはどうしても大きなリスクが残る。こちらがメリットを得ることはほとんどできないと言える。

「そうならないよう、どうしてもあなたには頑張ってもらう必要があるわ」

「そうですよね。そうなるとやはり契約は簡単にはいかないと思います」

七瀬は否定せず認める。

「無償で手助けすることを、宝泉《ほうせん》くんは絶対に認めないです。特に今は」

2年Aクラスは入学時から高いクラスポイントを維持し、貯《た》めこんだ潤沢《じゅんたく》な資金を持っている。Cクラスは龍園《りゅうえん》救済のために高いポイントを吐き出したと言っても、Aクラスとの契約によって安定した資金供給が続いている状況。クラスメイトたちもある程度の蓄《たくわ》えは持っているだろう。そんな2クラスが高額なポイントで生徒を奪い合いしている状況を考えれば、少しでも高く売りつけるに越したことはない。

宝泉の考え、方針そのものは正しいと言えるだろう。

だが高値を付けるにしても、1年Dクラスが他クラスよりも高いことは確実。

それがパートナーの決まった生徒の少なさにも比例している。

「それがクラスのためになるとしても？　彼には何のデメリットもないはずよ」

パートナーが組めない生徒が出ることで、本来入るはずだったプライベートポイントが得られないほうがマイナス。そんなことは説明するまでもなく分かっているはず。

「堀北《ほりきた》先輩の仰《おっしゃ》りたいことはよく分かります。話の内容にも理解できる部分が多いです」

どうやら七瀬《ななせ》自身は、堀北の提案に対して好意的に受け止めている。

しかし。

「やはり……宝泉《ほうせん》くんは認めないと思います」

僅《わず》かに空いた間。何を考えていたか、オレには何となくだが察することが出来た。

「1つだけ分かったことがある。宝泉はポイントの巻き上げだけは行ってないんだな」

「どういうこと？」

「オレは宝泉が高額なポイントでしかパートナーになることを認めないのは、宝泉自身がそのポイントを吸い上げているからだと思ってた。だが、それならもっと積極的に下位の生徒をあてがうことも視野に入れているはず。極端な話、パートナーを見つけてやるからポイントを寄越《よこ》せって言うことも出来るわけだからな」

「確かにそうね……。3か月分のプライベートポイントはバカに出来ない。赤点を取って支給されないくらいなら、宝泉くんが半分でも貰《もら》うなりして救った方がいいわ」

これまでの動きからも、そして七瀬の会話からもそんな気配は全く感じられない。

「綾小路《あやのこうじ》先輩の推理通りです。宝泉くんはクラスメイトから見返りはもらっていません」

あくまでもクラスを支配しルールを課しているだけ。

そして、恐らくそれを破った生徒は宝泉とそれに従う生徒から完全に排斥される。

だから許可なくパートナーを決めるような真似《まね》をしない。出来ない。

1年Dクラスの生徒が交流会に顔を出さなかったのも、最初から意味のないことだと分かっていたからだ。

「あなたの力で、学力の高い生徒を少数でもコントロールすることは出来ない？」

堀北の提案には何らかの見返りはない。あくまでもクラスメイトを救い合うもの。

2年生と違い、1年生の間には当然クラスや友人に対する思い入れも薄い。

入学して1、2週間で思い入れを持てというのも無理な話だが。

「何人か聞いてみましたが、考えてもいいと言ってくれた子はいませんでした」

「やはり見返りは大前提なのね」

「数人ならポイントで契約を結ぶことも出来るんじゃないか？」

Aクラスや Cクラスのように総合点も狙いにいくスタンスなら、多数の生徒勧誘のために膨大な資金が必要になる。しかし、退学を防ぐためだけに少数に絞れば、かかる費用もその分抑えられる。

「そうね……本当に手段がなくなれば、そうせざるを得ない。でもプライベートポイントで結ばれた関係はプライベートポイントでしか繋《つな》がっておくことが出来ない。私はこの先も見据《みす》えた関係でありたいの」

オレにそう言った後、七瀬の顔にすぐ向き直る堀北。

「どういうことでしょうか」

「今、1年生と2年生では戦っている土俵《どひよう》が違う。1年生には退学のリスクがないから、立場はあなたたちの方が上にある。けれどこの関係はきっといつまでも続かない。退学の危険を背負った戦いをする日が遠くない日に来るはず。ここでポイントを絡めた契約しかしていなくて、この先1年Dクラスの子たちがポイントを払わないといけないような場面が来た時、もし払えるだけの蓄《たくわ》えが無かったら？」

　救われる生徒もいるだろうが、救われない生徒が出てきても不思議ではないだろう。

「だからこそ、ポイントで上下関係を作らずに対等な契約を結びたい。そして信頼を積み重ねたいの。学年が違うからこそできる、特殊な信頼関係をね」

　そうすることで、1年Dクラスの中で困った生徒が出た時、対等な立場で相談に乗ることが出来ると堀北《ほりきた》は説く。要は一之瀬《いちのせ》と同じ信頼を重視した戦略。

　一之瀬と大きく異なるのは全クラスとではなく1年Dクラスと提携するということ。

　全体に訴えかけるのではなく、1年Dクラスをピンポイントに絞っての協力関係。

　既に特別試験も4日目に突入している。あまり時間をかけている余裕もない。

　そんな堀北の気迫を、七瀬《ななせ》は十分に感じ取っただろう。

　それでも、重たい表情が明るくなることはない。

「仰《おつしや》りたいことはよく分かりました。ですが、それはまだ理解してもらえないかと思います。1年生たちの多くは、既にプライベートポイントを貯《た》めることに躍起《やつき》になっています。その中で見返りをもらわずにパートナーを組むことを単純な損失と見るでしょう」

これればかりは、時間をかけて学校のシステムを理解していくしかない。

「現状、1年Dクラスと組むには大きな壁が2つあるということね。宝泉《ほうせん》くんを説き伏せることと、ポイントを欲しがる優等生を説得しなければならないことと。後者はどのクラスにも言えることかも知れないけれど……」

確かに表面上だけを見れば、1年Dクラスは宝泉という1つ越えなければならない壁が多い分、組むメリットは少ないように見える。しかし実際は違う。

果たして堀北はその事実に気がついているだろうか。

「宝泉くんとの話し合いを持たせて」

これ以上の話を進めるには宝泉抜きでは無理だと判断し、そう切り出す堀北。

「そうですね……。対等な協力関係を推し進めるのであれば避けられないことですね」

「あなたさえ良ければ、今からでも彼に会う用意はあるわ」

「分かりました。電話してみます」

携帯を取り出した七瀬は、そのまま図書室の入口へ向かった。

「思っていたよりも、宝泉くんの支配力は広がっているようね」

「そうだな」

「1年Dクラスと組もうとする私の方針は……間違っていないわよね？」

「今後のことを見据《みす》えて関係を構築するのは悪くない戦略だ。というよりも大前提だと言える。坂柳《さかやなぎ》や龍園《りゅうえん》はブランドやポイントによって、1年全クラスの有能な人間と信頼関係を結ぼうとしている。一之瀬《いちのせ》はポイントこそないが弱者を救うことで確実な信頼関係を構築している。そして、おまえも一之瀬と似てはいるが、1つのクラスに絞った協力関係を結ぼうとしているわけだろ？　それぞれ手段や形こそ違えど同じことだ。おまえはもうその3人と張り合えるだけのリーダーになりつつある」

オレの言葉を聞き、小さく頷《うなず》く堀北《ほりきた》。あとは上手《うま》く交渉がまとめられるかどうか。帰りを待っていると、入口の方から頭を下げつつ手招きでこっちを呼ぶ七瀬《ななせ》の姿が見えた。

「何かあったのかしら」

「行ってみるか」

2人で図書室を出て七瀬の元に合流する。

「すみません先輩。あの……宝泉《ほうせん》くんと、電話が繋《つな》がっています」

消音にしていた携帯を堀北に差し出してくる七瀬。

携帯を受け取った堀北は、スピーカーモードにして宝泉との会話に挑む。

「お待たせしたわね」

「よう。七瀬から軽く話は聞いたぜ」

「出来れば、直接会って私の方からも説明したいのだけれど」

「必要ねえよ。会うまでもないからな」

笑いながら、宝泉はそう言った。

「それは……交渉すらさせてもらえないということ？」

「そういうことだ。電話すら必要ねえんだが、七瀬がどうしてもって聞かねぇからよ」

「でも宝泉くん、私は検討してもいいと思っています」

「うるせえよ。おまえに何の権限があるってんだ？　あ？　殺すぞ」

「殺される気はありませんが、堀北先輩と一度会ってください」

「ポイントもろくに用意出来ねぇなら、二度と連絡してくんじゃねえ」

言葉を続けようとする七瀬だったが、宝泉はすぐに通話を終了してしまう。

すぐにかけ直す七瀬だが、幾《いく》らコールしても宝泉が出ることはなかった。

「……すみませんっ！」

思い切り頭を下げ、七瀬は堀北とオレに謝罪する。

だが七瀬には何も悪いところはない。

「頭をあげて。私の方針と宝泉くんの方針が全く異なるのだから、簡単にうまくいくはずもないわ。こうして手を貸してくれているあなたにはとても感謝しているの」

「そんな……」

「今日のところはここまでにしておきましょう。宝泉くんと話し合いの場を持つには、何か手を考えないといけないでしょうし。でも今週の内にはケリをつけたいと思ってる」

それ以上になるようなら、いよいよ堀北も1年Dクラス以外に目を向けなければならないだろうからな。とは言え、そうならないことを祈るばかりだ。既に食い荒らされている3クラスから残った生徒を奪うのはかなり骨の折れる作業になる。

「先輩がまだ諦《あきら》めていないのは、とても嬉《うれ》しいです。でも……」

喉元まで出かけた言葉を七瀬《ななせ》は飲み込む。宝泉《ほうせん》と対等な協力関係を結ぶことは出来ない、そう口にしてしまうと終わると思ったからだろう。

「少なくとも、宝泉くんには私がどうしたいかは伝わった。今はそれで十分」

時間が減っていく中で焦りが出るが、それでも堀北《ほりきた》は後輩にそう力強く締めくくる。

一緒に帰ろうと堀北は提案したが、七瀬はどこかに寄るらしい。

そして、明日また図書室で会ってほしいと残し去っていった。

もしかすると宝泉に会いにいったのかもしれない。

「帰りましょう。この後の予定も詰まっているし」

堀北は一度部屋に戻った後、須藤《すどう》を始めとした何人かと寮で勉強会を開くようだ。

「あ、それとそろそろあなたのパートナーに関してもハッキリさせてもらえないかしら。自分で動くのか、私に一任してくれるのかだけでも。今後に影響が出てくるかも知れない」

もし宝泉との交渉が始まることになれば、具体的な人数の調整が必要になるしな。

「組んでもいいかも知れないと思ってる候補はいる」

「学力じゃなく、特定の人物ということね？　誰かしら」

「それは秘密だ」

「秘密って……私に隠すようなこと？」

「オレ自身、まだ表面でしかその人物のことを知らないからな」

「それは、そんなに問題なことかしら。皆手探りで協力していくしかないのよ？」

「そうだな。今日くらいにはハッキリすると思ったが……ま、遅くとも週内には判断する」

「だといいけれど……ギリギリになって泣きついてきても知らないわよ」

「肝に銘《めい》じておく。それよりさっき聞きそびれたんだが、体調の方は大丈夫なのか？」

「……あなたが私の心配をしてくれるの？」

「今はまだ体力の心配はないだろうが、特別試験まではまだかなりある」

終盤になってフラフラになれば、試験当日に影響を与える可能性だってあるだろう。

連日の勉強会に加え、火曜は夜遅くまで天沢《あまさわ》の料理対策に時間を割いた。

徐々に疲労が蓄積していることは明白だ。

「確かに終盤疲れが出るかも知れない。けれど、今は休んでいる暇はないの。特別試験が終わるまで倒れるつもりはないわ」

強がりというよりも、クラスを率いて戦うことの自覚が芽生え始めた部分が大きいか。

洋介《ようすけ》や櫛田《くしだ》は言うに及ばず、啓誠《けいせい》やみーちゃんといった学力が優秀な生徒も最初から堀北に協力することを申し出てくれている。その上で、堀北は今後のことも考え1年Dクラスと組むことを前提としたプランで進めようと決断した。

リーダーが決断出来ず右往左往していることは、悪影響しかないからな。

時間との戦いの中、如何《いか》に早期決着できるかは2年Dクラスにとって重要な問題だ。

1

少し肌寒い、その日の夜のこと。台所に立ったオレは大量に買わされて眠っていた食材たちを利用して料理をした。もちろん今回はレシピや動画を参考にしながら。

天沢《あまさわ》に振舞ったトムヤムクンを自分でも食べてみようとチャレンジ。

料理名のトムヤムクンは煮る、混ぜる、海老《えび》の3つの意味が合わさったもの。

「独特の味だが悪くはなかったな」

辛味と酸味が口の中に広がり香りが鼻を突き抜ける感じは、ハマる人にはハマる料理だ。

片付けを済ませ、部屋に充満した匂いを追い出すため、換気扇を回し空気を入れ替える。

換気扇の音にかき消されて聞こえなかったが、ベッドの上で携帯が振動しているのに気づいた。後で折り返そうかとも思ったが、一向に鳴りやまないため電話に出る。

「電話出るのが遅い」

特別試験が始まって以来、数日ぶりの恵《けい》からの連絡。

開口一番に飛び出してきたのは文句だった。

「この時間に電話してくるように指示してたのはあんたでしょー？　しっかりしてよね」

「悪い。それで、今朝頼んだ件は調べがついたのか？」

「ちゃんと調べたから連絡してあげたのよ。ほんっと感謝が足りないんだからね？」

「感謝してる。それで？」

「全然感謝してる感じがしない……まぁ、いいけどさ。店員さんによると今年の4月以降で売れたのは1つだけだって。他の類似品と比べて全然売れてないらしくて、年に1つ2つ売れたらいい方みたい。でもね、新入生で買おうとした子はいたんだって」

売れた1つの購入者は分かりきっているが、買おうとした新入生の方が気にかかる。

「買おうとしたってことは買わなかったんだな」

入学したてで全額使った、という無茶《むちゃ》をしていない限り物理的に買えないはずはない。

今年の新入生ならそんな愚かな行動を取っているとは思えないしな。

「一応その辺も聞いてみた。そしたら会計が終わった直後に別の子が声を掛けて、返品ってことで買うのを止めちゃったみたい。で、その買おうとした生徒っていうのが――」

恵からその生徒の特徴を聞きながら、オレは状況を整理する。

オレが当初思い浮かべていたこととは、少し……いやかなり異なる状況だ。

この件に『あの人物』が絡んでくることは想定していなかった。

「返品を促したのが誰なのかは分かってるのか？」

「うーん、それは分かんないって。女の子ってことは確かみたいだけど」

学生証を提示した購入者の名前は分かったとしても、止めた人間までは分からないか。

「あたしの情報役に立った？」

「ああ。思っていたよりもずっと役に立ちそうだ」

「へへっ、あたしって有能だからね。ちゃんと感謝しなさいよね。でも何でそんなこと調べさせたの？　正直、意味は全く分かってないんだけど」

「オレもだ」

「へ？」

不可解な行動を紐解《ひもと》く何かになればと思って探らせたが、想像の遥《はる》か上を行く展開だ。

こちらの想像と結びつかないことから、実は全くの無関係なこととさえ思えてくる。

「そう言えば特別試験でおまえのパートナーが決まったそうだな」

「あ、うん。1年Bクラスの島崎《しまざき》さん、だったかな。櫛田《くしだ》さんのお陰で助かったって感じ」

こちらの用件は済んだので、少し話題を変える。

「パートナーは悪くないと思うが、恵《けい》自身の勉強の方は進んでるのか？」

「いや、それはぁ、なんて言うか……ギリギリから始めてもいいかなって」

やはりそうか。未《いま》だ勉強会に足を運んでるという話は聞こえてきてなかったからな。

「今回の試験は自分だけで完結するものじゃない。恵の評価はD＋。多少下ブレすることを考えてないと痛い目を見る可能性があるぞ」

「分かってるつもりなんだけど、中々足が重くってさ……勉強会出たって清隆《きよたか》いないし」

「なんだ、オレがいたら勉強頑張れるのか？」

「……そりゃあ？　彼氏の前でくらい頑張ってる自分出すし」

それが本当かどうか微妙なところだが、そうだと言うなら話は早い。

「だったら明日の……そうだな。6時くらいからオレの部屋に来るか？」

放課後に七瀬《ななせ》と会うことを考えれば、それくらいの時間からになるだろう。

「遊びに行っていいの!?」

「遊びじゃなくて勉強だけどな」

「え？」

え、じゃない。

「オレが勉強を教えてやる。それなら少しはやる気が出せるんだろ？」

まずは一度、具体的に恵の実力を測っておく。

その上で追加の勉強会に参加が必須レベルであれば、強く促しておかないとな。

「やっぱり彼女のあたしが、退学したら困るから心配？」

急に、マウントを取ったように嬉《うれ》しそうな声でそんなことを聞いてきた。多少意地悪く答えてやってもいいが、ここで心配だと答えておく方が、恵もやる気を出すか。

「当たり前だろ。付き合い始めたばかりで退学なんて笑えたもんじゃない」

「そ、そっかー。そうよね!? それなら、仕方ないっていうか？　本当は色々と予定が入ってたんだけど、特別に顔出してあげるわよ」

なんとも素直じゃないが、これで前進出来るのなら安いモノだ。

「何持っていけばいいかな」

「必要なものはオレの部屋にある。遅れずに来るならそれ以外に必要なものはない」

「おっけー」

「それじゃあ電話を切るぞ」

「ちょ、待って待って！　まだ特別試験とか勉強の話しかしてないじゃん！」

どうやら恵《けい》としては、それらに関係ない雑談をしたいらしい。

「それもそうだな」

「まったくアンタはさー」

それからしばらく試験と勉強の話は出なかったが、ダメ出しを受け続けたオレだった。

2

いよいよ81組がパートナーを決め、過半数を僅《わず》かに超えた生徒がパートナーを確定させ始めた5日目の金曜日。2年Dクラス内でもパートナーが決まる生徒は増え始めていた。

それはオレの近しい者たちも同様だ。昨日の恵もその1人だが、綾小路《あやのこうじ》グループの愛里《あいり》と波瑠加《はるか》の両名もパートナーを確定させた。それらの原動力となっていたのは櫛田《くしだ》だ。中学時代の後輩である八神《やがみ》と協力し、1年Bクラスの生徒の一部を紹介してくれたことが大きい。ただ、これで万事解決とはいかない。八神はクラスの中で台頭しつつあったものの、自身がリーダーになるつもりはないようで、あくまで個人として協力してくれている形。

2年Dクラスで困っている生徒をカバーしきるだけの生徒は用意できない。

八神が協力する上で出してきた条件は1つだけで、櫛田とパートナーになること。

それがOAAでも告知されたように、昨日の出来事だ。

櫛田という学力の高いカードを切ることにはなったが、お釣りがくるレベルなので堀北《ほりきた》から不満が出ることは微塵《みじん》もなかったようだ。まだこちらには堀北自身を含め、洋介《ようすけ》に啓誠《けいせい》やみーちゃん、松下《まつした》など有能なカードは残っている。

何にせよ、パートナーが決まったからといって、その生徒が安心できるわけじゃない。

しっかりと勉強をするということは、避けては通れない道だ。

むしろパートナーが決まって初めて勝負が始まるとも言える。

多くを語り合わずとも連携が取れているクラスには一体感のようなものもあった。

1年間苦楽を共にしてきた仲間だからこそ、可能な動きだろう。

そんな中――

1人の生徒が立ち上がり、帰宅しようとする。

そのタイミングを待っていたように、堀北が声を掛けに行く。

「あなたはまだパートナーを見つけていないそうね、高円寺《こうえんじ》くん」

「それがどうかしたかな？」

クラスで唯一、この一体感に加わっていない人物への干渉だ。

「一応クラスメイトとして、状況を聞いておこうと思ったのだけれど？」

独自に動く生徒も、大体のことは周囲に話しているため何をしているかは分かる。

だが高円寺《こうえんじ》は何も話さないため、一番状況が見えない。

「あなたは頭が良い。自分が退学になるかも知れないとは考えてもいないわよね」

「もちろんさ」

「そうね。仮に池《いけ》くんと似たような成績の生徒と組んでも、あなたなら手堅く400点近く取ってくる。まず安全だと思うわ」

本来なら高円寺にも貴重なカードの1枚として働いてもらいたいはず。

そのための接触ではあるんだろうが果たして……。

「フッフッフ。私は今回の特別試験では何もするつもりがないということだよ。大切なことはパートナーとなる生徒がテストで150点以上を取ること。その必要最低限の条件さえ満たせれば、私が合格基準を超える点数を得るなどイージーなことだからねぇ」

茶柱《ちゃばしら》が言うには、最低でも150点は取ることが出来るという試験。オレのようにホワイトルームからの刺客と組む場合でもない限り、パートナーが意図して0点を取ることは考えられない。

しかし、どうしてもパートナーに頼る部分は出てきてしまう。

そう、絶対に1点以上を取ると100%言い切れる生徒など、どれだけ探しても見つかることはないだろう。1年生も2年生も、互いに150点以上は当然のように取ることを前提に動くしかない。99・9%の保証。それを限りなく100%にするための措置《そち》が『学力から逸脱《いつだつ》した点数を取った生徒の退学』というルール。これがあるからこそ、高円寺も確信を持って余裕でいられる。

わざわざ話し合いに赴き、関係を築く手順を踏む必要はないということだ。

「つまりあなたは、誰と組むことになっても問題はないということよね？　それなら、あなたとパートナーを組む相手を私に決めさせてもらえないかしら。誰と組んでも安全だと思っているでしょうけれど、５％のペナルティは受けないに越したことはないわ」

堀北《ほりきた》に任せておくだけの簡単な話で、基本的にはメリットしかない提案だ。

「確かにその通りだねぇ。でもお断りするよ」

「……どうして？　理由を聞かせてもらってもいいかしら」

「私が私であるからさ」

要は堀北に都合よく使われるのは嫌だということ。

どこまでも高円寺は高円寺だな。

もし、オレが高円寺を使って勝たなければならない局面に立たされることになれば、きっとこう考えるだろう。その局面になる前に、別の戦略で手を打っておくべきだった、と。

「満足かな？」

そう返されてしまえば、堀北も無理を強《し》いることは出来ない。

暖簾《のれん》に腕押し、無理を強いたところで動く相手ではないからだ。

「ええ、今のところはね。けれどいつまでもこのままというわけにはいかないわ。クラスが団結しなければならない時が来たら、あなたにも協力してもらう」

今回の特別試験に関してではなく、その先を見据《みす》えた話。

堀北《ほりきた》はその前振りをしておきたかったようだ。

「パーフェクトな私を頼りたくなる気持ちは分かるが、相談には乗れないだろうねえ」

まるで聞く耳を持たず、高円寺《こうえんじ》は今日も今日とてどこかへ去っていく。

「高円寺は無理だろ」

ほぼ無意識にもかかわらず、オレはそう突っ込んでしまった。

「彼が本気で動けば、私たちのクラスが強くなりそうなだけに歯がゆいわね」

使えない秘密兵器ほど厄介なものはない。

期待を寄せるからこそ、不発に終わった時に絶望することになる。

「オレなら、最初から数としてカウントしないようにする」

高円寺は高円寺という特殊枠だと思っておいた方が、今後を思えば楽だろう。

「私は諦《あきら》めないわ」

「……そうか」

ま、空回りは怖いがやる気があるのは良いことだ。

3

週末の図書室に足を踏み入れるなり、先日と異なる雰囲気に包まれているのが分かる。1年生と2年生の多くの生徒が集まっていたからだ。そしてほとんどの生徒がタブレットやノートを広げて勉強会らしきことをしている。

パートナーが決まったことに慢心せず、多くの生徒が動き始めたようだな。

1年前にオレたちも図書室で勉強会を開いたことを何となく思い出す。

「少し面倒ね。こう人が増えてくると私たちの存在も悪目立ちするかも知れない」

「だったら、多少なりそれっぽくしておいた方がいいかもな」

幸いなのは図書室の奥、昨日使った席が空いていることだ。

埋まっていてもおかしくない状況だけに、オレは視線をある位置に向ける。

程なくしてその視線に気がついたひよりが、優しく微笑《ほほえ》みながら手を振って来た。

「綾小路《あやのこうじ》くんたちが来ると思っていたので特別にお願いして席を空けてもらっていました」

「良かったのか？」

「満席になってしまうようなことでもあれば話は別ですが、その心配はありませんから」

広い図書室なら、スペースはいくらでもある。とは言え実にありがたい配慮だ。

「どうぞ、ごゆっくりしていってください」

長く引き留《と》めるつもりのないひよりは、そう言ってすぐにこの場を去っていく。

「随分《ずいぶん》と親切ね、彼女。先日の私たちの会話、聞こえていたのかしら」

「どうだろうな。距離的には難しいと思うが」

折角《せっかく》空けておいてくれた席なので、昨日と同じ場所に位置どる。

そして鞄《かばん》から勉強道具を一式取り出し、これから勉強をする姿勢をアピール。

ところが、待てど暮らせど七瀬《ななせ》がやって来る気配はない。

「遅いわね、七瀬さん」

約束の時間は放課後の4時半から。しかし時刻は既に5時を回っていた。

何度かメッセージを送ってみたものの、既読がつく気配はない。そろそろどちらかが様子を見に行った方がいい頃かも知れないが、どこにいるか分からないのは厄介なところだ。

「ひとまず1年の教室でも見てくるか……」

そうしようとしていたところで、慌てた様子の七瀬が姿を見せた。

入口からオレたちを見つけると息を切らせながら近づいてくる。

「す、すみません。かなりお待たせしてしまって……！」

「それはいいのだけれど、何かあったのかと思って心配になったわ」

「何とか宝泉《ほうせん》くんを連れて来れないか、交渉していたんです」

「そうだったの……結果はダメだったようね」

入口の方から新しく人が入ってくる気配はない。

「だけど今日の話し合いにあなたが行くことを、彼は止めなかったの？」

「それはありません。自分抜きで何かが決まるとは全く考えていないと思いますから」

どれだけ七瀬が勝手をしようと、最終決定権は宝泉にある。

その自信があれば、確かにいちいち忠告したり止めたりする必要はない。

「やはり私たちから強引に彼と会うしかないようね」

「それは……」

「簡単にまとまらないことは、もう分かっていることよ。だけど顔を突き合わせて話し合いをしない限り、いつまでも平行線を辿《たど》ることになると思うの」

何も考えず今日の話し合いに臨んだわけではないようだ。

「確かにそうですね……。ですが……」

何か迷っているような口ぶりだった七瀬だが、意を決して話を始める。

「堀北《ほりきた》先輩は、何としても1年Dクラスと対等な協力関係を築きたい。その考えに嘘《うそ》はありませんか？」

「ええ、それはもちろんよ」

「でしたら……私の案を聞いていただけますか」

七瀬は七瀬なりに、何か考えを持ってこの場に姿を見せたようだ。

「宝泉くんに対等な協力関係を結びたいと提案しても蹴《け》られることは目に見えています。恐らく堀北先輩が直接会って話しても同じだと、私は思っています。それなら水面下で私と交渉を進めるというのはどうでしょうか？」

「七瀬さんと交渉を進める？　でも宝泉くんを抜きには他の子が従わないでしょう？」

「はい。ですが、それは私がリーダーとして名乗りをあげていないからです」

ここで七瀬《ななせ》の方から、思わぬ提案がされる。

「宝泉《ほうせん》くんのやり方では今後を戦い抜くことは出来ないと判断しました。危険な考えが浸《しん》透《とう》してしまう前に、苦肉の策ではありますが、私が1年Dクラスのリーダーになれればと思っています。そしてその足掛かりとして堀北《ほりきた》先輩の2年Dクラスと関係を結びたいんです」

堀北はもちろん、オレもこんな提案がされるとは全く想定していなかった。

宝泉を蹴《け》落とし七瀬翼《つばさ》が1年Dクラスのリーダーになる、という話。

これが実現するのなら堀北の目指す対等な協力関係は一気に現実味を帯びる。

「私たちには七瀬さん、宝泉くんのどちらがリーダーに相応《ふさわ》しいかを判断するだけの材料は持ち合わせていない。だけど1つ言えることは、あまりに時間がないことよ」

既に折り返しが近づいている特別試験。リーダー争いをするには時間不足だ。

「クラスメイトの多くは宝泉くんのやり方に賛同していません。実際、昨日と今日で私が同じような話をしたところ、7人の生徒に協力をお願いすることが出来ました」

「それは学力の低い生徒だけの話ではない、ということでいいの？」

「はい。学力B－以上の生徒からも3人ほど交渉の余地をもらっています」

「……なるほど」

少し堀北は考える。3人では完全とは言えないが、ここからもう少し増えるのなら七瀬を軸とした協力関係を組んでも悪い結果にはならないかもしれない。

「宝泉くんに悟《さと》られると厄介なんじゃない？」

「考えるまでもなく大問題になります。だから、パートナー期限である特別試験前日まで、今からのことを一切伏せておくんです。ギリギリで申請すれば気づかれません」

「でも、それじゃ勉強のできる生徒を味方につけるのは難しいんじゃないかしら」

学力のある生徒がプライベートポイントを欲していることは、変えようがない。

「その点は、私たちで補います。勉強を苦手としている生徒は堀北先輩たちに助けてもらうことで3か月のペナルティを受けずに済むわけです。つまり、ポイントが浮くことになるわけですよね。その内、仮に20万ポイントを集金したとしてもお釣りが出ます。1人あたりに上げられるポイントは50万には届きませんが、納得はいく範囲だと考えます」

要は自分たちのケツは自分たちで拭くということ。

本来はオレたちがポイントを出して優等生を引き抜くが、それを1年Dクラスの下位である生徒たちが自ら捻出《ねんしゅつ》して仲間に引き入れる戦略。

「これなら堀北先輩たちに迷惑をかけることもありません。もちろん、この事実を知った後で宝泉くんは怒るでしょうけれど、協力してくれた子たちに被害が及ばないよう、その責任は全て私が取ります。どうでしょうか？」

「それは……幾《いく》らリーダーになるためとは言っても、あなたの負担があまりに大きすぎる提案じゃないかしら」

「いいんです。手を差し伸べてくれた堀北先輩の信頼と機会を失いたくありません」

クラスメイトを救えるのなら安いモノ、ということか。

「私がリーダーとして認められずとも、今回の特別試験では堀北《ほりきた》先輩たちを救えます」

目先の利益だけを思えば、七瀬《ななせ》側からの提案は悪いものじゃない。

これを受けて堀北はどう返すだろうか。

「これでハッキリしたわ。私は1年Dクラスと協力関係を持ちたい」

「では、今の案で良い、ということですね？」

「いいえ。あなたの提案には乗れないわ」

「ですがそれ以外に方法は……」

「1年Dクラスの問題点は、宝泉《ほうせん》くんを味方につければ全てが解決する。あなたはリーダーになりたいのではなくて、宝泉くんのやり方が気に入らないだけなのよね？　それなら、宝泉くんが無償でいいと言えば、それに付き従う生徒は大勢いるということでしょう？」

「それは、ええ、はい。間違いないと思います」

「それに宝泉くんとあなたが対立すれば、1年Dクラスは1つにまとまるどころか、大きく2つに分かれてしまう可能性もある。そんなことはさせられないわ。だから彼の考え方を変えさせる手伝いを、私にさせてくれないかしら」

どうやら堀北にも、七瀬との会話を通じて見えてきたものがあるようだな。

宝泉さえ攻略してしまえば、後の問題は全て解決するということだ。

「危険な賭《か》けです。失敗すれば1年Dクラスと2年Dクラスが連携することは今後、無いかも知れません」

「覚悟の上……いえ、違うわね。十分に手を取り合える可能性があると私は考えている。私だけじゃない、きっと宝泉くんも同じことを考えているはずよ」

「電話越しで邪険にされたにもかかわらずですか？」

「好意の裏返しと取っておくわ。今のところはね」

堀北の言いたいことを理解したのか、七瀬が同意する。

「今日、堀北先輩と綾小路《あやのこうじ》先輩とのお時間を作って正解でした。私の読みは間違っていなかったということですから」

「どういうことかしら。私はあなたからの提案を蹴《け》ったのよ？」

「いいえ、蹴られていません。私と堀北先輩の考えは最初から一致しています」

「それは……彼を説き伏せることをあなたも考えていたということ？」

「はい」

どうやら七瀬が、自身がリーダーになると言い出した案は、嘘《うそ》の賭けだったようだ。

目先の利益のために1年Dクラスの未来をないがしろにする選択、その話に乗って来るようなら、堀北と手を組むことはなかったということだ。

「先ほど堀北先輩が仰《おつしや》っていたように時間がありません、多少強引にでも交渉の場を設けなければ前に進めない。どうかお二人が会う段取りを、私に一任して頂けませんか。明後《あさっ》日《て》の日曜日までに必ず宝泉くんを堀北先輩の前にお連れします」

今度の提案は嘘《うそ》ではないようで、七瀬《ななせ》は頭を下げ堀北《ほりきた》に頼み込む。

日曜日ともなれば、当然残された時間はそれだけ減ってしまう。

堀北は確認の意味を込めて、オレへと視線を向けてきた。

賭《か》けてもいいんじゃないか、そんな思いを込めて頷《うなず》くと堀北の迷いも消える。

「あなたを信じるわ。明後日《あさって》の日曜日に宝泉《ほうせん》くんと会えることを楽しみにさせてもらう」

「はい……必ず。ただ人目のつく場所は極力避けたいと思っています。状況次第では見境のない行動を取る可能性もありますので」

「そうね、それなら場所はカラオケがいいかも知れないわね。もし宝泉くんが望むなら時間帯が夜でも構わない」

日曜日の夜中ならば、確かに人目につくリスクはかなり減るだろう。

「分かりました。その旨伝えておきます」

話の方向性がまとまりだしたころ、堀北の携帯が鳴った。

その後届いたメッセージに目を通して、堀北がため息をつく。

「どうした」

「勉強会の時間よ。私がいなくて手が足りてないみたい」

気がつけば5時半を回っていた。

「話はまとまったようなものだし、あとはお願いできるかしら」

「分かった」

堀北は七瀬に軽く会釈《えしやく》し、手早くこの場を切り上げクラスメイトの勉強会へ。

クラス全体をフォローしなければならない堀北は右へ左へと動かなければならない。

「忙しいんですね、堀北先輩」

「クラスをまとめるっていうのは、そういうことでもあるからな」

「私も1年後、あんな風に立派な2年生になれるといいのですが……」

「堀北は詳しく聞かなかったが、宝泉にはどう言って呼び出すつもりなんだ？」

「それは……それにお答えしても構いませんが、綾小路《あやのこうじ》先輩のことを教えてください」

「オレのこと？」

外は太陽が沈み始め、世界がオレンジ色に輝きだした時間。

「堀北先輩はクラスのリーダーです。ですが、綾小路先輩は違うんですよね？」

なるほど、確かにこの場にいる生徒として相応《ふさわ》しいかどうか七瀬には分からない。

強引に付き合わされているだけだと言えば、逆に口を閉ざしてしまうだろう。

「先輩は———どういう人なんですか？」

オレが答えずにいると、七瀬は机に腕を置き自らの横顔を見せる。

それはオレ以外に対して顔や口の動きを読み取らせないための、防御策にも見えた。

「答えてくれませんか」

「七瀬が聞きたいことは堀北とどういう関係なのか、ってことじゃないみたいだな」

もっと違うもの。オレという人間がどんな人間なのかを問いかけている。

「はい。私は綾小路《あやのこうじ》先輩が邪悪で薄汚い人なのではないか、そう思っています」

随分《ずいぶん》と思い切った、強烈な言葉を向けられたものだ。そして言葉の内容とは裏腹に、七《なな》瀬《せ》はあまりにも真《ま》っ直《す》ぐで、そして迷いのない眼《め》をこちらに向けてくる。何をもってそんな風に見ているのか、それはオレには分からない。これまで接触してきた中で、オレ個人から感じ取れる情報など些細《ささい》なもの。相性の問題はあれど邪悪だとまで言われる覚えはない。もしかすると七瀬翼《つばさ》は、オレが探していたあっち側の人間なのかも知れない。

そう考えたのには理由がある。

退学させることが最重要な命題だとしても、事務的にはしない。必ず近くで接触し、綾小路清隆《きよたか》という人間を観察するはずだ。オレはそう思っている。単なる退学ではなく、確実に自分が上だと証明したい。いや、そうじゃないとあの男を納得させられない。

もしもオレが綾小路清隆という人間を退学させなければならない側であったなら、そんな風に考えるだろう。だが、同じホワイトルーム生に向ける言葉にしては、方向性が異質な気もする。

「こうして接している限り、私には綾小路先輩は普通の人に見えます」

「それは、つまり普通じゃない人としてオレを見てるってことか？」

「……いえ。そういうわけではないのですが」

否定した七瀬だったが、それは果たして本心だろうか。

七瀬とは都合四度顔を合わせているが、その全てで奇妙な視線を感じ続けている。オレ自身、七瀬がどっち側であるかに触れかけた気がしたが、するりと手ごたえが逃げていく。

「すみません忘れてください。今重要なのは、クラス同士協力し合えるかどうかでした」

お互いに立ち上がり、図書室を後にする。

解散の流れの中、オレは七瀬に聞いておきたいことがあったのを思い出した。

「そう言えば前に七瀬が、プライベートポイントが3か月振り込まれなくてもって話をしてる時に、24万ポイントと言ってたよな。それはどうしてだ？」

質問された七瀬の顔は、先ほどまでの空気は纏《まと》っておらずいつも通りだった。

「どうして、と言いますと？　入学後に与えられたクラスポイントの800ポイントを3か月間そのまま維持すれば、単純に24万ポイントになると計算しただけなのですが……」

不思議そうにする七瀬。

どうやら今年の1年生は去年のオレたちとはスタートラインが異なるらしい。

「オレたちが去年、最初に与えられたクラスポイントは1000だった」

「え？　じゃあ200ポイントも開きがあるということですか？」

「そういうことになるな。1年Aクラスや Bクラスはどうなんだろうな」

「同じ800ポイントだと思います。司馬《しば》先生はそう説明していました」

しかし何も通達がないのはどうしてだろうか。去年よりも与えられるクラスポイントが少ないと分かれば、多少不公平感を感じるはずだ。8万プライベートポイントでも十分大金だから、そこまで配慮しなかった？　いや、そうであるなら最初からそのことを通告するはず。下手に隠して後で不満を抱かれるよりも、そういうものだと割り切れるからだ。

去年と違うことが、分かっているだけでも他にある。

「生活態度がクラスポイントに影響を与えることは知ってるよな？」

1年Dクラスの担任である司馬《しば》先生がそれらしいことを口にしていた。

『学校のルールは耳が痛くなるほど叩《たた》き込んだはずだ』と。

「はい。遅刻や欠席、授業中の私語がクラスポイントに影響を与える、と」

クラスポイントを少なくした分、そういったルールを最初に開示することで5月以降のクラスポイントに配慮した可能性はあるか。ＯＡＡでは社会貢献《こうけん》性という部分が重要であることも分かるし、隠していても生徒たちは気を付けるだろうしな。

それで納得しようとしていたオレだったが、七瀬《ななせ》は少し考え込んでいた。

そして何かを思いついたような顔を一瞬見せたが、すぐにそれは消える。

ちょっとした仕草。ここ数回、頻繁に顔を合わせていたからこそ見えたもの。

だがそれを七瀬が口にしない以上、追及するのは控えておく。

並んで図書室を出て、玄関にまでたどり着く。

「それじゃあ先輩、これで失礼します」

「七瀬。さっきのクラスポイントの件を教えてもらったお礼じゃないが、プロテクトポイントの存在については耳にしたことはあるか？」

別れ際、オレは七瀬を呼び止めてそんな話をする。

「プロテクトポイント、ですか？　いえ、初耳です」

「このプロテクトポイントを持っている生徒は、退学に値するペナルティを受けてもプロテクトポイントを使うことで守られるシステムのことだ。2年生の中でも、かなり限られた生徒しか持っていないから知らないのも無理はないが」

「そう、だったんですね……でもどうしてそんな話を私に？」

「情報をもらったからな。一応1つくらいお返ししておいた方がいいと思ったんだ」

それだけを伝え、オレは七瀬と別れる。

この話を生かせるのかどうか、オレは七瀬の技量を試すことにした。

4

時間はかかったが、七瀬の献身的な協力のお陰で強引ながら宝泉《ほうせん》を交えた話し合いをすることが決まった。全く予断を許さない状況だが、確実な前進と言えるだろう。

午後6時少し前に、部屋のチャイムが鳴った。

丁度寮に戻って来たところなのか、恵《けい》は私服ではなく制服姿だった。

「なんか、この時間人の出入りが多いから色々気を遣ったわよ。階段使うとかしてさ」

男子の部屋に1人で出入り、しかも長時間入り浸る女子は、そう多くないだろうしな。

それこそ付き合ってる男女でもない限りは多く発生しない。

「じゃあ早速始めるか」

「えー。もうちょっとなんかあるんじゃない？」

そう言って勉強道具を出そうとせず、恵《けい》は雑談をしたいという要望を出してくる。

だが、時間は有限だ。特に遅くなればなるほど勉強の時間は削られていく。

「恵の学力に問題がないなら、幾《いく》らでも雑談に付き合ってやるから」

「むう……」

「ひとまず、どこが得意でどこが不得意なのかを見極める必要がある」

「見極めるってどうやって？」

「それがこれだ」

オレは5枚のテスト用紙を取り出す。それは啓誠《けいせい》がグループ用に作成してくれた、得意不得意をチェックするために作られたもの。取り掛かる時間のことを考え問題数を厳選した非常に便利なものだ。堀北《ほりきた》や洋介《ようすけ》たちの勉強会にも、これは取り入れられている。

「クラスメイトの大半は、これでチェックを済ませてる」

「へえ……」

「制限時間は1枚10分。早速始めてくれ」

「あーい」

嫌そうに返事しながら恵がテストに取り掛かる。

そして50分が経《た》ち、ぐったりしたように恵が机に倒れ込んだ。

「疲れたあああ……！」

「それでよく、普段のテストを集中して受けられてたな」

「だって今日はもう1日勉強した後じゃん。簡単にスイッチなんて入らないって」

そんな小言を聞きながら、オレは採点をすぐに終える。

「なるほど。恵の実力はよく分かった」

「ど、どうだった？」

自分の力量が分からないからか、期待と不安の入り混じった瞳がオレを見る。

「明日から洋介の勉強会に参加確定だ」

「えええー！」

「慌てるようなことじゃない。むしろ、このまま勉強しないと退学と背中合わせだぞ」

「で、でもさ。パートナーの島崎《しまざき》さんはB－よ？　大丈夫じゃないの？」

「今回の特別試験で必要な点数は501点。勉強不足の恵が200点前後、島崎が350点前後だ。合計550点が安全圏だとは到底思えない。それに島崎がおまえのように勉強嫌いだったら、下ブレして300点ほどになることだって大いにある」

そうなれば、当落ラインである500点を切る可能性も、十分にあるだろう。

「なんか急に怖くなってきたかも……」

「だから早めに250点、確実に取れる環境を作ることが大切なんだ」

効率良く勉強すれば、D＋の生徒でもそれくらいは点数が取れるように作られている。

「あのさ、ちょっとした疑問なんだけど」

「疑問？」

「あたしに教えてくれようとしてるけど、清隆《きよたか》の学力は一応Cなわけじゃない？　普通っていうか。実際はさ……もっと取れるってことよね？」

「そういうことになるな」

「喧嘩《けんか》の強さもそうだけど、どうしてそこまで隠してるわけ？」

「目立ちたくないから、無理して点数を取らなかっただけだ」

「じゃあさじゃあさ、もし本気出したら何点くらい取れると思う？」

「さあな」

「誤魔化《ごまか》さないで教えなさいよ～」

ぐいぐいとオレの肩を押して、笑みを見せながら聞いてくる。

「明日からちゃんと勉強会に顔を出すなら答えてやってもいい」

「出す出す。あたしも今日の話でしっかり危機感覚えたから」

「何点取れるかはさておき、何点取るかは決めてる」

「な、なにそれ。なんか凄《すご》い言い方だけど」

全5科目。1科目は堀北《ほりきた》との勝負が待っているため、一切の手を抜くつもりはない。

だが、全教科同じように全力で取り組めばこれまでの周囲の評価は一変する。

「400点」

「……マジ？　400点って確か……」

「学力A相当だな」

クラスでも堀北や啓誠《けいせい》など優等生の数名しか届かないであろう領域。

正確には400点近く、と言った方が正しかったが訂正まではする必要はないだろう。

「と、取ろうと思って取れるわけ？」

「当たり前のことだが、入学してから一度も解けないと思った問題はない」

今回の試験内容にどれだけ高い難易度の問題が含まれているかは知らないが、ホワイトルームで受けてきた勉強に比べれば中の下が良いところだろう。

ほえー、と理解の及ばない感じで聞いていた恵《けい》を現実に引き戻す。

「全部見えてるからこそ、危機感を覚えて集中するように」

「じゃあ……ちょっとここで勉強して帰ろうかな……」

まだ時刻は7時になったばかり。1時間ほどでも取り組んで悪いことはないか。

明日、洋介《ようすけ》に恵の状況を伝える上でも役に立つだろう。

「分かった。じゃあ早速始めるか」

「こっちこっち」

「ん？」

向かい合わせのまま始めようとしていると、恵が自分の隣の床を掌《てのひら》で叩《たた》く。

「隣で教えてよ」

5

それから1時間と少し。

オレは恵《けい》にアドバイスを送りながら自室での勉強を行っていた。

基本的に地頭は良く、これまで真面目に学習に取り組んでこられなかったことが、足を引っ張っているような印象を受けた。だが、そのことをあえて指摘はしない。

幼いころから勉強と向き合わず逃げていただけなら注意することも出来るが、恵の場合は中学時代の虐《いじ》めによって正当な学校教育を受けられなくなった。

中学時代の『基礎』をキチンと学べていないから、高校での授業に苦労している。

そのことを考慮すれば、むしろよく健闘していると言えるな。

温かく指導して導いてやることが正しい判断だろう。

勉強することが苦痛ではないと感じるようになれば、須藤《すどう》同様に大きく成長を見せていくかも知れない。

「あれ……」

「どうした」

恵はふと、床をジッと見つめた。

そして数秒ほど床を見つめていたかと思うと、手を伸ばして何かをつまんだ。

小さなゴミや埃《ほこり》でも落ちていたのだろうか、そう思ったのだが……。

「コレ……なに？」

そう言って、オレの目の前に腕を突き出し、人差し指と親指で挟んだものを見せてくる。

それは赤みがかった長い1本の髪の毛。

「髪の毛、だな」

思ったことをそのまま口にすると、恵《けい》の顔がみるみる鬼の形相《ぎょうそう》に変わっていく。

「赤い髪！　しかも、長い髪！　どう見てもこれ女の子の髪よね！」

それはそうだろう。この長さはオレの髪としては物理的にあり得ない。

当然ながら髪質も全く異なる。髪の毛の落とし主はすぐに頭に浮かんだ。先日料理を作らせ食べて帰った天沢一夏《あまさわいちか》のもので間違いないだろう。

「誰を連れ込んでたのよ！」

クラスメイトなどに思い当たる節がなかったのか、そんなことを聞いてくる。

「これは、あれか？　嫉妬《しっと》的な……」

「悪い!?　あたしは清隆《きよたか》の彼女なんだからね！　色々監督する権利があるんだから！」

そんな権利があるのは初めて聞いた。だがひとつだけ教訓として覚えておこう。

女子を部屋に招き入れた後は、徹底《てってい》して掃除をしておくべきなのだ、と。

そんなことを学んだオレだったが、災難は続く。弁明をどうしようか悩んでいる最中、前触れもなく室内にこだまするチャイムの音。そして、ロビーの映像を映し出すモニター。

家主であるオレについて、恵も誰だか気になるのか画面を覗《のぞ》き込む。

そこにはニコニコと笑顔で手を振る天沢の姿が。

真っ先に反応したのはオレではなく、赤い髪の毛を握りしめたままの恵だ。

「赤い髪、見知らぬ女の子……」

もはや子供向け推理番組の謎解きに挑むようなもの。

オレが通話のボタンを押すよりも先に、恵の人差し指が伸びる。

「はい！」

あからさまな怒気を含んだ声。天沢はもちろんびっくりした様子を見せる。

「あれ？　４０１号室って綾小路《あやのこうじ》先輩の部屋……だよね？」

オレは強引に恵の腕を引き、応対を代わる。

「悪いオレだ。何か用か？」

前触れのない来客だが、このまま恵に対応を任せるわけにはいかない。天沢はともかく、人の行き来があるロビー前でオレと恵が一緒にいることを聞かれることが問題だ。

「あ、誰か来てるんだ？　出直した方がいい？　ちょっと話があるからお邪魔したいんだけどなー」

恵が睨《にら》みながらも、追い返せと命じず中に入れろとジェスチャーしてきた。

どうやら天沢が髪の毛の持ち主であるか、確信を得たいようだ。

「いや、大丈夫だ。入ってくれ」

オレはオートロックの解除ボタンを押し天沢《あまさわ》を中に入れる。

「いいのか？　ここにいることを他の生徒に知られて」

「……あ」

どうやら恵《けい》は頭に血が上っていて自分を見失っていたようだ。

今はまだ周囲に彼氏彼女の関係であることを秘密にすると言ってきたのは恵の方だ。

ここで下手に鉢合わせすると、その手の噂《うわさ》が立つ可能性がある。

「ま、今更、か。上手《うま》く誤魔化《ごまか》すしかないな」

どうせ声は聞かれてしまったわけだし、慌てて追い出しても然程《さほど》効果はない。

むしろ変な憶測を生む可能性を考慮しなければならないだろう。

1分ほどで天沢が4階に上がって来たようで、部屋の前のチャイムが鳴る。

「中に入れるから、とりあえず座って待ってろ」

「わ……分かった」

オレは玄関の扉を開け、天沢を迎え入れる。

「急に来ちゃってごめんねー、綾小路《あやのこうじ》先輩」

そんな風に顔を覗《のぞ》かせながら、ちゃっかり玄関先の靴を見る天沢。

この辺は何というか、実に女子っぽい視線だ。

「彼女？」

ニヤッと笑いながら真《ま》っ直《す》ぐな質問をぶつけてくる。

「用件は？」

「釣れないなぁ。実は先輩の部屋に忘れものしてるんじゃないかって思ってさ」

「忘れ物？」

「お気に入りのヘアゴムなんだけど、ちょっと見当たらなくって……」

紛失したことに気がつき、オレの部屋を訪ねてきたということか。

「じゃあちょっと入ってくれ」

立って待たせるわけにもいかないので、ここは中に入れることにする。

オレがせこせこ髪の毛に関して言い訳するよりも天沢に説明させた方が早そうだしな。

「おじゃましまーす」

先客がいることなど全く気にせず、天沢が部屋に上がり込む。学校帰りなのか、鞄《かばん》を手に持ったままだった。そして座って待っていた恵と対面を果たす。

「あ、どもー。天沢一夏《いちか》でーす」

「どうも」

明らかな不機嫌顔だったが、それでも恵なりに堪《た》えた方だろう。

「先輩だよね？　お名前聞きたいなー」

「……軽井沢《かるいざわ》恵」

「軽井沢先輩だねー。あ、一緒に勉強してた感じかな。ひょっとして彼女とか？　さっき綾小路先輩にははぐらかされちゃったんで、聞きたいんだけど」

何でも迷いなく聞きたいことを聞けるのはちょっとした才能だな。

「あんたには関係ないでしょ？　って言うか、何なの？　清隆《きよたか》とどういう関係？」

下の名前で呼ぶ恵《けい》の態度に、当然何かを感じながらも天沢《あまさわ》が部屋を見渡す。

「ちょっとその質問の答えは待ってね。んー、ぱっと見はないよね。確か、先輩の部屋で1回外したんだよね～。うーん……もしかしたら、どっかに転がってったかも」

そう言って天沢は恵の睨《にら》みつけなど全く気にも留《と》めず、膝《ひざ》をついてベッドの下を覗《のぞ》き込もうとする体勢をとる。そうすると自然とお尻がこちらに強調され、丈が上がっていく。

「あ……先輩。エッチな感じになっちゃうかも」

わざとやってるんじゃないかという口調で、こちらを振り返る。

機敏《きびん》に首を反応させ、恵はオレを睨み出す。

「オレが探してみる」

オレはまず、ヘアゴムがベッドの下に入ったりしていないか捜索《そうさく》を始める。

「ちょっと、無視しないでくれる？　質問に答えなさいよ」

「んーと、綾小路《あやのこうじ》先輩はあたしの……んー、なんて言えばいいのかな。専属料理人？」

「は？　なにそれ」

理解できない内容に、恵はまたもオレを見てくる。先ほどよりも厳しい目つきで。

「須藤《すどう》のパートナーだ。ちょっとしたことから知り合いになって、一度料理を振舞った」

「ごめん全然意味わかんないんだけど。なんで須藤くんのパートナーに料理するわけ？」

確かに、概要だけを聞けばわけがわからないのも無理はない。

オレはベッド下からヘアゴムを探しつつ、改めて恵に説明する。

「一応台所の方も見て来ていいかな？　洗い物する時に外したかも知れないし。あ、先輩は引き続き室内の捜索をお願いね。クローゼットの下とか」

「分かった」

ベッドの下には転がっていなかったので、今度はクローゼット付近を探し始めた。

「ちょっと……ヘアゴムがあるかもとか……どういうこと⁉」

詰めてきた恵が、小声でオレに確認を取って来る。

「言っただろ。天沢を一度招いて料理を作ったって、それだけだ」

「ほ、ホントにそれだけでしょうね？」

「当たり前だろ」

「……ホントにぃ？」

口で説明しても、そう簡単には信じてもらえないようだ。

「あの子にもちゃんと確認させて」

そう言って立ち上がろうとする恵の腕を、オレは力強く掴《つか》む。

そして素早く人差し指を唇《くちびる》の前に持っていき静かにするように指示を出した。

こんな時、頭の回転の速い恵は無駄に騒ぎ立てたりしない。

「おまえもこの付近を捜してくれ」

「わ、分かったわよ」

こちらの意図を理解せずとも、重要なことだとだけ理解したようで捜索《そうさく》を手伝い始める。

「あ！　綾小路《あやのこうじ》先輩、天沢《あまさわ》のそんな声が響いてくる。

台所の方から、天沢《あまさわ》のそんな声が響いてくる。

オレと恵《けい》が同時に台所を覗《のぞ》き込むと、ヘアゴムを手の平にのせた状態で見せてくる。

「キッチンと冷蔵庫との隙間《すきま》に落ちちゃってたみたい」

そう言って嬉《うれ》しそうに笑うと、それをポケットにしまった。

「なんかあたしお邪魔みたいだし、すぐに帰るね」

「バタバタしてて悪いな」

「ううん。元々あたしが忘れてったのがいけないんだし、それじゃ、お邪魔しましたー」

すぐに鞄《かばん》を持つと、天沢は玄関で靴を履《は》く。

「でも先輩も隅におけないねー。こんな可愛《かわい》い彼女がいると思わなかったよ」

そう言った後で、人差し指を自分の頬《ほお》に当て考える。

「そう考えるとアレだね。今度料理を作ってもらう時に二人きりは良くないね」

「当たり前でしょ！」

「なら——今度は軽井沢《かるいざわ》先輩も一緒にご飯を食べるってことで。それじゃ、サヨナラ～」

嵐のようにやってきて、嵐のように去っていった天沢。

「随分《ずいぶん》可愛い後輩と知り合いになってたみたいね、清隆《きよたか》」

「今何を言っても、おまえには聞き入れてもらえないんだろうな」

もはや勉強を教えるという空気でもなくなりつつあったが、恵が納得するまで繰り返し本当のことを説明するしかないだろう。

6

金曜日が過ぎ、休日である土曜日がやって来る。

平日の5日間は特別試験の影響もあって、とにかく後輩と絡む機会が多かった。1年Aクラス天沢との出会いから須藤《すどう》のパートナー確保のために挑んだ手料理、そして七瀬《ななせ》と1年Dクラスの契約を結ぶための話し合い。オレから縁遠いところでは、櫛田《くしだ》が1年Bクラスの八神《やがみ》と話し合いをし、少数だが友人を紹介してもらうことで恵などの生徒がパートナーを決められた。今回の特別試験をどう判断するかは見る者の視点によって変わるだろうが、学年を越えた交流という意味では非常に意義があるものかも知れない。

既に多くの生徒が先輩後輩の顔と名前を認識し、かつ成績まで把握《はあく》している。

そして各クラスがどんな傾向を持っているかも判明してきた。

1年Aクラスは明確なリーダーを現時点で抱えておらず、それぞれが自由に立ち回っている印象が強い。それが許されている理由の1つは、クラス全体の学力が高いことが挙げられる。Aクラスの名に恥じずB－以上の生徒数が4クラスの中で一番多い。学力の高い生徒の多くは独自に交渉をし、2年Ａクラスと2年Ｃクラスとのポイント契約を結んでいる。また学力Ｄに分類される生徒も当然存在しているが、多芸に秀でるなどしているため、それを2年Ａクラスが拾い上げている。40名中既に34名がパートナーを確定させている状況だ。

　1年Ｂクラスも1年Ａクラスと傾向は似ていて明確なリーダーはまだ存在しない。そして学力の高い生徒は自分たちを売り込み次々とパートナーとして成立させている。違いはパートナー先が2年Ａクラスではなく2年Ｃクラスが多いこと。龍園《りゅうえん》たちが坂柳《さかやなぎ》よりも高額なポイントを提示したことによる影響だろうか。詳しい状況は今のところ不明だ。現在33人がパートナーを決めている。

　1年Ｄクラスは宝泉《ほうせん》が強硬姿勢でクラスを統括《とうかつ》している。これは去年のオレたちで言えば龍園のやり方とほぼ同じ。気になるのは全クラスで一番パートナーを決めていないクラスでもあることだ。詳しいことは、日曜日に会うことで分かって来るだろう。

　そして最後に、1年Ｃクラス。この1週間でオレが全く絡むことのなかったクラスだ。生徒の名前は既に頭に叩《たた》き込んでいるが、堀北《ほりきた》からも1年Ｃクラスが話題に上ることはない。その最たる理由はどこにあるのか。それは2年Ｂクラスの一之瀬《いちのせ》主導による交流会が行われてから、1年Ｃクラスの多くの生徒がパートナー契約を結んだことが挙げられる。まだ10人がパートナーを確定させていないが、その中に学力Ｄ－以下の生徒は0人。つまりほぼ全員安全な位置を確保することに成功しているクラスだ。恐らくはクラスのまとめ役が存在し、交流会を利用することで上手《うま》くクラスメイトを救ったのだろう。

昼過ぎ、オレはOAAを立ち上げ、今日時点までのパートナー成立者を見ていた。

「パートナー成立は105組。7割近く、か」

昨日の図書室での人数などを見れば、やはり週末までにケリをつけておきたいと思った生徒が大半だったことが分かる。1年Dクラスにも更に動きがあったようで、これで合計8人がパートナーを確定させた。週末になることで宝泉に焦りが出たのか、それとも……。

ともかく相手の決まっていない残りの生徒は1年が55人、2年が52人。

この中にホワイトルーム生が残っているのなら、結構な高確率になってきている。

正直なところ、確実にホワイトルーム生を選ばずにいられる保証はどこにもない。

もちろん、その理由は相手が一切の匂いを発しないからに他ならないのだが。どこかで安全だと判断できる材料が出てくることを期待して引っ張ってきたが、それもそろそろ限界が近い。これ以上大きく選択肢が減る前に、オレは決断しなければならないだろう。

1年Dクラスとの交渉が近いとはいえ、それ以外の選択肢も用意したいところだ。

オレは可能性を広げるため、土曜日の昼過ぎにケヤキモールを目指すことを決める。

7

土曜日のケヤキモールは、当然ながら多くの生徒で溢《あふ》れかえっている。

特に特別試験でパートナーを確定させた生徒は、その点においては焦る必要もないため、来週の筆記試験本番に向けて友人と勉強に励《はげ》んでいたり、息抜きに遊んでいたりと様々だ。1年生全員と接触したわけじゃないが、それでも少なからずホワイトルーム生がいるなら近くで遭遇したと思われる。だが、肌で感じるような直感のようなものはなかった。

強《し》いて挙げるなら図書室での七瀬《ななせ》とのやり取りくらいなもの。恐らく月城《つきしろ》かあるいはその近くの人間が、徹底《てってい》して『学生』であることを学ばせたのだと考えられる。それが癖《くせ》のあるキャラなのかそうでないのかは問題じゃない。

ホワイトルーム生であることの匂いを徹底して隠している。

1年前。オレがこの学校に入る時も少しだけ似たような状態だった。

世間を一切知らずに育ったが故のデメリット、欠点。

それは『学生』がどんなものであるかを知らないこと。

学校に通わせる予定の無かったホワイトルームでは、当然教わらなかったことだ。

だからオレは短い期間の中で、適当に『演じる』ことを決めてキャラ作りを行った。

普段の自分よりもお喋《しゃべ》りになったり、口調を変えてみたりと色々試した。

やや世間をうがった見方をする、少し生意気な生徒として。

まあ……結局演じることを面倒に感じて、すぐに素の自分に戻ったわけだが。

それは、素である自分を隠さずともこの学校で『学生』としてやっていけることを理解したからだ。だが、今回送り込まれているであろうその人物は違う。

オレに正体を気取られないように、嘘《うそ》の学生に擬態《ぎたい》している。それが癖のある生徒なのか無個性の生徒なのかは分からないが。恐らく簡単にボロは出さないだろう。

あの世界で生き残り続けてきたのから、男女問わず侮《あなど》ることは出来ない。

個々の技量で勝っている自信はあっても、基本的に防戦を強いられるためこちらが圧倒的に不利な状況。向こうは如何《いか》なる方法であれオレを退学に追い込めばいいが、こちらは相手の戦略を見た上で防ぐしかないからだ。

そんなオレはハミングに立ち寄ったその帰り、坂柳《さかやなぎ》と偶然鉢合わせする。

「最近は、随分《ずいぶん》と積極的に1年生に絡んでいるようですね、綾小路《あやのこうじ》くん」

「今回の試験、成績下位の生徒は死に物狂いで食らいつかないといけないからな。須藤《すどう》や池《いけ》のパートナーを見つけるために、堀北《ほりきた》に協力してるだけだ」

「なるほど。確かに彼らが1年生のハズレを引き当てれば、即退学ですからね」

一定の納得を見せる坂柳だったが、それだけでは終わらない。

「ですが、本当にそれだけですか？」

「と言うと？」

「綾小路くんを退学させるため、1年生からホワイトルーム……あるいはそれに近しい刺客が送られて来ているのではないかと思いまして。満点を取っても、1年生が0点を取れば綾小路くん共々退学になる。厄介な特別試験だなと、勝手に想像を膨らませていたのですが」

とぼけたフリをしてみたが、坂柳《さかやなぎ》の中では単なる思いつきというよりはそうなることが必然と、最初から理解していた口ぶりだ。

「いつまでも平穏な学校生活は続かないのではありませんか？　相手がその気になれば、綾小路《あやのこうじ》くんの実力を周知させることも平気でしてくるでしょう。それでも楽しい学校生活を維持できるのなら、杞憂《きゆう》に終わってくれるのですが」

「なら、その点は心配ないな」

「その根拠をお聞かせいただいても？」

「今までの考え方は一度捨てるつもりだ。オレはこの先出し惜しみするつもりはない」

学校生活を続けることが、今のオレにとって最優先すべきこと。

中途半端なことにこだわり続ければ足元をすくわれかねない。

「なるほど。既に真嶋《ましま》先生を始め特定の方には一部お見せしているわけですから、思い切ってすべてをさらけ出してしまった方が好都合なことも出てくるというわけですね」

嬉《うれ》しそうに話しに耳を傾け、答える坂柳。

「本題です。もしパートナーがまだ決まっていないのであれば、手間を省くために力をお貸ししましょうか？　僅《わず》かにですがパートナー確定を決めていない1年生に心当たりがあります。綾小路くんに差し出しても悪影響のない子たちですよ」

坂柳なりに調べ、白だと判断した生徒をわざわざこの段階まで残してくれているようだ。

「随分《ずいぶん》と気前がいいんだな。けど遠慮しておく」

「私の判断では信用がありませんか？」

そろそろ決断をしなければならないこちらの事情は、とっくに見抜いているわけだ。

「おまえの実力は認めている。だが自分の運命は自分で決める」

誰かに身を委《ゆだ》ねたあとに死んでしまえば、後悔しか残らないだろう。

「それに、どう戦うかの方針はある程度固まった」

「そうですか。であれば、これ以上野暮《やぼ》なことを言うのは止《や》めにしましょう。綾小路くんがどのように戦うのか、遠目に拝見させていただくことにします。早く再戦出来る日を楽しみにしていますね」

そう言って、坂柳は頭を下げどこかへと歩いていった。オレが退学するなどとは全く考えてもいない。ある意味で絶大な信頼を寄せられているというわけか。

8

そんなケヤキモールからの帰り道。

「あの、ちょっといいですかー？」

どこか間延びしたような声が、背後から聞こえてきた。

振り返ると男女がオレの方をジッと見ている。女子の方は携帯とオレとで視線を交互させているようだった。1年Cクラスの椿桜子《つばきさくらこ》。そしてもう1人も同じクラスの宇都宮陸《うとみやりく》だ。

「2年Dクラスの……綾小路《あやのこうじ》先輩、ですよね？」

携帯に表示されている画面は角度上見えないが、恐らくOAAを開いていると思われる。

「俺は宇都宮《うとみや》、こっちは椿《つばき》と言います。パートナーに関して少し話を出来ませんか」

「パートナーに関して？」

「はい。今、学力C以上の協力してくれる先輩を探して声を掛けて回っているところです」

パートナーを探して出歩いていたオレを待ち望んでいたかのような、出来すぎた展開だ。

露骨に接触してきた人間を危険とみるか、逆に安全とみるか。

いや、そういったタイミングだけの問題で推《お》し量《はか》るのが一番危険だろう。

「オレもパートナーを見つけられず苦労してたところだ。聞かせてもらってもいいか？」

アプリでは生徒の顔や名前、成績は把握《はあく》できるが性格までは当然分からない。だからこそ、直接会って話をすることで、互いに信用できる人間かを判断する必要がある。

ちなみに、宇都宮はパートナーが既に決まっているが、椿は見つかっていない。彼女の学力はC－とけして高くないため、まさに学力C以上の2年生と組みたいところだ。

2年生でC以上の学力を探しているようだが、果たして椿のパートナーなのか、それとも同じCクラスの別の生徒のなのか。

「立ち話も何なので、カフェでもどうですか」

話を主導する宇都宮は、キチンと敬語を使いながらオレに提案する。

確かに、1、2分で判断するようなことではないため、それを受け入れ場所を変える。

混雑していたがカフェの空きスペースの一角を陣取る。

「早速ですが、お話を聞いていただけますか」

宇都宮《うとみや》が椿《つばき》の方に視線を向け、話をするように合図を出す。

「私、貸しとか借りとか作るのが嫌だから。だから後腐れのない関係を結びたいの」

どこかサバサバした感じで、椿は自分の爪を見ながらそう言った。

学力Ｃ－とＣなら確かに誤差のようなもの。

そこには優劣なんてものはほぼ生まれない。

「気になることを聞いてもいいか」

「もちろんです」

「学力Ｃ前後の生徒は一番割合が多い。どうしてすぐに決まらなかったんだ？」

高得点は取れないが退学も避けられる。

２年の中には喜んで椿と組んでくれる生徒もいたはずだ。

後半に折り返しそうなこの状況まで、売れ残っていることが気にかかる。

「それは――――」

少し言葉を詰まらせる宇都宮。

それを見て、椿が初めてまともにオレと目を合わせた。

「私が悪いの。何も言わなかったから」

そんな言葉を皮切りに、宇都宮が補足する。

「当初椿はパートナーを見つけることに対して誰にも相談していなかった。金曜日になって椿も焦りだしたのか、初めてどうしたらいいかを相談してきてくれたんだ……です」

それで急遽《きゅうきょ》、クラスメイトの宇都宮が椿に協力する形で行動を始めたということか。

Cクラスの多くはパートナーを決めてしまっているようだしな。

まだ1週間残されているとはいえ、焦るのも無理ないかも知れない。

「椿の学力で、5%のペナルティは問題になる可能性がありますからね」

それが、学力Cであるオレに声を掛けてきた理由のようだ。

これが普通の状況であれば、特に迷うことなく快諾したかも知れない。

しかしオレには、即断することが出来ない理由がある。この特別試験が始まった直後、ルールを聞いた時に想像したパターンと酷似《こくじ》しているからだ。

学力Cであるオレがもっとも組める確率が高い生徒は、同じ学力の生徒であること。

そして今、こうして学力C－の椿がパートナーを求めてやって来た。

椿も宇都宮も、今ここで知り合ったばかり。まずは2人の腹の内を探らないとな。

「少し話を聞きたいんだが、パートナーを探して声を掛けて回っていると言ってたな。オレの前に声を掛けたのは何人なんだ？」

その部分から突いていこうと思うも、宇都宮から予定外の返答が戻って来る。

「すみません、少し卑怯《ひきょう》な言い回しをしました。実は綾小路《あやのこうじ》先輩が最初の1人なんです」

こちらの思惑を断つかのように、宇都宮はそう謝罪してきた。

「なので綾小路《あやのこうじ》先輩が組んでいただけないということになるようなら、別を探します」

「たまたま最初に声をかけたのがオレだった、と」

「偶然ではありますが、綾小路先輩が最初になったのには理由もあります。2年Aクラスや2年Cクラスの中からお願いすると、プライベートポイントの要求があるかも知れないと考えたからです」

なるほど。確かに今は1年生が2年生に買われている状況。

そんな中で椿《つばき》と組ませてくれと要求するには、多少のポイントが絡んでもおかしくはない。だが、実際に要求するのは高い学力の生徒じゃない。溢《あふ》れている生徒はまだいるため、すんなりと組める可能性もあるだろう。そこまで頭が回らないわけでもないはず。

とは言え、パートナーが決まっていないオレが『大丈夫だと思うから2年Aクラスや2年Cクラスに当たってみたらどうだ?』と返すのも少々変な話だ。

客観的には、オレが椿と組むことに難色を示す理由は1つもない。

ここで取れる選択肢は限られてくる。

「オレはパートナーは決まってないが、一応候補になる生徒は見つけてる状況なんだ。今、実際に手を組めるかで何度か話し合ったりしている」

半分は嘘《うそ》だったが、それを確かめる術《すべ》はこの2人にはない。

そしてここであっさりと引き下がるようなら、白である可能性が高くなってくる。

「そう、だったんですね。……なるほど」

困った様子で、宇都宮《うとみや》は椿に視線を送る。

「それなら仕方ないんじゃない？　別の人、探した方が早そうだし」

こちらにパートナー候補がいると知るや椿が下がろうとする。

「参考までに……1年生の誰と組む予定なんですか？」

当人が引こうとしている中、宇都宮は食い下がるように聞いてきた。

「それは言えない。1つだけ確かなことは、1年Cクラスにはいないってことだ」

言えない理由は詳しく説明せずとも察するだろう。

互いにライバル関係である以上、敵に情報を与える真似《まね》は出来ないと釘《くぎ》を刺した。

「行こうよ宇都宮くん。綾小路先輩の時間、取らせても悪いしさ」

「……そうだな」

声を掛けてもらったことには感謝したいが即決することはオレには出来ない。

椿桜子《さくらこ》のデータが余りにも無さすぎる。

「一応、これは俺の連絡先です」

あらかじめ用意していたと思われる、宇都宮の連絡先が書かれた紙を渡される。

「勝手なことを言うようだが、もしパートナーを断られた時には声を掛けるかも知れない。その時にまだ組んでもいいと思ってくれるようだったら、よろしく頼む」

「分かりました。行こう椿」

宇都宮の言葉に椿は組んでいた腕を下ろし、立ち上がった。

それから軽く頭を下げ宇都宮《うとみや》と去っていく。オレ以外の候補者を探すんだろう。

「椿桜子《つばきさくらこ》に、宇都宮陸《りく》。改めて覚えておかないとな」

パートナーを確定させるチャンスを捨てた以上、この先の行動が重要となる。

これで別の1年生と組んでハズレくじを引いたら笑えないからな。

9

その日、2年Dクラスの女子2人が並んで歩いていた。

あたし軽井沢恵《かるいざわけい》と友達の佐藤麻耶《さとうまや》さん。ほんの数か月前までは、一緒に遊ぶことが多かった2人。でもここ最近はその頻度《ひんど》が激減していた。特に、お互いに何か揉《も》めたというわけじゃない。あたしが無意識のうちに罪の意識を感じるようになったことで、接しにくくなっていたことがあったからだ。

「ごめんね軽井沢さん。急に呼び出しちゃってさ」

「ううん全然いいって。あたしも佐藤さんと遊びたいなって思ってたし。それにしてもさ、2人で遊びに行くなんて久しぶりじゃない？」

「うん、そうだねー。入学当初はさ、結構2人で遊びまわったりもしたよね～」

少し前を歩くあたしは、軽く首を捻《ひね》って後ろの佐藤さんにこの後のことを投げかける。

「それでどうする？ランチするには少し早い時間よね」

まだ時刻は午前11時を回ったばかり。

佐藤さんは電話をかけてきて、適当にケヤキモール周辺を歩こうという提案をしていた。

しかしいざケヤキモールの入口が近づいてくると、慌ててあたしに声を掛ける。

「あの、さ」

「ん？」

「ちょっと、こっちの方……行かない？」

佐藤さんはケヤキモールとは関係なく、校舎に続く道を指さした。

「学校？　何か用事あるの？　でも休みの日って確か私服じゃ入れないよね？」

「学校に用がある訳じゃなくって……今は他の人がいないところに行きたいなって」

あたしは佐藤さんの言いたいことが分からず、眉をひそめる。

ううん、もしかしたら、という思いはあった。

だけど頭の片隅に押しやるようにして、そんなはずはないと思い込もうとしていた。

あたしは何も気がついていないフリを続ける。

「どうしたの佐藤さん。なんからしくないって言うか、元気ない？」

「……ちょっと、話があって、さ」

嫌な予感はしつつも、ここで話を聞かないという選択肢はない。

あたしは快諾し、２人でケヤキモールから離れ校舎の方に向かう。

当たり前だけど人気はなくなり、ここでの会話を誰かが耳にすることはなくなった。

「遠慮せず話してよ。あたしたち友達でしょ？」

そんなあたしの言葉は、けして優しいモノなんかじゃない。とても酷《ひど》い言葉だ。

自覚していながらも、口にしないわけにはいかなかった。

あたしは軽井沢恵《かるいざわけい》。２年Ｄクラスで女子のリーダー的存在。

人の気持ちなんて深く考えず、自分のことを中心に考えている、自己チューな人間。

そうでなければ、これまでのことが崩れてしまう。

佐藤《さとう》さんも、あたしに抱いているイメージは今言ったそのままだろう。

だから落胆もしないし怒ったりもしない。

軽井沢恵ならお気楽に考えていて、何も見えていないのだと勝手に解釈《かいしやく》してくれる。

もしかしたら、それで自己完結してくれるんじゃないかって望みもあった。

わざわざ口にすることで、あたしと嫌な関係になるのを避けてくれるんじゃないかって。

でも——佐藤さんは止まらない。

「軽井沢さんってさ……どうして平田《ひらた》くんと別れたの？」

「えー？　理由言わなかったっけ？」

直接じゃないけど、清隆《きよたか》にも関係する話だけにあたしの心拍数があがる。

それでも、それを表に出さずにいられたのはこれまでの経験のお陰だろう。

「その、一応理由は聞いたけど、さ。ちょっとしっくりこなくって」

「そう？　まぁ、ちょっともったいなかったかなーって思ってるけどさ。もしかして平田くんの彼女の座を狙ってるとか？」

佐藤さんは既に清隆なんかは眼中に無い。

そんなことを期待しての、あたしからの確認のような言葉。だけどその言葉は佐藤さんの耳には届かず、背後から襲い掛かるような言葉を向けてくる。

「軽井沢さんが平田くんと別れたのって、本当は別の目的があったからだったりしない？」

ああ、やっぱり佐藤さんは気がついてる。あたしが清隆を好きになってしまっていることも、そして関係が変わってきていることも……。

「なにそれー。ちょっと言ってること分かんないんだけど？」

ここまでのあたしは、強引にいつも通りの自分を形成していた。

この先、遅かれ早かれ自分と清隆の関係をバラす日が来るとしても、伏せると決めていた以上、絶妙に逃げていくしかなかったからだ。

どんな言葉が飛んできても、表面上は上手《うま》く取り繕う覚悟を決める。

ううん、覚悟を決めたつもりだった。

「……軽井沢さん……綾小路《あやのこうじ》くんと付き合ってたりするの？」

「え……？」

だからこそ、不意の1発。背後から殴られたような攻撃に対応するのが遅れた。

他の子ならいざしらず、佐藤さんに対してはこの対応の遅れが致命傷になる。

当たり前のように、心を見抜かれる。

好きなの？　という言葉にならず、あたしはきっと耐えることが出来た。

だけど佐藤《さとう》さんの一言はその更に向こう。

「……やっぱりそうだよね？」

「ちょ、え、いやいや、なんでそうなるわけ⁉」

もちろん否定する。するつもりがあろうとなかろうと、否定する。

このタイミングでそんなことを認めるわけにはいかないからだ。

「あたしと、その、なんで……」

否定しようとするあたしの言葉は、佐藤さんの瞳に吸い込まれてしまった。

泣きそうな、だけど怒っている瞳。

当たり前だ。佐藤さんはあたしを信頼して、清隆《きよたか》との関係を相談してくれた。

そしてあたしもまた、清隆に惹《ひ》かれつつある事実を隠して協力した。その後で清隆と付き合ったなんて、あたしが佐藤さんの立場なら頰《ほお》を引っぱたいてるかもしれない。

もはや肯定なんてしなくても佐藤さんの中では確信に変わっていく。

「私が綾小路《あやのこうじ》くんとの仲を取り持って欲しいってお願いした時から狙ってた？　その前から好きだったの？」

「ちょ、ちょっと待ってよ。あたしは……」

放たれてしまった佐藤さんからの矢を、あたしはもう受けるしかない。

「私……松下《まつした》さんたちにも同じようなこと話した。軽井沢《かるいざわ》さんは、綾小路くんが好きだから平田くんと別れたんじゃないかって。でも、適当に言ったわけじゃないよ？　その、私なりに確信を持ってるから……そう、話した」

松下《まつした》さんが清隆《きよたか》とあたしの関係を疑っていることは、既に話に聞いている。

もはや言い逃れの出来ない状況だ。

「正直に話して。じゃないと、私……軽井沢《かるいざわ》さんのこともう友達として見れなくなる」

強い思いを秘めての、問いかけ。

むしろ、この子は最後の最後まであたしと友達でいようとしてくれてる。

「それは……」

真剣な佐藤《さとう》さんの瞳を、あたしはこれ以上裏切るわけにはいかなかった。

何から話せばいいのだろう。

いや、きっと隠したって仕方がない。

話せるだけの全てを、ここで佐藤さんに打ち明けることがせめてもの謝罪だ。

「あたし……あや……ううん、佐藤さんの言う通り、清隆と付き合ってる」

その言葉を聞いた佐藤さんは、当然強い反応を見せる。

一度告白し振られても、佐藤さんはまだ清隆を好きでい続けていた。

そんなことは、同じ人を好きになったあたしにだって分かっていることだ。

「清隆、なんて呼んでるんだ」

どこか冷めたような、そんな眼差《まなざ》しから逃げたい気持ちになったけど、逃げられない。

「付き合いだしたのは春休みの終わり。本当にちょっと前から」

「私が一番聞きたいのは、いつから好きだったのかってことだよ」

「……具体的には、分かんない。でも、佐藤さんに相談された時から清隆のことが異性として気になり始めてた」

「そっか……」

あたしの答えに満足したわけじゃないと思う。

「怒ってる、よね？」

先ほどまで真《ま》っ直《す》ぐに見つめていた佐藤さんの瞳を、あたしは見れなくなっていた。

「いい気はしないよね。私の気持ち知りながら、裏で綾小路《あやのこうじ》くんと距離縮めてたんだから」

その点に関しては、何一つ反論することは出来ない。

「ただ、私は告白して綾小路くんにフラれてるし……怒れる立場にはないよね。でも……」

春風が、あたしの目の前に優しく吹いた。

乾いた音が響いた後、左頬《ほお》を引っぱたかれたことに気がつく。

「これでチャラ……ってことで納得してくれるかな、軽井沢さん」

彼女があたしを引っぱたくのは、ちょっと想定外だった。

それだけ佐藤さんの中で、あたしのしたことは許しがたいことだったんだろう。

「もう1発くらい、いっとく？」

あたしはこの際と思い右の頬も差し出すことにした。

これでもまだ、佐藤《さとう》さんの受けた痛みはあたしよりも大きいから。

「いや、それは……ちょっと勇気足らないかな……っていうか、叩《たた》いてごめん……」

「ううん。あたしこそごめん。佐藤さんと同じ人、好きになっちゃったから……」

「仕方ないよ。綾小路《あやのこうじ》くん格好《かっこ》いいし、平田《ひらた》くんより全然イケてるもん」

あたしは思わず、佐藤さんを両手いっぱい広げて抱きしめてしまう。

「わ、ちょ、何軽井沢《かるいざわ》さん⁉」

「……ほんっとごめん！」

「い、いいってばもう……」

あたしは申し訳ない気持ちが沢山と、そして嬉《うれ》しさを堪《こら》えきれず行動してしまった。

同じ人を好きになるって辛《つら》いこと。だけど、相手の魅力を分かってるってことでもある。

勝ったとか負けたとか、言ってられるような状況じゃない。

きっとこれからも、清隆《きよたか》の魅力に気づいていく人は増えていくから。

あたしは、それに負けないように戦わなきゃならない。

彼女というポジションに甘えていたら、きっと足元をすくわれる。

もしかしたら、そのライバルが佐藤さんだってこともあるだろう。

「お茶、しにいかない？」

そんなあたしの我儘《わがまま》な言葉を、佐藤さんは腕の中で頷《うなず》いて許してくれた。

○退学の足音

日曜日の午後8時半過ぎ。七瀬《ななせ》から指定された日がやって来た。

今日の話し合いで1年Dクラスと手を組めるかどうかが決定する可能性が高い。

いや、組めるように動かなければならない。

既に1年Dクラスと2年Dクラス以外の大体の生徒がパートナーを決定している。

この話し合いでまとまらなかった場合、ペナルティを避けるためにこちらは大きな譲歩を強《し》いられることになる恐れもある。

話し合いにはオレと堀北《ほりきた》、そして本人の強い希望で須藤《すどう》が同行することになった。

堀北と一緒にいたい気持ちも多少はあっただろうが、大きな部分は宝泉《ほうせん》を警戒してのことだろう。状況次第では平気で女にも手を上げることが予想される。それを守るための護衛役。当然堀北は必要ないと突っぱねたが須藤は食い下がった。しかし今回、堀北は何度頼まれても須藤に許可を出さなかった。それだけ真剣な交渉の場になることが予想され、須藤の存在が足かせになると判断したからだ。しかし、その判断にオレが待ったをかけた。

その理由は万が一不測の事態に陥《おちい》っても、須藤がオレの代わりに動いてくれるからだ。

須藤の実力なら十分、その場を収めることも出来るだろう。

結局、堀北は絶対に話し合いでキレたり恫喝《どうかつ》しないことを条件に同行を許可した。

「オッス！」

待ち合わせ、寮のロビーに降りてくると、既に須藤《すどう》はソファーに座って待機していた。

しかもオレにも明るく元気な笑顔を見せてくる。

少しだけ訂正しないといけない。

多少、ではなく堀北《ほりきた》と一緒にいたい気持ちは大きくあったようだ。

「テスト勉強の方は順調なのか？」

「当たり前だろ。悪いが俺は今回、最低でも250点は取るつもりでいるぜ」

現段階で学力Ｅ査定《さてい》の須藤が250点以上取れば、それはもう大金星と言える成果だ。

来月以降ＯＡＡでの学力判定がＣ前後に跳ね上がることもある。

口先だけではなく、自信の裏付けを示すだけの努力はしている様子。

遅刻も大幅に減り、授業態度も真面目そのもの。

「随分《ずいぶん》と変わったというか……勉強が好きになったみたいだな」

「好きなわけじゃねえよ。けどよ、問題が解けると結構楽しいってのはあるな。それに、鈴音《すずね》が褒《ほ》めてくれるだけでどこまでも勉強する気力が湧いてくるからよ」

入学当初のトゲトゲしい感じも落ち着きを持ち始めた。すぐにカッとなる癖《くせ》は簡単には直らないようだが、堀北がいることで踏みとどまれるのなら及第点だ。

ウキウキが抑えられないのか、立ち上がってエレベーター内のカメラを見る。

そしてまた座り、携帯を触ったり髪を触ったり。しばらくしてまた立ち上がる。

人生初のデートに出かけるような、そんな少年の心境なのかもしれない。

「なあ綾小路《あやのこうじ》」

オレが見ていたことに気付いた須藤が、監視映像を見ながら呟《つぶや》く。

「もし俺が今の段階で告白して、それを鈴音がオッケーすると思うか？」

横顔から覗《のぞ》かせる表情はいつの間にか真剣なものに変わっていた。

その須藤に対し、適当に答えるわけにはいかないだろう。

「多分無理だな」

落胆するかも知れないが、それが第三者から見た純粋な気持ちだ。

きっとその答えに満足しないだろう、そう思ったのだが……。

「だよな」

分かっていた、というように須藤は眉一つ動かすことなくオレの答えに同意した。

「鈴音自身が、愛だの恋だの言うタイプじゃねえってのも分かってる。けどよ、そういうことだけじゃなくて……今の俺になんて魅力を感じてるはずがないからな。これまで、どんだけ生意気に鈴音、いやクラスの連中に迷惑をかけてきたか」

それを考えれば、堀北が付き合ってくれるわけがないと言った。

「今頑張ってはいるけどよ、それでクラスにかけた負担が帳消しになったなんて当然思ってねえ。これから2年間、俺は俺の長所を伸ばして、それから短所を少しずつ無くしていく。そしたら、きっと卒業するころにはクラスの役に立ててるはずだ」

「そうか。そうかもな」

類稀《たぐいまれ》な身体能力を持つ須藤《すどう》だからこそ、クラスにとって重宝《ちょうほう》する存在になりうる。

洋介《ようすけ》や櫛田《くしだ》のようなくてはならないピースに成長できるだろう。

冷静に自分を見つめられるようにもなってきた。

そんな須藤だからこそ、オレは聞いてみたいことが浮かぶ。

「もし努力して、おまえがクラスで一番の功労者になったとして……それでも堀北《ほりきた》が振り向かなかったら、その時はどうする？　勉強なんて嫌になるか？」

努力が実を結ばないと知った時、人は堕落する可能性を秘めている。

特に、須藤は堀北のために頑張ろうとしているからだ。

「そりゃ止《や》めたくなるんじゃねーの？　つーか死にたくなるかも。もしかしたら誰か殴りたくなったりするかも知れねぇ。けどよ、実際にそんなことしたら鈴音《すずね》ががっかりするだろ？　勉強投げ出したり、暴れたりしたら超ダセーよ。それはまっぴらごめんだな」

立派な言葉だ。もちろん、意思は本物だろう。だが実際に真価を問われるのは、それが現実になった時。どれだけマイナスを想定して受け身を取る覚悟を持っていても、痛みが襲ってくれば変わってしまうことは大いにある。

とは言え、今の段階でこれだけ言えてるのなら、ひとまず心配はいらないか。

「おっ、来たみたいだな」

エレベーターに乗り込んだ堀北の姿が見えた。どこか浮足立っていた須藤は、自分を落ち着けるためにその場を一度離れエレベーターに背を向けると、ラジオ体操に取り組むような形で腕を前から上、斜めに開きながら深呼吸を始めた。

ほどなくして深呼吸中にエレベーターが1階に到着する。

「お待たせ。須藤くんは何をしてるの？」

「深呼吸だそうだ」

ちょっと不思議そうな顔を見せた堀北だが、すぐにいつもの硬い表情に戻った。

目的の集合場所はケヤキモール内にあるカラオケ。平日休日共に、最大で22時までの利用が認められているため、遅くまで遊べる場所として人気だ。カラオケと言えば、当たり前の話だが娯楽施設の1つ。ストレス発散や友人とのお喋《しゃべ》りのために利用されることが多い場所だが、この学校においてはもう1つ大きな役割を持っている。

それは機密性の高さ。誰の目に触れることなく詳細な打ち合わせをするのに適している。

学校の敷地内で他人に悟《さと》られず密会するのに、もっとも手軽な場所だ。

機密性だけで言えば寮の自室に勝るものはないが、どうしても特定の人物に限られる。

来週には試験も控えているため、今日のこの時間はあまり人の気配は感じられない。

密《ひそ》かに宝泉《ほうせん》と話し合いを持つにはベストなタイミングとも言える。

「なあ。あのクソ生意気な1年、本当に仲間に出来るのかよ？」

「協力関係に出来ると思っていなければ、最初から時間を割いたりしないわ」

それはもっともな話だ。可能性があると判断したからこそ、今こうして出向いている。

「今の時点で、大半の優秀な1年生は坂柳《さかやなぎ》さんや龍園《りゅうえん》くんに押さえられてしまっている。そして一之瀬《いちのせ》さんが声をあげて弱者の救済を行っている。私たちが入り込むには、ポイントか信頼で戦うしかない」

「坂柳たちにポイントの勝負じゃ勝てねぇし、信頼も一之瀬には勝てねぇ……だよな」

「ええ。だからこそ宝泉《ほうせん》くんの存在は、私たちにとってピンチでもありチャンスなのよ」

Aクラスの魅力的な称号も、中途半端なプライベートポイントにもなびかない。

そして一之瀬の救いの手に対しても、宝泉は見向きもしていない。

だからこそDクラスのオレたちにも、可能性が巡って来る。

「どこまで譲歩せずに契約を結べるかだな、争点は」

「そうね。時間がなくなればなくなるほど焦るのは私たち2年生の方。既に多くの生徒がパートナーを見つけている以上、不利になるのは避けられない」

宝泉の突き付けて来るであろう条件を蹴《け》れば、あいつは容赦《ようしゃ》なくランダムに組ませる方向に舵《かじ》を切る。自分のクラスメイトがペナルティを受けることなど危惧《きぐ》したりはしない。

どう宝泉に挑むのかお手並み拝見だな。

1

「ところでよ。待ち合わせは9時だよな？　少し早すぎたんじゃねえのか？」

時刻はまだ9時を迎える前で、約束の時間まで30分ほどある。

「いいのよ。先に着いておきたいから」

その理由がイマイチ理解できなかった須藤《すどう》だが、余計な口は叩《たた》かずついてくる。

精神的余裕を持つためか、あるいは何か罠《わな》のようなものを警戒してか。

所詮は1年と考えている須藤に対し、堀北《ほりきた》に気の緩《ゆる》みのようなものは一切見られない。

過剰すぎるくらいの警戒心だが、宝泉という生徒相手なら手厳しいとも言えないかもな。

店員から部屋番号の記された紙とボードを受け取り室内に入る。

「七瀬《ななせ》さんに伝えておいてもらえるかしら」

「分かってる」

オレは七瀬にメッセージを入れ、既に入店している旨を伝える。

特に驚くこともなく、予定の時刻までには着きますとの返答を受けた。

「先に私たちの分のドリンクを頼んでおきましょう」

「待たなくていいのかよ」

「いいのよ」

それぞれがドリンクメニューを決めた後、今度はフードメニューにも目を通す。

「必要なら頼んでもいいわ。何か必要かしら?」

「じゃあポテト。いいのかよ」

「いいのよ」

堀北《ほりきた》は室内に備え付けられた固定電話から、希望のドリンクとフードを伝える。

ちょっとしたメニューを頼んだことから緊張感の緩《ゆる》みを感じた須藤《すどう》はマイクを握る。

「えーっと、じゃあ時間まで暇だし1曲2曲歌うか？」

「歌わないわよ」

「歌わないのかよっ」

先にカラオケに着いたことと、飲み物や食べ物を頼んだこと。

須藤にしてみれば同じことだったんだろう、多分実際に大した違いはない。

堀北の歌声が聞きたかったからだろうか、須藤は残念そうな顔をしていた。

「須藤くん。一応改めて注意しておくけれど、あなたは余計なことを何も言わないでね」

「わ、分かってっけどよ。たまには綾小路《あやのこうじ》にも注意しておけよな」

「彼は余計なことは言わないもの。というより、必要なことも言わない人ね」

褒《ほ》められてないどころか不満を垂《た》らされた。

須藤はそんな堀北の回答が何か気に入らなかったようで唇《くちびる》を尖《とが》らせた。

それから約束の時間になると、まずは七瀬《ななせ》が姿を見せる。

「先輩、お待たせしました」

「どけよ七瀬」

後ろから声を掛け、強引に七瀬の歩を進めさせたのは宝泉和臣《ほうせんかずおみ》。

「予定通りに来たのね。てっきり大幅に遅れると思っていたわ」

巌流島《がんりゅうじま》に遅れてきた宮本武蔵《みやもとむさし》のように、相手を苛立《いらだ》たせるような手を打ってきてもおかしくなかったと、堀北は宝泉に言う。

「俺は行くと決めたら時間を守るタチなんだよ。ちょっと遅れただけで、難癖《なんくせ》付けようとする連中が気に入らねえからな。それよりも随分《ずいぶん》と早い到着だったみたいだが……俺に待ち構えられてるのがそんなに嫌だったのか？　そう緊張すんなよ」

「勝手に解釈《かいしゃく》しないでもらえる？　折角《せっかく》のカラオケを満喫《まんきつ》していただけなのだけれど？」

そう言って、堀北は宝泉に視野を広げるように言う。

机の上には飲みかけのドリンクに、ちょっとしたフード。

まるで直前までカラオケを楽しんでいたかのような演出が整っている。

「そうみたいだな」

既に駆け引きはもう始まっているということだ。

「まーいいさ。それがハッタリかどうかは、話せば分かることだからな」

とても1年生とは思えない大物ぶりを見せるように、宝泉がソファーに深く座る。

足を広げ、３人分ほどのスペースを１人で使う。

「それで？　七瀬の説明じゃ俺のクラスに協力してもらいたいってことだったな」

俺のクラス。既に宝泉は、完全にDクラスを支配下に置いたつもりらしい。

入学してまだ2週間ほどだが、発言に弱気な部分は一切見られない。

「少し違うわ。あなたのクラスと手を組んでもいい、と言っているの。そこには上も下もない。対等な関係性しか存在しないわ」

「なるほど？　おまえらも1つ上の学年であることは持ち出さないってわけだな。先輩風吹かせないのは賢い判断だぜ」

七瀬《ななせ》は宝泉《ほうせん》の言動に聞き入るだけで、特に肯定も反論もしない。

少なからず橋渡しの役目をしていることや、この場に呼ばれている唯一の存在であることを思えば、宝泉は七瀬のことを買っているのは間違いないだろう。

宝泉の暴力による脅《おど》しなどに屈しないと言ってのける度胸を買われているのか、あるいはそれ以外の部分か。どちらにせよ、七瀬を味方につけ斬り込んでいく手もある。

「まだ結束力の弱い1年生の中には、クラスメイトが困ることを何とも思わない層が一定数いることは分かっている。けれど、私たちを見ていればよくわかるはずよ。この先クラスメイトの力が必要になる時は必ず来ると」

「だから協力し合って赤点を出さずに済まそう……ってか」

「あなたが自分のクラスを所有物として認識するほどに掌握《しょうあく》出来ているのなら、それは今回に限って言えば好都合よ。命令1つで、大勢が従うということでしょう？」

宝泉は左手の小指を、左耳の中に突き刺し指を動かす。

そして抜き出した小指を立てたまま堀北《ほりきた》に向け、フッと息を吹きかけた。

須藤《すどう》は顔を強張《こわば》らせるも忠告を守りグッと堪《こら》える。

膝《ひざ》の上で握り込まれた拳《こぶし》が震えていた。

その単純に下品な宝泉の行為を、堀北は目を背けることなく受け止める。

「やめてもらえるかしら」

「そもそも、だ」

堀北の忠告など耳に届いているのかいないのか、宝泉は独り言のように話し始める。

「おまえが2年Dクラスのリーダーってことでいいんだよなあ？」

大前提の問題を、今になって確認してくる。

「そう取ってもらって結構よ」

「堀北先輩の能力的に何ら不思議は無いと思いますが」

ここで初めて、七瀬が宝泉に対して初めて口を開く。

「だったらリーダーに俺が忠告しておいてやる。このまま『対等』なんて言葉で濁して協力するつもりはさらさらねえってな」

やはり一筋縄でいく相手ではない。

何とかしてクラスメイトを守りたいこっちに対して、別に切り捨てても構わないと考えている宝泉では差が生じてくるのは避けられないことだ。

元々受ける罰則が退学とプライベートポイントの3か月停止では重みが違いすぎる。

「そうでしょうね。あなたはそういう人よ」

「分かってたんなら出し惜しみせずに言えよ。キッチリ聞いてやるから」

「聞く？　何を期待しているの。私が協力をお願いするためにお金でも出すと思ったの？」

不利な状況にもかかわらず、堀北《ほりきた》は微動だにせず、そして一切の譲歩を見せない。

「出す、出すさ。出さなきゃ仕方ないことだろ？　七瀬《ななせ》、水だ」

宝泉《ほうせん》はカラオケメニューに目を通しながら、七瀬に指示を出す。

七瀬は頷《うなず》き、電話から店員に対して水を注文する。

「繰り返すようだけれど今回の提案は対等なものよ。どちらかが金品を渡したり、何かしらの見返りを渡すことには絶対にならないわ」

「だったら、俺は水を飲むこともなく帰らせてもらうことになるぜ？」

迷うことなく太ももを一度叩《たた》き、帰ることを示唆《しさ》する。

「待ってください宝泉くん。堀北先輩の話に耳を傾けるべきだと私は思います」

それに待ったをかけたのは宝泉の隣で話を聞いていた七瀬。

「耳を傾けるだ？　その必要はねぇよ」

「いいえあります。このままでは私たちのクラスはまとまることが出来ません」

堀北は動かず七瀬と宝泉の会話の様子を窺《うかが》う。

「だから何だよ。従わねぇヤツは放っとけよ。雑魚《ざこ》がいなくても困ることはねぇよ」

「そうはいきません」

「七瀬。テメェはバカか？」

怒るというよりも、呆《あき》れたのか大きくため息をつく。

「こっちが素直に条件を呑《の》むメリットなんてねぇんだよ」

「宝泉くんの仰《おっしゃ》りたいことは分かっています。確かに2年生の堀北先輩たちの方が、クラスメイトを守ることに必死になっていますし、事実守らなければならない理由をお持ちなんでしょう。私たちが手を差し伸べなければ退学になる恐れのある生徒も出てきます。この場で強がられていても、いずれは譲歩せざるを得なくなる。それを待っているんですよね？」

七瀬は何もわからず、ただ口を挟んだわけではなさそうだ。そしてこう続ける。

「宝泉くんの戦略が悪いモノだとは思っていません。各クラスがパートナーを探し動き出す中、あえて動かず早期の交渉を見送った。それは駆け引きをより有利にするため」

期限が少なくなればなるほど、余っている2年の生徒は焦りを覚える。

本来なら対価を払うに値しない生徒にすら、価値が生まれてくる。

「分かってんなら、ここで堀北に手を差し伸べるメリットを言ってみろよ」

「それが信頼関係です」

七瀬が堀北を見ると、堀北もそれに答える形で頷く。

「笑わせてくれんなよ。信頼関係だ？　クソの役にも立たねえ綺麗事《きれいごと》だな、オイ」

「本当にそうでしょうか」

真っ向から、宝泉に対して信頼関係という言葉で立ち向かう七瀬。

「今回の特別試験では、確かに私たちが譲歩する必要はあまりないかも知れません。ですが、今後の試験も同じようにいくとは限らないのではないでしょうか。もし宝泉くんが2

年生全員を敵に回していたとしたら、幾《いく》らポイントを用意しようともパートナーが決まらないといった不測の事態に陥《おちい》る可能性はあります。点数でペナルティを受けるだけならまだ良いですが組んだ相手がワザと手を抜いたらどうなります？　退学は避けられません」

「ハッ。俺と心中する覚悟を持ったヤツがいるとでも？」

「この学校の制度には、プロテクトポイントと呼ばれるものがあるそうですね」

ここで七瀬《ななせ》が初めて宝泉《ほうせん》から視線を堀北《ほりきた》へと移した。

この話は金曜日、図書室でオレが触れたことのある話題だ。

少し驚いた堀北だったが、すぐに事態を把握《はあく》し頷《うなず》く。

「ええ。退学を一度だけ無効にする特殊なポイントよ」

宝泉にとって、その話が初耳であったことはその様子から疑う余地もなかった。

「入学したてのあなたが知らなくても無理ないことだわ。だからこそ覚えておくのね。今後似たような試験があったとき、組んだ相手がプロテクトポイントを所持していたら……場合によっては一方的に退学に追い込むことも出来てしまうのよ」

敵を作れば作るほど、そういった展開が待っている。

宝泉が憎まれれば憎まれるほど、退学させるために強引な手法も取って来る。

「だからこそ、今の段階から信頼関係を構築する必要があるんじゃないでしょうか」

「なるほど。バカなりに俺を追い込む準備をしてたってわけか」

「私は1年生です。当然1年Dクラスを最優先に考えています。そして、宝泉くんが必要な存在だと認めているからこそ、目先ばかりを見て失策を犯して欲しくないんです」

宝泉という生徒のことを理解し、そして七瀬の存在に目を付けた堀北。

見事に協力を引き出して宝泉に対して一矢放った。

不利だった状況からの好転。

後は理解した上で、宝泉が受けるかどうかだ。

後々の不利を覚悟で、それでも何かしらの見返りを求めるのかどうか。


「知恵を寄せ合ってもらったところ悪いが——対等に手を結ぶつもりはねえ」

イエスの返答を吐き出させる土台作りをした七瀬と堀北。

だが宝泉は考える素振りひとつ見せないまま、首を縦に振ることはなかった。

「オイ宝泉、本気で俺ら2年を敵に回す覚悟があんの——」

そう須藤《すどう》が嚙《か》みつこうとしたのを、堀北が腕で制する。

「彼はまだ交渉の卓から去ったわけじゃないわ」

「そうだぜ。早とちりすんなよ」

強気な態度はそのままに、深く座ったまま宝泉は帰る素振りを見せていない。

「でもどうするつもり？　私たちは対等であることを変えるつもりはないわ」

「それは見て十分に理解したぜ。肝が据わってることだけは認めてやるよ」

堀北《ほりきた》の健闘を十分に称《たた》えるように、宝泉《ほうせん》は5回手を叩《たた》いた。

「だが、それでも俺は、どうにも対等な関係だとは思えねえんだよなあ」

「つまり対等たる証明があれば手を組むということ？」

「ま、そういうことになるかもな」

「けどおかしいわね。同じ条件を出しているのに対等と感じてもらえない理由は何かしら」

「信頼関係を与えるみたいなことをぬかしてやがったが、それはお互い様だろうが。それでこっちがありがたく譲るってことじゃねえ。この先1年Dクラスが似たような状況に陥《おちい》る可能性を示唆《しさ》してくれてるのは涙が出るほどありがたい話だが、それは勝手な予測であって確実な未来じゃねえ」

確かに、宝泉の言うことにも一理ある。

堀北の提案は基本対等な条件で支え合いながらも、2年Dクラスの方が救いを求めている状況だ。それを飲んでもらう代わりに、いずれ来る1年Dクラスの窮地《きゅうち》を救うというもの。

いわば保険であり、それを使わないことだって大いにある。

「そう。そこまで言うのなら、参考までにあなたの希望を聞かせてもらえる？」

「プライベートポイント100万を担保って形で俺に渡せ。もし、こっちが困っておまえら2年Dクラスを頼ることがあれば、喜んでそれを全額返してやる」

他クラスでやり取りされているであろう額からすれば、まずまず安めな額だ。

しかし保険を使わなかった場合、その100万はそっくりそのまま頂くという話。

宝泉のポケットに全額のポイントが入ることを意味している。

「おまえの言うとおり信頼関係がこの先重要になるなら、大したことじゃねえだろ？」

必ず助けを求めるタイミングがあるなら、確かにこの100万は戻ってくるものとも言える。

「必要なら書面にでも残してやろうか？」

書面に残せば学校側に対して効力を発揮できるだろうが、宝泉が頼って来ることが前提。

自分が退学の窮地に陥れば頼るかも知れないが、クラスメイトのために100万を返してまで手を借りてくるかは怪しいところだ。

つまり、これは個々にポイントを渡して契約を結ぶよりも危ういモノ。

宝泉は上手《うま》い交渉を放り込んできた。単なる喧嘩《けんか》自慢だけじゃない。

龍園《りゅうえん》のように策を弄《ろう》することの出来る強敵だ。

「確かにあなたの言うことも、けして理がないわけじゃないわ。でもその条件は飲めない」

「そうか、そりゃ残念だ。解決の糸口を示してやったのに、またも交渉は難航だな」

「そうね」

妥協《だきょう》し、宝泉に甘い蜜を吸わせてまで今回の協力関係を結ぶつもりはないようだ。だが
そうなるとランダムな組み合わせに頼ることになる。資金を投入してでも学力の低い生徒を他クラスに逃がしきり、リスクを回避しなければならない。

「ハッ」

一度短く笑った宝泉《ほうせん》は、ここで初めて腰深く座っていたソファーから前のめりに。

そして大きな腕を伸ばし堀北《ほりきた》の胸倉を掴《つか》み上げる。

その行為に真っ先に動いたのは、真横で動向を見守っていた須藤《すどう》だ。

太い腕を掴み、強烈に宝泉を睨《にら》みつける。

「オイ……女に手ぇ上げてんじゃねえよ」

「おっと。ここでバカなおまえの出番ってか？」

「落ち着きなさい須藤くん」

「けどよ……！」

「いいの。まだ交渉は終わっていない」

決裂したかに見えたが、確かに宝泉の口から『交渉決裂』とは一言も出ていない。

「自信に溢《あふ》れた目をしてやがる。女には手を上げないとでも思ってるのか？　それとも、女の分際で俺に勝てるとでも考えてたりしてな」

「今の時代に似つかわしくない発言ね。世の中の女性を敵に回す発言は慎《つつし》んだら？」

「だったら良い方法を教えてやるよ。喧嘩《けんか》で俺をねじ伏せたら、無条件で協力関係を結んでやってもいいんだぜ？」

ここにきて、お遊びのようなことを言い出す宝泉。

「だったら俺が買ってやるよその喧嘩。文句ねえよな？」

「須藤でも、そっちでボケっと見てる綾小路《あやのこうじ》でも――あるいは堀北おまえでも歓迎だ」

なんなら3人がかりでかかって来いと、宝泉は言い放った。

「いいよな堀北。俺が勝てば契約成立なんだ……もう、胸糞《むなくそ》悪くて仕方ねぇんだよ」

胸倉を掴んだ腕をいつまでも放そうとしない宝泉に、我慢の限界を迎えつつある須藤。

「喧嘩で協力関係の有無を決めるなんて、あまりに馬鹿げているわ。もしもそれが唯一の交渉材料なのだとしても、受けるべきじゃないわ」

「なんでだよ。宝泉がいいって言ってんだから問題はないだろ」

須藤の言葉には耳を貸さず、堀北は静かに自分の想《おも》いを口にする。

「私はあなたがもう少し賢い人間だと思っていた。初めて2年生のエリアに顔を出した時に言った言葉には、Dクラス同士で手を組みたい、という意思があると感じたからよ。クラス単位での協力関係が出来るのなら、とても素晴らしいことだと私も同調できた」

「そういや、そんなことも言ったかも知れねぇなあ」

「でも――それは私の勝手な勘違い。あなたは何も考えてはいなかった」

一度目を閉じた堀北は、息を吐くように続ける。

「交渉決裂よ」

宝泉からではなく、堀北が自ら身を引く形で交渉の終了を告げる。

その瞬間、終始楽しそうだった宝泉が初めて怒気を含んだ顔をわずかに覗《のぞ》かせた。

掴んでいた胸倉の手を放すことで、須藤も怒りを堪《こら》え座り直そうとする。

その次の瞬間――

パシャッ！　と水しぶきがカラオケルームに飛散する。

宝泉《ほうせん》の大きなその手が掴《つか》んだコップから、堀北《ほりきた》の顔に水をぶちまけたからだ。

これは、堀北も予見できていなかった行動だろう。

だが、堀北が声らしき声を出す前に状況は動き出し、須藤《すどう》がテーブルに乗りかかるように宝泉に飛び掛かるところだった。

「てめえええええええ！」

限界のギリギリまで堪《こら》えていた須藤も、堀北が水をかけられたことで理性が振り切れる。

どこまでも人を馬鹿にしたような宝泉の態度。

好きな女が侮《ぶ》辱される姿を見て怒る須藤を、誰も責めることは出来ないだろう。

「止めなさい！」

須藤の咆哮《ほうこう》を遮《さえぎ》るように大声をあげたのは、他でもない堀北だった。

後1秒遅ければ、須藤の拳《こぶし》が宝泉の頬《ほお》を直撃していたであろうタイミング。

「須藤くん……迂闊《うかつ》に彼の戦略に乗っからないで」

「そんなこと言ったってよ！」

濡《ぬ》れた髪の毛を拭く素振りもなく、堀北は宝泉を見つめる。

「交渉決裂が不満だったのなら、もう少し上手《うま》く立ち回るべきだったわね」

クラスのためには、何としても宝泉との協力関係をまとめたかっただろう。

だが、これ以上のかかわりは、それを差し引いてもマイナスと判断したのか。

堀北は一度も視線を外さなかった宝泉を見切るように視線を外した。

「帰りましょう」

「い、いいのかよ」

苛立《いらだ》ちながらも堀北に聞き返したのは須藤だ。

「いいんですか宝泉くん」

七瀬《ななせ》もほぼ同時に、宝泉に対して同じことを確認する。

「あ？」

「私は堀北先輩と手を取り合うべきだと思いましたが」

「ハッ、向こうが交渉テーブルから降りたんだ。こっちが歩み寄ることじゃねえよ」

宝泉たちは堀北の交渉打ち切りに物申さず、この場が解散となることを受け入れる。

オレは横目に堀北の様子を窺《うかが》う。ここでの交渉決裂は大ダメージだ。

だがオレが見た堀北の横顔はまだ失意に変わっていない。

まだ交渉の最中にいるような、そんな顔をしていた。

2

カラオケ店での支払いを済ませた堀北《ほりきた》と共に、店を後にする3人。これでお開きとなると思われたが、宝泉《ほうせん》と七瀬《ななせ》も後をついてくる。須藤《すどう》は時折振り返りながら威嚇《いかく》するように睨《にら》みつけるが、途中までは帰り道が同じため文句を言うことまではしない。

そんな状況を理解してか、宝泉はどこかおかしそうに声を掛けてくる。

「待てよ」

「待つ必要はないでしょう。もう話は終わったのよ」

突き放す対応しかしない堀北だが、宝泉は下がる気配を見せない。

どうやら堀北の一《いち》か八《ばち》かの賭《か》けは良い方向に動き出したようだ。

「おまえの言った通りだ堀北。俺はあの日、2年Dクラスに会うために出向いたのさ。この学校でDクラスってのが最下層なクラスってのはすぐに分かったからな。他のクラスに舐《な》められた扱いをされるくらいなら、同じD同士で手を組むのが一番手っ取り早い」

堀北の読み通り、宝泉は2年Dクラスに対してシグナルを送っていたということだ。

それが堀北と同じ対等な協力関係を結ぶためかどうかは、別問題だが。

「だから？」

「だから？　じゃねえよ、本当に交渉決裂でいいのか？　俺とおまえは似た者同士、同じようなことを考えてたリーダーってことなんだぜ？」

「あなたが私たちに無茶《むちゃ》な要求をし続ける限り、それが変わることはないわ」

「なら、このままランダムになってペナルティを受ける覚悟で特別試験をやるつもりか？」

「そうね。必要ならペナルティを受ける覚悟を持つつもりよ」

手痛い事態ではあるが、絶対に乗り切れない試練というわけでもない。

既にクラス内の学力ＥやＤに近い生徒の安全確保は櫛田《くしだ》たちのお陰で始まっている。

「分かった。だったらこういう提案はどうだ？」

交渉を再開した覚えのない堀北に、宝泉は一方的な話を始める。

「俺がクラスの連中に命令して組ませてやる。だからポイントを寄越《よこ》せ。２００万だ」

譲歩してくるどころか、更なる額を上乗せして強気な交渉再開を要求してくる。

「２００万？　正体を現したわね」

「何を言おうと自由だ。だが、おまえらが退学を確実に避けるためにはこれしか方法はない。既に他クラスの連中の多くはパートナーを決めて上がりを決め込んでんだ。出し渋ったって何も得することはないぜ。それとも俺に潰されたいのか？」

「潰す？　どうやって潰すつもりなのかしら。あなたたちはテストで手を抜かないというルールに守られているから退学にならないだけ。それを破る勇気はないでしょう？　それならこっちはどんな組み合わせになっても確実に５０１点取れるように備えておくだけよ」

１年生と２年生を分ける分岐点。

そこで立ち止まった堀北が振り返って聞く。

「そんな回りくどい方法じゃねえ、コイツで潰すまでだ」

拳《こぶし》を握りしめて不敵に笑う。

「暴力での支配……どこにでもそんなことを考える人はいるのね」

「気に入らなくても、それが俺のやり方だ」

「そう。なら、私たちは一生分かり合うことは出来ないかも知れないわ」

分かれ道で立ち止まった堀北《ほりきた》だが、再び歩みを始める。

最後の最後まで、折れる姿を見せなかった堀北。

というより、宝泉《ほうせん》相手に折れるわけにはいかなかったのだろう。

折れてしまえば対等な関係は絶対に作れない。

「待てよ」

「まだ何か？」

「分かった。さっきの話考えてやってもいい」

最後の最後になって、出てくると思えなかった言葉が宝泉から出てくる。

「どういうつもり？」

「ギリギリまでこっちが有利になるよう交渉するのは、当然のことじゃねえか」

あくまでも、譲歩を引き出すための戦略だったと宝泉は話し出す。

「なら、完全に対等な協力関係を認めるということね？」

「そのことを踏まえて延長戦だ。ここじゃ人目につく可能性もある、場所を変えたい」

日曜日の22時近く。ほとんどの生徒は帰宅しているはずだが、それでも誰かが来れば話を聞かれることは避けられない。

「だとしても寮の中に連れて行くわけにはいかないわ」

門限のことを考えれば、もはや今日打ち合わせをするに適した場所はない。

しかし互いに時間が無くなってきている今、先延ばしにしたくない問題でもある。

「どこでもいい。寮の裏手でもなんでも、少しの時間があれば話はまとまる」

そんな自信を覗《のぞ》かせる宝泉に、もちろん堀北が乗らないわけがないだろう。

突き放しながらも、宝泉が追いかけてくることを望んでいたのだから。

「……いいわ。あなたに10分あげる」

「こっちだ」

去年3年生たちが使った寮、今年1年生たちが使う寮の方へと誘導される。

そして、寮の正面から回り込み裏手側へと場所を移した。

ひと際暗く静かなこの場所はゴミ出し以外で通ることもなく、他の用途で使用することもないため、まずこの時間誰かに会うことはないだろう。

「それじゃあ再開しましょうか。こちらの出す条件は何も変わらない、それでいいのね？」

「そうだな……」

考える仕草を見せた宝泉は、一度だけ腕を組む。

すぐにその組んだ腕をほどくと、右手の人差し指、中指、薬指を立てる。

「300万。おまえらが俺に貢《みつ》げば今すぐにバカどもを救済してやる」

この提案には、オレを含めこの場の全員が黙り込むしかなかった。

「あなた何を言っているの？」

呆《あき》れるとはこのことか。堀北《ほりきた》も思わず繰り返したため息をつく。

決裂した交渉を戻すためだったはずが、更にポイントの上乗せを提示してきた。

もはや常識の話ではないとさえ思えてくる。

「わかんねーのか？　300万で組んでやるって言ってんだ」

「おまえ、ふざけんなよ。こっちは1ポイントも出さねーってさっきから言ってるだろ！」

「ふざけてねーよ。だからこうして、もう一度交渉の場を作ってやったんじゃねえか」

作ってもらった交渉の場を、あたかも自分が演出したかのように言う。

「耳を貸そうとした私の判断ミス……ね」

一縷《いちる》の望みだった宝泉《ほうせん》のまともな判断。それは叶《かな》わなかった。

「待てよ。帰れると思ってるのか？」

拳《こぶし》を壁に軽く叩《たた》きつけ、威圧的《いあつてき》な態度を見せる宝泉。

「人目につかないこの場所なら、あなたお得意の暴力行為が通じるとでも？」

「少なくとも、おまえらを半殺しにするくらいは出来るんだぜ？」

「なら、好きにするのね」

堀北は首を左右に振り、この場を後にしようとする。

まさか本気で、物理的な手段に打って出るとは思わないからだ。

しかし——

傍《そば》に立つ七瀬《ななせ》が顔を僅《わず》かにだが背けた。

これから起こる行動が何かを、予見したかのように。

宝泉の身体《からだ》が動く。

「鈴音《すずね》!!」

叫んだ須藤《すどう》が慌てて駆け寄り、堀北の腕を引く。

直前まで堀北が立っていた場所を宝泉の蹴《け》りが素早く駆け抜けた。

そして、一気に大きな巨体が堀北へと詰めてくる。

「っ。何を——！」

本気で仕掛けてきていると気づいた堀北だが、まだ体の動きは堅い。

それを守るように須藤が割り込み、宝泉から繰り出される拳を受け止める。

「ぐっ！」

「ははぁっ！　どこまで相手できるか見せてみろよ！」

「上等だ！　鈴音に手をあげるヤツは容赦《ようしゃ》しねえ！」

愉快そうに笑いながら、宝泉は須藤に対して攻撃を仕掛ける。

そして、もはやとうに我慢の限界を超えた須藤も、それに応じる。

「何を、何を考えているの……！」

本気で始まってしまった喧嘩《けんか》に、堀北《ほりきた》が動揺《どうよう》するのも無理はない。

いくらこの場所が監視されていないとはいえ、見つかれば問題行為だ。

停学はともかく、退学になってもおかしくはない。

「堀北先輩、恐らく以前の学校とは少し事情が異なるのではないでしょうか」

この不可解な状況を、どこか冷めた様子で見ている七瀬《ななせ》が口を開く。

「先輩たちが去年までのことをよく熟知しているように、私たち1年生は今の状態を先輩たちよりも理解しています」

「どういうこと……?」

「私たち1年生の代表者数名は、生徒会室に呼び出され南雲《なぐも》生徒会長から直々に説明を受けました。今年からこの学校はより実力主義にしていくため、自由な形を作っていくと」

「喧嘩が自由な形だとでも言うつもり?」

「そうは言いません。ですが宝泉《ほうせん》くんが確認した限りでは、多少の喧嘩は学生にはつきもの、去年のように厳しい審判を下すことはないと南雲会長は約束していました」

堀北の兄である学《まなぶ》と違い、南雲は喧嘩に対して寛容《かんよう》的な考え方を持っているということ。

生徒会は生徒同士の揉《も》め事《ごと》の仲裁役として働くため、喧嘩をある程度容認するということが本当であれば、確かに問題行動にはなりにくい。

堀北と七瀬の会話が進む中で、早くも宝泉対須藤《すどう》は優劣が決まり始めていた。

「おらあ!」

須藤の恵まれた体をもろともせず、それを上回るパワーで須藤を壁側に押しやる。

両手で胸倉を掴《つか》み上げると、須藤の両足が地面から離れていく。

「て、めぇ！」

押され気味の中、須藤も必死の抵抗を見せるが、防戦一方。須藤を浮かせたまま、ぐいぐいと壁に押し込まれるようにして圧力を加えられる。

「ッ！　の、野郎！」

須藤も宝泉の両腕を掴み、窮屈《きゅうくつ》な体勢から膝蹴《ひざげ》りを繰り出す。僅《わず》かに揺れる宝泉の体躯《たいく》。両手の圧迫と持ち上げから逃れることの出来た須藤だったが、直後に繰り出された宝泉の蹴りが、須藤の身体《からだ》に直撃する。ちょっとやそっとで怯《ひる》むことのない須藤だが、その威力に後方の壁に叩《たた》きつけられた。

戦う前は拮抗《きっこう》しているかに思われた2人だったが、蓋《ふた》を開けてみるとかなりの差がある。敵を作りやすかった須藤は多くの喧嘩をこなしてきたかもしれない。

バスケットで磨かれた身体能力と体格で、これまでほぼ敵はいなかっただろう。

しかし、この宝泉という生徒は別格。恐らく須藤とは比べ物にならない喧嘩の数をこなし、危険な修羅場を抜けてきた。経験の差は歴然だった。そして、1年の差を感じさせない巨体と剛腕。それでいて素早い動きはまさに天性の才能。

龍園《りゅうえん》すら宝泉と戦うことを制止したことには、この意味があったのだ。

『まともに肉弾戦でやり合って勝てる相手ではない』ということ。

それでも、須藤《すどう》は簡単に倒れることはない。学年屈指の強さを持つであろう須藤も、この程度では沈まない。だがそれは、どこまでも宝泉《ほうせん》に攻撃をされてしまうということだ。

鳴りやまない宝泉の左右の連打が須藤に襲い掛かる。

突破の糸口を掴《つか》みたくとも、強烈なストレートの拳《こぶし》を受けるので精一杯。

少しでも反撃に転じようとすれば瞬く間にガードは突き破られ、打ち込まれてしまう。

「こんなことをしても誰も得しないわ！」

そう叫ぶ堀北《ほりきた》の声は届かない。もはや宝泉を言葉で止めることは不可能な状況だ。

だが、そんな堀北の声は須藤には確かに届いた。一瞬だが、その視線が堀北を見た。

何とか自分が守らなければならない存在の声に、自らを大きく奮い立たせる。

「うらあああ！」

決死の覚悟で宝泉へとタックルし、壁際から押し返し、更に相手を倒そうと試みる。

「っと。純粋な力比べがしたいのか？」

巨体を正面から受け止めると、宝泉は笑いながら須藤の身体《からだ》を掴み持ち上げる。

「う、うおおっ!?」

そしてぐるりと半回転し、自らが壁際へと回った。須藤を突き放し左手で挑発する。

「壁際は窮屈《きゆうくつ》だったか？　ちょうどいいハンデだ、かかってこいよ」

「っざけやがって！」

完全にエンジンのかかった須藤が吼《ほ》える。

今度はこっちの番だと突っかかっていく須藤だったが――。

「おい須藤、堀北の顔を見てみろよ。おまえを鬼の形相《ぎょうそう》で睨《にら》んでんぞ？」

そう言って、拳を止めた宝泉は須藤の後ろ、堀北に向け指をさす。

戦いの真っただ中での、宝泉のそんな無防備な行為。思わず熱が入り宝泉とガチの喧嘩《けんか》をしてしまっている自分を顧《かえり》みて焦った須藤は、目の前の強敵である宝泉から視線を外し、振り返ってしまう。

もちろん堀北も須藤の喧嘩を歓迎しているわけじゃない。

だが、鬼の形相など浮かべてはいない。心配し、どうするべきか悩み見つめていただけ。

止《や》めろと叫ぶしか出来なかっただけ。一瞬見せた須藤の気の緩《ゆる》み。

しまったと気づいた時には既に遅い。

凶悪に笑った宝泉の顔を、須藤は見ることなく頬《ほお》に強烈な一撃を見舞われる。

完全な不意打ちによる強打。

打たれ強い須藤と言えど、その一撃はこれまで経験のない痛烈なものだっただろう。

もし首を鍛えていない並の生徒だったなら、痛いでは済まなかったかもしれない。

その大きな身体が後方へと飛び、受け身をとることすらできず地面を横滑《よこすべ》る。

「つぐ――――!?」

声にならない声をあげ、痛みに悶絶《もんぜつ》する須藤。

汚い手など使わずとも終始リードしていた宝泉は、あえて須藤を簡単な罠《わな》にかけた。

肉体だけではなく精神的にも傷を負わせるため。意識こそ飛ばなかったようだが、須藤《すどう》は受けた痛みに悶絶《もんぜつ》し転げまわる。

この状況の中、オレは宝泉和臣《ほうせんかずおみ》がどんな人間であるかを改めて考えていた。

宝泉が何を考え、何を思い、今日の交渉に挑んだのだろうと。確かに堀北《ほりきた》の言うように、宝泉は初めて会った時に2年Dクラスに用がある口ぶりだった。そして、それは先ほど自身が認めたようにDクラス同士で組むことの有用性を考えてのものだった。途中まで、終始自分たちが優位であることを交渉材料に用いていたが、それは別に悪いことじゃない。

だが堀北の強気な姿勢を見た段階でそれが難しいことだと分かったはず。

強気な交渉を続ければ、堀北は手を組むことを諦《あきら》めると理解できた。だが、それでも宝泉は歩み寄ることなく強引な舵《かじ》を切り、超強気な喧嘩《けんか》腰に変わった。

女の顔に水をかけ、そして今も須藤に対して本気の喧嘩を仕掛けている。

停学や退学の恐れが考えられる中、何故《なぜ》こんなにも強気でいられるのか。

そんなことをずっと考えていた。

本当に暴力による支配で流れを変えられると思っている？

いや、この男がそこまで愚かな考え方をしているとは思えない。

なら何を求めている。この喧嘩の果てに宝泉は一体何を得ている？

「さて頼りがいのあるボディーガードは沈んだ。次はどっちが俺の相手だ？」

オレと堀北を交互に見ながら、宝泉が近づいてくる。

須藤を相手にした宝泉は、呼吸すら乱れていなかった。

「私たちが……あなたの暴力で屈するとでも？」

「ここで徹底的《てってい》に潰して、泣きながら念書の1つや2つ書かせてやるよ。それを拒否するってんなら、どこまでも執拗《しつよう》に狙い続けて、死ぬまで追い込んでやる」

いくら喧嘩に寛容《かんよう》だと言っても、度が過ぎれば問題になる。こんな形で何かを書かせたところで効力など発揮させられるわけがない。この場を収めるためにあえて従うフリをするのも手だが、それは出来ないだろう。宝泉のやり方に屈するわけにはいかないからだ。

「……いいわ。私が、あなたを止める」

覚悟を決めた堀北は、自ら戦う構えを見せた。

「こりゃ面白《おもしれ》ぇ。やるってんなら、こっちとしては大歓迎だぜ」

宝泉にしてみれば、堀北に武道の経験があるなどと微塵《みじん》も想定していない。

だがそんな不意打ちに似た奇策が通じる相手ではないだろう。

まだそのことを理解できない堀北。

そして何も気に留《と》めない宝泉が、大きな腕を伸ばした。

それをかいくぐり、堀北は一撃必殺を見舞うため宝泉の顎を狙う。

瞬発にかけた、先手勝負。

「ほう？」

だが、その華奢《きゃしゃ》な拳《こぶし》は呆気《あっけ》ないほど簡単に、宝泉の腕にとらえられてしまう。

「なんだ結構良い動きするじゃねえか。けどな――」

大きく腕を振りかぶった宝泉《ほうせん》から繰り出される平手打ちが、堀北《ほりきた》の頬《ほお》を叩《たた》く。

堀北も当然防御や回避をしようとしたはずだが、圧倒的速度の前になすすべもなく直撃を食らう。拳《こぶし》で頬を殴られたように、堀北の身体《からだ》が吹き飛ぶ。地面を転げ、受け身を取る。

「す、鈴音《すずね》っ！」

歯を食いしばりながら起き上がるところだった須藤《すどう》が叫んだ。

だがまだ足が動かず、満足に立ち上がることも出来ない。

「よう堀北。俺と契約を結べよ」

倒れ、痛みを堪《こら》えながら宝泉を見上げる堀北に詰め寄り、そう脅《おど》す。

「500万。それで全て丸く収まるだろ？」

もはや額は青天井。払えるはずもない額へと跳ね上がっていた。

「じょ、冗談じゃないわ……綾小路《あやのこうじ》くん、誰か、誰か先生たちを呼んで……」

この場を収めるには、もはや大人の介入を期待する他ない。

あるいは大勢が集まってくれれば、宝泉と言えど拳を収めるしかなくなる。

「敵《かな》わないと知ったら……ま、そうなるわな。だがいいのか？　俺が一方的だっても、おまえらが拳を振り上げようとした事実はどうなる。仲良く停学になるってか？」

正当性を訴えたところで、こちらにも火の粉が飛んでくることは避けられない。

とは言え、これ以上の惨劇が広がるくらいなら第三者を介入させるべきでもある。

「この野郎!!」

「邪魔だ！」

起き上がって、再度飛び掛かって来た須藤に、容赦《ようしゃ》なく蹴《け》りを叩きこんだところで、ついに宝泉がオレへと照準を定める。

「いつまでテメェは見物してるつもりだ？」

「に、逃げて……綾小路、くんっ……」

「逃げる？　それはやめとけ。ここでおまえが逃げたら、堀北と須藤の怪我《けが》が今の数倍は酷《ひど》いことになる」

オレは、この状況でも考える。

今日宝泉がしたかったことは何なのか。

通るはずもない要求を、本当に暴力で通そうとしたのか？

いや、それはあまりに非現実的過ぎる。

「堀北。最後のチャンスをやる」

「……最後？」

「今、ここで俺に服従してポイントを用意するなら――綾小路は殺さないでいてやるよ」

そう言って宝泉はポケットに手を突っ込むと、何かを取り出す。暗闇のため一瞬それが何か分からなかったが、先端のヴェールを取り払うことで銀色に輝くそれが姿を見せる。

「あ、あなた何を……！」

「見りゃ分かるだろ。ナイフだよナイフ、紛《まぎ》れもなく本物のな」

パーティグッズに使うような、刃の引っ込むオモチャとは明らかに輝きが違う。

「おまえが俺との契約をノーだと言うなら、これで綾小路《あやのこうじ》を刺す」

「ふざけないで！」

「何もふざけてねぇよ、ポイントを得るためなら俺はこれくらいのことはするぜ？」

ナイフを右手に持った宝泉《ほうせん》は、ゆっくりオレと向かい合う。

「しっかし、結局最後まで分からなかったな。おまえの『凄《すご》さ』がよぉ」

オレの目を見て、宝泉はどこか呆《あき》れるようにそんなことを言った。

「わざわざこんなリスク冒して大掛かりなことをする必要もなかったかもな」

まるでこれまでの無茶《むちゃ》な一連の流れは、何かを警戒、期待して行ったような発言。

一歩、一歩とオレに詰め寄って来る。

その歩みを止めたのは、宝泉と同じクラスである七瀬《ななせ》だった。

「これ以上は止《や》めて下さい、やはり君のやり方を認めること……私には出来ません」

宝泉とオレの間に割って入り手を広げ、制止する七瀬。

「どけ七瀬。テメェは誰も逃げ出さないための見張りだろうが、見張りが出しゃばんな」

「私は1年Dクラスのためと思い、最後まで宝泉くんに力を貸すつもりでした。どんなに醜い戦略であろうとも納得してきました。でもそれは間違っていたようです」

七瀬は宝泉に立ちふさがりながらも、その視線だけを堀北《ほりきた》に向ける。

「最初から宝泉《ほうせん》くんと組むことは不可能だったんです。堀北《ほりきた》先輩は宝泉くんが2年生のフロアに姿を見せた時に2年Dクラスを意識する言葉を聞いて、今回協力関係を結ぶことを思いつかれた。でも……それは最初からこうするための手段でしかなかったんです。仮に500万などというとんでもないポイントを出していても、同じ運命を辿《たど》ってました」

そんな衝撃の真実を聞かされ、堀北が更なる動揺《どうよう》をしないはずがない。

どれだけ交渉の扉を叩《たた》いても宝泉が開かないわけだ。そしてこれは堀北のミスではない。この展開を予想できる者などオレたち側には存在しなかったからだ。

この一連の不可解過ぎる流れには、恐らく情報の不平等がある。宝泉や七瀬《ななせ》に与えられ、オレたちに与えられていないものがある。そんな状態で、まともな交渉は最初から成立のしようがなかった。

「ベラベラうるせぇよ。そもそも一任するっつったのはテメェだろうが。綾小路《あやのこうじ》をヤれば、俺たちのクラスは潤沢《じゅんたく》な資金を得られる。それがどれだけ有利になるかは明らかだ」

「そうですね。しかしまだ私には、綾小路先輩だけが狙われなければならないほどの生徒であると見極めることが出来ませんでした」

「そんなこと俺には全く関係ねーな。邪魔すんなら引っ込んでろ！」

宝泉は、巨体を振るい七瀬を堀北にしたように平手で払う。

オレはその光景を目の前で見つめながら、ただ1人、この場で1つの答えに辿《たど》り着いた。

これですべてに合点がいった。

「さあいくぜ綾小路」

右手には明らかな凶器。当然、それをオレに対して使用するものだと全員が考える。

笑い、ナイフを振り上げる宝泉。

オレは思考がクリアになっていくのを感じながら、姿勢を前かがみにする。

「綾小路くん――――！」

明らかに逃げるべき状況だと誰もが考える中、オレは駆け出していた。

当然血迷った、と時を同じくして全員が思っただろう。

ナイフを相手に立ち向かうのは正気の沙汰《さた》じゃないと。

まして相手は貧弱な相手ではなく、屈強な相手だ。しかし宝泉だけは更に笑みを強めた。

バカが飛び込んできやがった、とでも思ったことだろう。

だがオレの取った行動は刺されるのを阻止するためのものじゃない。

近づくオレを感じながら、宝泉は振り下ろそうとする腕を加速させる。

ナイフが狙う目標は、そのナイフの刃が狙う先は――――オレの身体《からだ》じゃない。

宝泉和臣《かずおみ》、自分自身の身体なのだ。

振り下ろされそうになるナイフを、オレは左手を使い目的地への到達を阻止する。

宝泉の腕を掴《つか》むわけでも避《よ》けるわけでもなく、自らの手のひらに突きさすようにして。

「なっ———!?」

この行動は宝泉《ほうせん》にとって明らかな例外だ。予《あらかじ》め予測することは到底出来ないだろう。

自らがナイフに刺さりにいくという状況を想定できる者などいるはずもない。

振り下ろそうとした腕は完全に停止し、宝泉の笑みは瞬く間に消え失せる。

「てめ……綾小路《あやのこうじ》ぃ!!」

当然困惑する。わざわざ刺されるために前に出たオレを、誰もが不思議に思っただろう。

刺されにいくという自暴自棄にも見える行動。

手の平を貫通したナイフから鮮血が飛び散る。

「そのナイフ、正確にはペティナイフだが、それはオレが購入したものだ」

「なんのことだ……?」

「おまえはオレが所有するナイフを使って、自らの足にでも突き刺す。後は刺されたと騒ぎ立てるだけで、物証と共にオレは退学になる。そういう寸法だったんだよな?」

握り込んだナイフの持ち方を見れば、それが相手を刺す持ち方じゃないのは明らか。刃を上にしておいたのは刺されたと見せかけるため。そして、力強くナイフを自分の足に突き立てるには柄《え》を逆に握り込む方が自然だ。

「ハ———それが分かってたからって、刺されにくるとか頭イカレてんのかよ」

乾いた笑い声を出した宝泉に、僅《わず》かな動揺《どうよう》が走る。

「おまえを完全に止めるにはこの方法がベストだからな。それに似たようなものだろ、おまえだって自らの大怪我《おおけが》を覚悟で仕掛けに来たんだ」

それが有効な戦略だと分かっていても、ほとんどの人間には真似《まね》出来ない危険な自傷行為。だからこそ、刺してしまえば刺されたと言い張ることが出来る。

「おまえたち1年生の中でも限られた人間にだけ与えられた、何か特別な試験のようなものが動いてるみたいだな。そしてその内容は七瀬《ななせ》との会話からして『オレを退学にすること』だ。この場所まで何とかしておびき出し、強引な喧嘩《けんか》に発展させるという流れ。あとは痛めつけられた堀北《ほりきた》と須藤《すどう》に逆上したオレが、万が一の時のために隠し持っていたナイフを使って宝泉を刺してしまい、退学となる——それが今回の無茶苦茶《むちゃくちゃ》な筋書きだ」

喧嘩に寛容《かんよう》だといっても、ナイフまで持ち出したとなれば停学ではすまない。

退学どころか刑事事件にまで発展する恐れがあるだろう。

「タダモノじゃないとは聞いてたが、強《つえ》ぇ気配を全く出さねぇから正直舐《な》めてたぜ。まさか自分から刺されに来るとはよ……どうしてこのナイフがお前のモノだって分かった」

「こっちにもそれなりの調べはついてる。昨日の時点でそのペティナイフの購入者はまだオレだけだった。なのに同じナイフを持っていれば、嫌でも分かって来ることだ」

ナイフを掻《か》い潜《くぐ》り、宝泉の腕を掴《つか》むことは簡単に出来た。だが、それをしたところで根本的な解決にはならない。結局、距離を取って再びナイフを自らの足に突きさす行為を仕切り直して行うだけ。確実に止めるためには宝泉の戦略そのものを確実に封じるしかない。

宝泉はナイフから手を放そうとするが、オレは自らの握力で掴んだ拳《こぶし》を抑え込む。

「……なんだテメェ……ナニモンだよ……」

こちらの力を知って、宝泉《ほうせん》のこれまでの余裕は完全に吹き飛んだだろう。

「さてどうする。このナイフの持ち主がオレだとしても刺したのはおまえだ。しかも事前に購入しようとしていたことの調べもついてる。言い逃れ出来なければ退学になるぞ宝泉」

柄《え》にはオレの指紋《しもん》と共に、宝泉の指紋もある。掌《てのひら》に突き刺さったこの状況では、簡単に言い逃れることは出来ない。自らの立てた戦略がそっくりそのまま宝泉に返る。

「そこまで見抜いての行動だったってわけか……！」

宝泉は睨《にら》みを利《き》かせた後、ナイフを握る手を放し強引に距離を取った。

俺の掌には、突き刺さったままのナイフが残る。

これで完全に形勢は逆転した。

堀北《ほりきた》と須藤《すどう》も、その間にゆっくりと起き上がり体力の回復を始めている。

「だ、大丈夫なの……綾小路《あやのこうじ》くん」

「綾小路……」

「心配はない」

2人のクラスメイトがオレの状況に困惑するのも無理はないが、今は後回しだ。

ここで宝泉を完璧に抑え込んでおくことが重要不可欠。

「テメェ、どこまで掴《つか》んでたんだ……。まさか七瀬《ななせ》、テメェが口を割ったのか？」

「私は何も話していません」

「最初に違和感を覚えたのは、天沢《あまさわ》がオレとケヤキモールに買い出しに行ったときだ」

「天沢さん？　彼女がこの件に関係しているというの……？」

「ああ。宝泉がナイフを購入しようとしていたところに声を掛け、それを止めたことを店員が見ていた。この無茶苦茶《むちゃくちゃ》な作戦を考えたのはおまえだが、より完璧なものにしたのは天沢だ。自らナイフを買って刺せば、当然色々と調べられて問題も出る。だがオレ自身にナイフを購入させておけば、状況は大きく変わる可能性を秘めるからな」

わざわざ高いペティナイフを選んだのは唯一『さや』が付いていたからだ。

天沢や宝泉にしてみれば、このペティナイフがもっとも好都合だっただろう。

もちろんむき出しの刃を包む方法は他にもあるが、携帯することを考えればさや付きを買っておくのが手間もなく確実で素早い。あの日天沢が初めて来たはずの店で迷いなくこのナイフを見つけて選んでいた小さな違和感。それが最初の引っ掛かり。金曜日にへアゴムを失くしたと言って部屋を訪ねてきた天沢だが、ナイフを持ち出すために理由を付けて近づいただけ。意図的に仕込んでいたか、単なる嘘《うそ》と考えるのが自然だ。そしてナイフの回収が早すぎれば持ち出したことにオレが気付く可能性もあったためギリギリに調整。後は指紋を付けずに部屋からペティナイフを持ち出し、それを宝泉に提供した。

もしナイフの回収が出来なかったなら、恐らく仕掛ける日程を延期していただろう。

「ちっ、よく知りもしねぇ女に協力させたのが失敗だったか」

「いいや、天沢のお陰でこの戦略は形を成していた。おまえだけだったら破綻してたな」

「何にせよ、今状況はおまえに優位になったってことだな綾小路《あやのこうじ》センパイよう」

返り血は宝泉《ほうせん》の衣類にも付着している。言い逃れのしようはない。

今更強引にナイフを奪い返し自分の足を刺したところで、1人勝ちになることはない。

もちろん、そうしようとしたとしても全力で止めるだけだが。

それは対峙《たいじ》している宝泉も、既に強く感じていることだろう。

重要なのはここからだ。

「この件はオレと堀北《ほりきた》、そして須藤《すどう》との中だけで伏せておいてもいい」

「どういうつもりだ。俺を退学させることも出来る貴重な手を捨てるつもりか？」

「その代わりと言っちゃなんだが、2つ条件がある」

「2つだ？」

1つは当然、言うまでもなく分かっていることだろう。

「堀北とDクラス同士の対等な協力関係を結んでもらう」

「断りゃ退学なら従うしかねえな。で、もう1つは何だよ」

「今度の特別試験のパートナーとして、おまえにはオレと組んでもらいたい」

初めて宝泉を見た時から、もしもパートナーを好きに選べる立場にあるとしたらこの男じゃないかと考えていた。それには幾《いく》つか理由があるが、その最たるものは問題行動をして目立つことを顧《かえり》みない点にある。オレが月城《つきしろ》の立場であったなら、学校に目立つような真似《まね》は極力するな、と指示を出しているだろうからな。堀北と交渉がまとまらなければ、個別に宝泉と接触し条件を引き出すことも視野に入れていただけに、この一連の流れはこちらにとって好都合な働きをしてくれた。

「……正気か？」

「入学して、まだこの学校でやれてないことは無数にあるだろ。今退学したら何も楽しめないまま終わる。中学時代がどうだったかは知らないが、龍園《りゅうえん》と張り合ってたなんて話は単なる噂《うわさ》で終わる。おまえが大したことのない生徒だったたってことでな。少なくとも1年間見てきた龍園は、今のところおまえと比べるまでもなく強い男だった」

「てめえ……！」

宝泉和臣《かずおみ》という男には、当たり前だが確固たるプライドがある。

それは自分が強者であるという自負によるもの。

肉体の強さでは勝っていようと、1人の人間として龍園の方が上だと言われれば怒る。

何よりオレに出し抜かれたことを、許容できるはずがない。

もし学力B＋の宝泉が手を抜いて0点なんてことになれば、退学は避けられない。

共倒れになって、オレに一矢報いたことには当然ならないだろう。限りなく白に近いが、宝泉和臣が100％ホワイトルーム生ではないと言い切ることが出来ないのも事実。その点だけはどれだけ突き詰めても拭《ぬぐ》い去ることは出来ない。だが、その状況もここにきて変わった。万が一試験で手を抜いたとしても、こちらには刺されたという事実が残っている。

裏で明らかに異様な事件があったとなれば、月城も即退学には追い込めないだろう。

どういった経緯があり、どうして宝泉《ほうせん》が0点を取ったのかが審議にかけられる。

月城《つきしろ》がどんな仕掛けを打っていたとしても、盤石《ばんじやく》の態勢で退学を封じるまで。

「いいぜ、いいぜ綾小路《あやのこうじ》センパイよ。こんなに心躍《こころおど》った相手は初めてだ。腕力でねじ伏せるだけが楽しみじゃないことは分かってる。ぶち殺してやるから楽しみにしとけや」

僅《わず》かに見せた動揺《どうよう》も今は昔。既に宝泉は頭を切り替え次の戦いにシフトしていた。

「私はここに残ります。綾小路先輩に説明すべきこともありますので」

「あ？　どういうつもりだ七瀬《ななせ》」

「それが1年Dクラスのためになると判断したからです。既に綾小路先輩や堀北《ほりきた》先輩の警戒心は、私たちに対して強烈に向いています。それなら、いっそ全クラスに注意を向けてもらう方が良いと思いませんか？」

詳しいことはまだ分からないが、そんな七瀬の提案を宝泉が受け入れる。

「好きにしろ」

この場では真っ先に立ち去るべき男として、宝泉は寮へと戻っていった。

3

残されたオレたちと、そして1年生の七瀬。

弾む話の1つや2つは出来そうだが、先にやるべきことがある。

それは左手に突き刺さったナイフを見て、冷静さを欠く堀北を落ち着かせること。

「ど、どうしたらいいかしら……。その、ナイフは、ぬ、抜いた方がいいの？」

普段はクールな堀北も、こんな状況を目の前にしたことは一度もないだろう。

「いや、とりあえず格好《かっこう》は悪いが刺さったままの方がいいだろうな」

下手に抜けば大量出血の可能性もある。

「それよりも2人とも、怪我《けが》の方は大丈夫か？」

「あなたの怪我から見たら、私の方は無傷も同然よ……」

「ああ……俺も大丈夫だ」

須藤《すどう》も傍《そば》まで歩いてくると、左手の惨状《さんじょう》を見て顔を歪《ゆが》めた。

「おまえ、そんな状態でなんで冷静でいられるんだよ」

「さあ、どうしてだろうな」

普段通りにしているだけであって、特別な理由はない。

「っつか……喧嘩《けんか》、強《つえ》ぇんだな……」

「ただ強引にナイフを受け止めただけだ」

「……そうは見えなかったけどな」

先ほどまでオレと宝泉の立ち合いを見た須藤の、率直な感想。

幾《いく》つかの修羅場をくぐってきた経験があるだけに、堀北を含め誤魔化《ごまか》しきれないか。

右手で携帯を取り出し、茶柱《ちゃばしら》へと繋《つな》がる電話をかける。

「少し手を貸してもらいたいことがあります。1年生の寮の裏手にいるんで急ぎ来てもらえませんか。もちろん内密に。それからバスタオルを1枚持ってきてください」

いきなりの電話に戸惑った茶柱《ちゃばしら》だったようだが、緊急性を感じ取りすぐに向かうことを約束してきた。それまでの間、ここから動かないほうがいいだろう。

下手に移動してこの手を他の生徒に見られると厄介だ。

それにしても……七瀬《ななせ》はこの状況を見ても全く動揺《どうよう》した素振りを見せない。

突き刺さったナイフや飛び散った血液などにも、平然と対応している。

視覚的な刺激の強さを全く感じていない。

「七瀬の方からは何か話を聞かせてもらえるのか？」

「お話ししなければ、私たち1年Dクラスに不利な状況になりそうですから」

「今回のような展開を、あなたは承知していた……そうよね？」

「そうですね。宝泉《ほうせん》くんが自らの足を刺し、綾小路《あやのこうじ》先輩を退学させる狙いでした」

悪びれた様子もなく、いつもの丁寧な口調でそう説明する。

「私たちと友好的に見せていたのも、全てはこのための演技だったということ？」

「いいえ、それは違います。堀北《ほりきた》先輩と手を取り合い互いのクラスを支え合いたいと考えていたことは本当です。ただ……綾小路先輩を狙うという戦略が最優先だっただけです」

宝泉も七瀬も2年Dクラスに執着していたのは、オレが在籍していたからということ。

「どうしてそんなことを？　私は綾小路くんと違って今回のことを許した覚えはない。状況によってはすぐに学校に報告することも考えているわ」

　理由が思い当たらないと、堀北が七瀬を問いつめる。

「やり方に問題はあったと思いますが、綾小路先輩を退学させるために行動したことは、学校の意に反したことではありません。まだ1年生のごく僅《わず》かな生徒しか知らないことですが、綾小路先輩を退学させることで大量のポイントを得ることが出来るからです」

　ここでやっと、オレが宝泉に狙われた理由が明確に浮《う》き彫《ぼ》りになってくる。

「2年Dクラスの綾小路清隆《きよたか》。この人物を退学させた生徒には2000万プライベートポイントが支払われる。そんな特別試験が、私たちに与えられているからです」

「何を言っているのか私には理解できない。そんな理不尽で愚かな特別試験を、いったいどこの誰が決めたというの？」

　その問いかけに七瀬は口をつぐんだ。

「……ひとまず、伝えるべきことはお伝えしました。これで綾小路先輩も、私たち以外の1年生全クラスに強い警戒心を抱いてもらえるのではないでしょうか」

　深くは語らず、あくまでも必要最小限だけを伝える七瀬。宝泉と七瀬は言うに及ばず、天沢《あまさわ》もこのことを知っている。順当に考えれば残る1年Bクラスの生徒、1年Cクラスの生徒の一部も知っている話のはずだ。

「そんな答えで納得できるわけがないでしょう？　実際、綾小路くんは大怪我《おおけが》を――」

　オレのために七瀬を問いただそうとしてくれる堀北を制止する。

「大丈夫だ。状況の理解が出来ただけでも十分に七瀬《なな せ》は協力してくれた、感謝してる」

「私は1年Dクラスのためになるのならと、非道を承知で宝泉《ほうせん》くんに協力しました。実際に2000万ポイントが他のクラスの手に渡れば、かなりの差が生まれてしまいますから」

Aクラスへの切符と考えれば、たかが1枚にしかならない。

しかし今回の特別試験のようなことを考えると、資金力は多ければ多いほど有利だ。

「ですが宝泉くんに手を貸した理由は、それだけではありません」

静かで落ち着いた口調の七瀬だが、オレを見るその眼光には鋭い何かが含まれていた。

「ボクには……綾小路《あやのこうじ》先輩がこの学校に相応《ふさわ》しい人だとは思えなかったからです」

ここで初めて七瀬は、憎悪のような感情をオレに対して向けてきた。

だが、その理由を探ることは出来ない。

程なくして七瀬は頭を下げ、この場を立ち去っていった。

○深まる謎

翌日の月曜日、七瀬と堀北《ほりきた》の話し合いが行われ、その日のうちに対等な協力関係を結ぶことに成功。火曜日には全157組のペアが出来上がり、全員が筆記試験へと集中する形に移行した。高円寺《こうえんじ》は協力する姿勢こそ見せなかったが、七瀬が直接出向きパートナーになって欲しいと頼み込むと、意外にもあっさりと承諾。この点には堀北も含めオレも驚かされた。左手は深い傷を負ったがその甲斐《かい》はあったと言ってもいいだろう。左手にまかれた包帯に驚く生徒は多かったが、茶柱《ちゃばしら》や真嶋《ましま》先生のフォローで内密にしてもらうこともでき、そのお陰で事実を知る者を増やすことなく特別試験を迎えられた。この2週間、1年生と触れ合う機会は多かったが結局ホワイトルーム生は分からないまま。特別試験を終えてもアクションがないことを思うと、本当に存在するのかさえ疑いたくなってしまうほどだ。身近に接した人物に関しては全員が要注意人物だと言える。中学時代のことが明るみになっている宝泉は除外してもいい、と普通なら考えるだろう。だが宝泉に関しては、龍《りゅう》園《えん》も明人《あきと》も面識があるわけではない。つまり本物の宝泉に接触し、あらゆる過去を聞きだした偽者である可能性もある。七瀬は一見毒を持たないように見えるが、オレに対しての距離の詰め方やカラオケルーム以降の態度、最初から計算された接触だったことなど、やはり見過ごせない要素がある。天沢《あまさわ》は宝泉と手を組んでオレを退学させようとした要注意人物だが、これも全て2000万プライベートポイントのためと思えば納得のいく範囲だ。誰にしても、ホワイトルーム生と結び付けるような材料は何一つない。

少しでも隙《すき》を見せればこちらが食われかねない、そんな状況はしばらく続きそうだ。

そして……今日、5月1日。今回の特別試験、その結果を知る時がやって来る。

一日の終わりとなる最後の6時間目に、その発表の場は設けられた。

「これから特別試験のテスト結果を発表する。黒板にも表示するが、手元で細かく見ることが出来るようおまえたちのタブレットにも一斉表示を行う」

わざわざ黒板を凝視せずとも、手元で好きな箇所を拡大して確認できるようだ。

堀北《ほりきた》の視線がオレに向けられているのが分かる。今回の特別試験、高得点を取るという意味では過去最高の難易度だったのは疑いようがない。同点による決着はまずないだろう。

筆記試験当日、堀北がオレとの勝負に指定してきた科目は『数学』。

画面が切り替わり、タブレットに試験結果が映し出される。

生徒たちの多くは他の数字には目もくれず、まずはと自分の点数確認に向かった。

一方で、オレは自分の点数を探すこともせずクラス内の状況を把握《はあく》する。

退学者は……どうやらうまく回避できたようだな。

並び替えても、一番低い合計点は579点。危なげなく切り抜けることに成功したようだ。生徒たちの頑張りはもちろんあるが、学校側が4月早々の特別試験で、とてつもない難易度をぶつけてきたわけではなかったということだ。実際のテスト問題も、池《いけ》や佐藤《さとう》たちでも難なく250点以上は取れる問題だった。つまり最初に見せてきた、学力に応じた予測点数表は意図的に低く見せていただけ。

周囲からも安堵《あんど》のため息や、喜びの声が次々と聞こえてくる。さて、一応堀北の点数も確認しておくか。オレは数学の項目で並び替えを行い、点数の高い生徒から順に表示する。

流石《さすが》に勝負に指定した科目だけあるな。堀北は87点。その次が啓誠《けいせい》の84点であることを見れば、どれだけ勉強をしていたかは考えるまでもない。その後、おおむね学力がAに近い生徒が続いているが、どの科目にも共通して80点が大きな壁になっている。100点の内残りの10点ほどは完全に1年内容の範囲外、しかも相当な難度だったからな。

歓喜《かんき》に満ち足りたクラスだったが、徐々にざわめきへと変わっていくのが分かった。

もちろん、そのざわめきが何であるかは調べるまでもない。オレに視線を向けてくる茶柱《ちゃばしら》と、その事実に気付いた生徒たちの視線。数学のテスト、堀北の87点の上に刻まれたオレの名前を見れば無理もないことだろう。

「ま、満点って……これ、マジで？」

どの科目で並び替えたとしても、90点以上を出した生徒はクラスには存在しない。

ただ1科目、オレの数学だけを除いて。

ちなみにその他の科目に関しては、大体70点前後を取っておいた。

1教科だけ突出したその結果に、多くの生徒は理解が及ばなかっただろう。

今回の筆記試験は想定していたものよりも数段難しいものだった。満点を取るリスクは高かったが、あえて手を抜かなかった。クラスメイト、そして学校全体を通じて注目が集まってしまうことは避けられないが、今後の月城《つきしろ》の行動を思えばこちらから片鱗《へんりん》を見せておいても差し支えはない。

むしろ先手を打つ方が、後々のことを考えれば問題を少なく済ませることが出来る。

いつもなら池《いけ》と共に騒ぎ立てるであろう須藤《すどう》は、驚きつつも静かにオレを見つめていた。

これまでのオレの動きと先日の宝泉《ほうせん》との絡み。

それらを踏まえれば、驚きは他の生徒よりも少なかったかもしれない。

ともかくこの4月で大きく状況は動き始めた。今、オレに奇怪な視線を向ける生徒たちにも、色々と話を聞かれることを覚悟しなければならないだろう。

1

授業中ともあって、オレに声を掛けられる生徒はいなかったが、放課後になれば違う。

茶柱《ちゃばしら》が一日の終わりを告げると同時に近づいてきたのは、堀北《ほりきた》ではなく綾小路《あやのこうじ》グループの啓誠《けいせい》だった。

「清隆《きよたか》、ちょっといいか」

Dクラスでトップといっても過言じゃない成績を誇る啓誠だからこそ、100点取ることの難しさはよく理解している。その頭にはきっと多くの疑問が浮かんでいることだろう。

「悪いけれど後にしてもらえるかしら、幸村《ゆきむら》くん。顔を貸してもらえるわよね？」

それを押しのける形で割り込んできたのは堀北だ。

「そうだな。悪いな啓誠、話は後にしてくれ」

「あ、ああ」

その他、波瑠加《はるか》や愛里《あいり》だけじゃなく、多くの生徒から注目を集める中、オレは堀北と共に教室を後にした。

しばらく無言で突き進んだ堀北は周囲に人がいないことを確認し、こちらを見る。

「言い訳はしないわ。私は私に出来ることを精いっぱいやって、そして満足のいく点数を取れたもの」

「再戦を希望しないのか？」

「最後の方の問題は、書かれてある問題文すら理解できなかった。あんなもの今の私に解けるはずないでしょう？　いつになれば解けるのかすら見当もつかないのだから」

「測度論やルベーグ積分になってくると……多分大学とかになるんじゃないか？」

その辺の事情はあまり詳しくないため、正確なことは答えられない。

小さい頃から習っていたと言っても、何一つ参考にならないからな。

「……いいわ、聞いた私がバカだった」

何かをあきらめたように、堀北は強くわざとらしくため息をついて、ジトッとした目でオレを見てくる。

「悔しいけれど、認めるわ。あなたを認めずにはいられないことが立て続けに2つも起こってしまった。これ以上食って掛かると、自分がバカにしか思えなくなってしまうもの」

存分に健闘した堀北《ほりきた》だったが、今褒《ほ》めても逆効果になってしまいそうだな。

「あなたが前に言っていた条件のことで――」

「ここにいたのか綾小路《あやのこうじ》」

堀北が、恐らく生徒会についての話をしようとしていたところで邪魔が入る。

担任の茶柱《ちゃばしら》がオレを探しに来たようだ。

「オレにどんな用件ですか？」

「随分《ずいぶん》と冷たい反応だな。私の助けがなければ先日は大変だったんじゃないか？」

「そうですね。その節では助かりました」

「今日のところは帰るわ。また後日話をさせて」

流石《さすが》に茶柱の前で堀北は話が出来ないと思い、切り上げる姿勢を見せた。

茶柱はそんな堀北を見送った後でこちらに向き直る。

「邪魔したようだが、急ぎだ。月城《つきしろ》理事長代理がお前を呼んでいる。ついてこい」

「なるほど」

それは話を遮《さえぎ》ってでも伝えないといけないことだろう。

少し前を歩く茶柱は振り返ることなく、オレに話しかけてくる。

「一応伝えておくが、真嶋《ましま》先生によると特別試験で月城理事長代理が変わった動きを見せることはなかったそうだ」

「でしょうね。動いたのは試験前、それを用意する段階ですから」

特別試験中は、ただ結果を待っていたに過ぎない。

「今後、強硬手段に出てくる可能性は？」

「と言うと？」

「ナイフで刺されるなんてただ事じゃないからな。父親が動いているんじゃないのか？」

「この手とそれは無関係ですよ」

今回の件は具体的に茶柱には報告していない。もちろん、例の2000万プライベートポイントの件についても同様だ。恐らく茶柱も聞かされていないことだろう。

「だといいが、おまえを拘束して無理やり学校から連れ出すということもあるかもしれないと思ってな」

「人手も必要になる。それは心配いらないでしょうね」

小さな兎《うさぎ》を連れ出すならともかく、大きな人間ともなればそうはいかない。

「ならいい。おまえには役立ってもらわなければならないからな。今回数学で満点を取ってみせたことで、私としてもおまえが特異な存在なのだと認識させてもらえたからな」

デメリットが多い満点だったが、こういった副産物もわずかながらあったようだ。

程なくしてオレは応接室前に辿《たど》り着《つ》く。

そして茶柱を残し、1人応接室の中へと足を運んだ。

「わざわざご足労いただきましてありがとうございます、綾小路《あやのこうじ》くん」

「担任の先生を使ってまで、どういうつもりですか？　不審がってましたよ」

こちら側に茶柱《ちゃばしら》を引き込んだことはおくびにも出さない。

突然理事長代理に呼び出された不思議な状況を演出しておく。

「理事長代理である私が教室まで出向くわけにもいきませんからねえ」

どうぞ座ってくださいと促されるが、オレは従わずそのまま立ち尽くす。

それを確認して月城《つきしろ》は話し始めた。

「そろそろ４月も終わりますし、送り込んだ生徒が誰なのか掴《つか》めましたか？　その確認だけはしておかなければならないと思いましてね」

４月の内にホワイトルーム生を見つければ、手を引くと言っていた件のことか。

「生憎《あいにく》と、オレには誰がホワイトルーム出身者か分かりませんでした」

「随分《ずいぶん》とあっさりですね。適当に怪しく感じた生徒の名前くらい言っておくべきでは？」

「確信のないことは口にしません。少なくともこの状況ではね」

「なるほど。あの子は上手に潜《もぐ》り込《こ》めたということですね」

感心するように月城は頷《うなず》き、満足げな顔をする。

「ホワイトルーム生独特の気配は一切感じられなかった。綺麗《きれい》に匂いを消しましたね」

「この数か月、カリキュラムとして高校生になりきることに取り組んでいたようですので」

事前に念入りな手を打っていたか。まあそうでなければ、話にもならないわけだが。

「それに引き換え、君は入学当初は随分と苦労したようだ。言葉遣いや態度、考え方、過ごし方。そのどれにも多くの不自然さがあった」

まるで傍《そば》で見てきたかのように、月城はおかしそうに笑う。

それは単なるからかいのように見えて、全てを掌握《しょうあく》していることをアピールしている。

「一般的な高校生の実態が、空想上のイメージでしかありませんでしたからね」

「ひとまず綾小路くんは見抜けなかった。それが確認できたので良しとしましょう。下がってくれて構いません」

話を終わらせようと、退室を促す月城。左手に巻かれた包帯に関しても、何一つ突っ込んでくる気配はない。オレはそのまま体勢を変えることなく月城との話を続ける。

「月城理事長代理、ひょっとして何か計算違いでも起きましたか」

「いったい何の話です？」

「もう5月に入りました。あなたとしては4月の内に決着をつけておきたかったのでは？」

「いえいえ、焦る必要はありませんからね。与えられた猶予《ゆうよ》は思ったより長いのですよ」

「そうですか。オレはてっきり『予定外』のトラブルでも起きたのかと思いました」

「面白いことを言いますね。根拠があるのですか？」

「少なくとも今回の特別試験、そっちはオレを退学にするための準備を万全に整えていたように感じました。あとはホワイトルーム生がオレに接触し、パートナーを組むだけ。ところが、そんな動きを見せる気配の生徒は1年生の中にはいなかった」

もちろん組むことを希望してきた椿《つばき》などはいるが、あの程度の接触は数に含めない。

「1年生にホワイトルーム生はいないんじゃないか、そう思いたくなるくらいです」

「そうは思わなかった、と？」

「どうにも腑《ふ》に落ちないんですよね」

「中盤までパートナーを決めかねているのはOAAを通じ分かっていました。しかし、君は特別な人間だ。安易《あんい》にホワイトルーム生を送り込めばバレて危険だと判断したまでですよ。次回以降のタイミングを狙った方が賢明だと思いましてね」

「悠長なことですね」

「そうかも知れません」

「月城《つきしろ》理事長代理の思惑とは裏腹に、ホワイトルームの人間が指示に従わなかった。そう考えると、今回の一連の流れはしっくりくるんですが」

「全く。君は面白い発想をしますねぇ」

面白そうに月城は目を細めたまま、用意していたカップからお茶を一口飲む。

僅《わず》かな沈黙の後、カップを口元から離す。

「いいでしょう。私の言葉などに信憑性《しんぴょうせい》を求められても困りますが、認めます。確かに今回私は君の退学を確実にするプランを立てていました。しかし、あの子はそれを無視した」

最初は否定した月城だったが、すぐに方針転換し事実だと認める。

「子供ですからね、単純な反抗期であってくれればまだ可愛《かわい》いのですが、そうでない場合は少々笑えないことになるかも知れません」

命じられ送り込まれた生徒が、月城の指示に従わない。

確かにそれが事実なら笑えない事態だろう。

「気を付けてください綾小路《あやのこうじ》くん。今回、ホワイトルーム生を送り込むことを決めたのは私ではない。そして、その私の指示に従わず独断で行動を始めていることを見るに、どうにも上はきな臭いことを考えている恐れがあります」

「見限られたんじゃないですか？　あなたの手際が悪くて」

「そうかも知れませんね。ですが、私が受けた指示が君の退学であることに変わりはない。たとえ駒として使われようとも、最後までその指示通りに動くだけですし、失敗して切り捨てられたのなら、それはそれでしょう。次の場所に赴くまで」

一枚岩だと考えられた月城とホワイトルーム生。だが、そうシンプルな関係ではない可能性がここにきて浮上してきた。だが、この話が事実だとするなら、狙いは何だ。

連携して退学させる方が、その確率を確実に上げることが出来る。

それとも、これすらもオレを惑わすためのフェイクなのか。

ホワイトルーム生の暴走か……更にその裏であの男が糸を引いているのか。

確率としては、ほぼ均等といったところだろう。

月城はどこまでも人を欺《あざむ》く男である、そう意識しておくことが重要だ。

少なくともこの男は焦ってなどいないし、動揺《どうよう》もしていない。

「最後に１つ……もしあの子が、あなたの父上の意向すら無視しているのだとしたら、場合によっては退学を選んだ方が幸せだった、ということにもなりかねません。君がホワイトルームの最高傑作《けっさく》であることが揺るぎないものであればあるほど、それに対する嫉妬《しっと》や憎悪は計り知れないですからねぇ。君がどうなればあの子は納得するのか、想像しただけで恐ろしいですよ」

そんな月城《つきしろ》の冗談とも取れる本気の忠告を背に、オレは応接室を後にした。

特別試験・総合順位
１位・２年Ａクラス　平均７２５点
２位・２年Ｃクラス　平均６７３点
３位・２年Ｄクラス　平均６４０点
４位・２年Ｂクラス　平均６２１点

5月１日時点クラスポイント
坂柳《さかやなぎ》の率いる2年Aクラス・１１６９ポイント
龍園《りゅうえん》の率いる2年Bクラス・５６５ポイント
一之瀬《いちのせ》率いる2年Cクラス・５３９ポイント
堀北《ほりきた》の率いる2年Dクラス・２８３ポイント

あとがき

２０２０年、今年も君に無事会えたね。きぬ子……だよ？　忘れて、ない？

……………はい！　というわけできぬ子……ではなく衣笠彰梧《きぬがさしょうご》です。

新年明けましておめでとうございます。何とか無事、２年生編の１巻発売となりました！　１年生編を読んでくれた人も、初めましての人も、どうぞ今年もよろしくお願いいたします。それから、２年生１巻発売と合わせてよう実の画集第二弾の発売日でもあります。そちらもどうぞよろしくね。月末からは２年生進級記念イベントも行って頂けることになっていますので、世界各国からイベント会場まで足を運んでいただけることを心待ちにしております、っていう宣伝もたまには挟んでいくで！


さて記念すべき新シリーズに突入ということで、これまた今まで以上に色々と動き出しております。１年生になったばかりの未熟だった綾小路《あやのこうじ》たちの学年も、あちこちで成長の兆しが見れるようになって来たんじゃないでしょうか。２年生になったことによる変化や、新入生の登場など、とにかく書くことが多く、規格の許す限り最大ページを使った上にあとがき用の１Ｐも削ることになりました。ギリギリを攻めていくぅ。

今回は行数が少ないので多くを語ることが出来ませんでしたが、なぁにまたすぐに会えるさってことで、次回もよろしくお願いします！　あと公式サイトでもお楽しみあるよ！

MF文庫J

ようこそ実力至上主義の教室へ 2年生編1

2020年 1月25日 初版発行
2024年 9月30日 30版発行

著者 衣笠彰梧

発行者 山下直久

発行 株式会社 KADOKAWA
〒102-8177 東京都千代田区富士見2-13-3
0570-002-301（ナビダイヤル）

印刷 株式会社広済堂ネクスト

製本 株式会社広済堂ネクスト

Printed in Japan　ISBN 978-4-04-064329-8 C0193